当代江苏金融文学
优秀作品集

江苏金融工会 编

江苏凤凰文艺出版社

图书在版编目（CIP）数据

当代江苏金融文学优秀作品集／江苏金融工会编. —南京：江苏凤凰文艺出版社，2021.11
ISBN 978-7-5594-5393-8

Ⅰ.①当… Ⅱ.①江… Ⅲ.①中国文学－当代文学－作品综合集 Ⅳ.①I217.1

中国版本图书馆 CIP 数据核字（2020）第 221719 号

当代江苏金融文学优秀作品集
江苏金融工会　编

责任编辑	李珊珊
装帧设计	王　敏
责任印制	刘　巍
出版发行	江苏凤凰文艺出版社
	南京市中央路 165 号，邮编：210009
网　　址	http://www.jswenyi.com
印　　刷	江苏凤凰通达印刷有限公司
开　　本	718 毫米×1000 毫米　1/16
印　　张	17.5
字　　数	226 千字
版　　次	2021 年 11 月第 1 版
印　　次	2021 年 11 月第 1 次印刷
书　　号	ISBN 978-7-5594-5393-8
定　　价	68.00 元

江苏凤凰文艺版图书凡印刷、装订错误，可向出版社调换、联系电话 025-83280257

编委会

编委会主任　谭震祥
编委会副主任　谢　飞
顾　　　问　阎雪君　龚文宣
主　　　编　徐建华
执 行 主 编　陈　石
编　　　委　谭震祥　谢　飞　陈　石　徐建华
　　　　　　陈绍龙　邵满桂　张大勇　刘　康

坚守初心,讲好金融故事
——《当代江苏金融文学优秀作品集》序

谭震祥

这是一个伟大的时代,是中华民族从站起来、富起来到强起来的伟大飞跃,是全体中华儿女勠力同心、奋力实现中华民族伟大复兴中国梦的时代。

文学是时代的晴雨表,跟随着时代的步伐,感应着时代的节拍。新时代对当代文学提出了新要求。习近平总书记号召文艺工作者要保持对自身文化理想、文化价值的高度信心,保持对自身文化生命力、创造力的高度信心,使自己的作品成为激励中国人民和中华民族不断前行的精神力量。文学只有与火热的社会实践保持密切联系,只有同国家和民族紧密相连、休戚与共,才能发出振聋发聩的时代强音。

金融文学涵盖了以金融为主要创作题材的文学作品和金融人创作的文学作品,秉承了"金融人写,写金融人"的文学特质,描绘了波澜壮阔的金融事业的万千气象,书写了金融人的火热生活,反映了金融人的理想追求、责任担当与人文情怀。作为当代文学中一个不可或缺的组成部分,金融文学带着一种高度的文化自信,快速提升着自己的影响力,用一个个充满正能量的金融故事去感动社会去赢得文学同行的瞩目。

江苏金融作协自成立以来,在江苏金融工会、金融文联的引领下,始终认真学习贯彻习近平新时代中国特色社会主义思想,增强"四个意识"、坚定"四个自信"、做到"两个维护",主动承担记录新时代、书写新时代、讴歌新时代的使命,发时代先声,唱金融大风,为繁荣金融文化贡献着自己的一份力量。先后举办了"讲好江苏金融故事——纪念改革开放四十周年""我们走在康庄大道上"主题征文,"中国梦·金融情"原创诗歌大赛、"端午情思""七夕吟诵""中秋咏怀""新春对联"等文学创作活动;深入开展"文化惠民"活动,精心打造"金融惠风"志愿服务品牌升级版——"蒲公英计划",推动文艺志愿服务由"送文化"向"种文化"纵深发展,通过扶持金融文艺骨干,孵化、呵护文艺种子在基层生根、发芽,进一步影响、带动更多的文艺爱好者;在沭阳、射阳、盱眙、邳州设立四个创作基地,切实为江苏金融作家搭建了多个创作实践平台;不断壮大"金融苏军"队伍,截至目前,江苏金融作协已拥有会员八十二人,其中,中国作协会员五人,省作协会员二十三人(江苏金融作协推荐入选十八人),中国金融作协会员二十四人(均由江苏金融作协推荐);持续提升会员文学素养,先后在射阳、沭阳、盱眙等地举办"文学大讲堂"作家培训班,陆续选送五批会员参加中国金融作协组织的文学培训班,连续四年推荐六名会员参加省作协组织的中青年作家培训班,较好地提升了"金融苏军"的创作水平和整体实力。

江苏金融作协卓有成效的工作,为江苏金融作家提供了丰沃的创作土壤,无论是年富力强的70后80后90后,还是硕果累累的50后60后,都表现出了旺盛的创作活力,催生出一大批具有金融特色、金融风格、金融气场的优秀作品。徐建华、邓洪卫、刘晖等人的小说,陈绍龙、李阿华、苏扬等人的散文,巩大兵、刘康、张大勇等人的诗歌,都是其中的佼佼者。据不完全统计,近年来,江苏金融作协会员在市级刊物发表作品二百六十余篇,在省级以上刊物发表作品七十余篇,涵盖《人民文学》《诗刊》《青年文学》《天涯》《长江文艺》《清明》《芙蓉》《山东文学》《星星》《扬子江诗刊》等国内重点刊物。弘扬文艺精神、讲好金融故事、讴歌身边人物、践行志愿行动,江苏金融文学人在壮阔发展的江苏大地上留下了自己的脚印,也将自己的作品刻写在了江苏金融文学的发展史上。

让金融文学为文学大家庭发光发热,并成为指引全体金融文学人前行的光亮,这是江苏金融作家们多年来孜孜以求的目标。在江苏金融工会和金融文联大力支持下,《当代江苏金融文学优秀作品集》得以出版。该书秉承"金融人写金融事"为主要特征的文学理念,系统展现了当代特别是党的十八大以来,江苏金融人在小说、散文、诗歌、报告文学等方面的创作成果。为了确保作品质量,江苏金融工会和金融文联专门成立了由江苏金融工会领导、专家和杂志编辑组成的编委会,精心策划,精心遴选,精心编排,经过长达数月的辛勤耕耘,从金融机构和作家申报的众多作品中精选出一批优秀作品,最终付梓成册,为江苏金融文学史画上了浓墨重彩的一笔。

《当代江苏金融文学优秀作品集》的成书,不仅交出了一份靓丽的创作答卷,更是每一位创作者用自己的经历书写的一份沉甸甸的责任清单。责任与坚守、感恩与反哺,江苏金融文学的文化担当从来没有像今天这样厚重。我们相信,在习近平新时代中国特色社会主义思想引领下,江苏金融作协定能不忘初心,牢记使命,矢志打造"金融文学苏军"品牌;定能努力讲好金融故事,传播江苏好声音,催生大题材、高品质的精品力作,提升江苏金融文学的影响力,推动江苏金融文学的繁荣发展;定能将江苏金融作协建设成为充满活力、和谐温馨的金融作家之家。我们也热忱地期望广大会员作家坚持以人民为中心的创作导向,肩负使命,辛勤笔耕,多出有筋骨、有道德、有温度的精品力作,为伟大的新时代鼓与呼,纵情讴歌最美金融人,让金融文学苏军纵横驰骋在广袤的江苏文坛上,让江苏"金融惠风"这面旗帜在江淮大地上更加耀眼鲜亮!

在《当代江苏金融文学优秀作品集》出版之际,让我们在心中永怀为文学执着奋斗的伟大梦想,让我们并肩携手,共同为江苏金融文学的发展、壮大做出积极贡献!

目　录

小说卷

静悄悄的婚礼 / 徐建华	003
茉莉花开 / 陈石	016
天来天去 / 邓洪卫	021
抗日记事（三题）/ 邓洪卫	038
芳华 / 彭仁五	048
前世今生 / 孙拥君	058
郝行长 / 刘志安	065
窗口 / 苏扬	071
第十五位乘客 / 樊建平	075
领奖过后 / 张国庆	083
老井的故事 / 毕启飞	085

散文卷

乡愁绘本（四章）/ 陈绍龙	089
凤鸣大地 / 陈石	098
闲时拾趣 / 袁文华	113
去垂虹桥，赴一场唐伯虎的月光宴 / 李阿华	118
走，吃茶去 / 邵满桂	128
在上海过年 / 张虎	131
蒲月端阳 / 张娴	137
文字三帖 / 张大勇	139
体检后时代 / 丁晓燕	146
痴心的女人 / 夏鹭	149
难忘"存差"来临时刻 / 陈亚楠	152
接力 / 苏琴	157
珞珈山下的金融文学梦 / 张泰霖	162
湖光菊影拾寒香 / 苏扬	166
书院藏春秋 / 陈怡伶	168
母亲的菜园 / 胡玲玲	172
我们家的金融"大事记" / 周江	175
南唐的绝响 / 宋羽	181
我爱金葵花 / 张悦	189
男儿何不带吴钩 / 钟林峰	192
小小算盘寄深情 / 戴启超	196
烟火人间四月天 / 张明华	200
"长腿"的钞票 / 张建忠	203
摆渡如烟的岁月 / 薛莉	206

野黄花 / 刘燕　　　　　　　　　　　　　　　　208

走进神秘湘西世界 / 单鹏　　　　　　　　　　　210

静夜思 / 吕丽　　　　　　　　　　　　　　　　215

陈老头的烟酒店 / 陆炜　　　　　　　　　　　　217

瘦西湖记 / 冯方云　　　　　　　　　　　　　　222

诗歌卷

天鹰(组诗) / 巩大兵　　　　　　　　　　　　　227

初始之日(外二首) / 刘康　　　　　　　　　　　233

月色齐腰的中年 / 张大勇　　　　　　　　　　　237

太太的哲学(外一首) / 邵满桂　　　　　　　　　239

酢浆草(外一首) / 王颖　　　　　　　　　　　　242

农行榜样礼赞(三首) / 解志忠　　　　　　　　　245

春节意象(散文诗) / 王长江　　　　　　　　　　250

和弦七声 / 张国庆　　　　　　　　　　　　　　254

母亲的梨花(外一首) / 马芮　　　　　　　　　　256

成长　是青春的力量 / 周国平　　　　　　　　　259

三尺颂 / 姚瑶　　　　　　　　　　　　　　　　261

凤凰台上忆吹箫·西塘秋韵(外一首) / 孔晓华　　264

监管新人咏志赋 / 孙利　　　　　　　　　　　　266

小说卷

静悄悄的婚礼

徐建华

方局深夜打我手机,我已斜躺在床上,一边调低电视音量一边听方局说:"中午喝人家喜酒,喝高了,睡一下午醒来,睡不着了。想我家茅茅三十二了,女孩子婚事耽误不得,你当行长的,企业界朋友多,帮忙扩大到企业界广泛物色,只在公务员事业单位物色面太窄。"

正好电视里在访谈当代人的婚姻,说九〇后、〇〇后可能兴起摩梭人那种走婚制,都是独生子女谁也不肯上对方家。

我偏过头用腮帮压住手机,腾出手端过床头柜果盘,削着苹果说:"你家茅茅医学博士,谁娶得起啊。"

手机里方局说:"我们不求门当户对,包括学历,无所谓,家境更是无所谓,不需要对方一分钱聘礼,连婚房都我们出。只要小伙子真心待我家茅茅,包括服装公司,一切都是他们的。"

从此我留了心。一次酒桌上，绰号叫包工头的项目经理说："有个同济大学毕业的桥梁工程师，本科学历，工作十来年了，我的业务骨干。"

我把照片通过手机发给方局，方局在微信回复："就他了。"我留言："看中哪点？"方局回复："眼睛。当了这么多年领导干部，我最关注眼睛，小伙子的眼睛清澈得像玻璃珠子，心头应该干干净净。"

于是约定见面。那天雨夹雪，阴冷浸骨，我从出租车出来立刻奔向饭店，冲进雨棚就听到一句："徐行长。"

正是那小伙子，捏着一把黑色雨伞，脚穿雨靴，头戴红色安全头盔。我拍拍头上身上雨点问："直接就从工地来了？"小伙子抖抖手中雨伞说："嗯，怕你们等。"

步入大厅，小伙子走在前面，踩着光洁的大理石地面一步一个脚印。我掏出手机看时间已过六点，撵他回去换衣服来不及了，就催促他："去洗手间洗洗擦擦，别邋遢相。"

进入包厢坐下，一阵香风扑面而来，三个人出现在门口，电光石火间我脑子里冒出好几个词汇：鲜衣怒马、妻美女娇……

方局将手中雨伞递给侍立一侧的服务员，脱下雪白的羊绒大衣、红色西装，递给服务员挂在衣架上，露出他装了袖钉的蓝色衬衣和鲜艳领带，昂首挺胸笔直端坐。

他夫人恽竹辉是服装公司董事长，从头到脚都是我叫不出名字的名牌。恽竹辉笑吟吟说：不好打出租是假，不放心我开车才是真。

方局收敛笑容说："怎么敢放心？有司机也不带，无非就是要掌控，在家掌控一切，出门掌控方向盘，心头又搁不下事，有点事就神不守舍，开车也精力分散。"

去洗手间的小伙子进来，手头捏着红色安全头盔。我指点他坐在方茅身边，同时介绍："罗秉汉，跟法国电影《罗宾汉》那个侠客谐音。"方茅抬手捂嘴，看着妈妈吃吃笑。

恽竹辉朝罗秉汉点点头说:"幸会。"她从方茅胸前伸出戴了白色手套的右手,罗秉汉咚地丢下手中红色安全头盔,慌忙起立双手背在身后擦擦,深深弯下腰捧着恽竹辉指尖说:"工地上就直接来了,衣服都没换。"

方局悠然点上雪茄,吐出一口浓烟说:"工作为重,很好嘛,秉汉坐,不要拘束。"

我埋头看菜单,眼睛余光瞟见方茅。她显然精心打扮过,还化了妆,妆容很浓,可能她肤色不太好,粉底打得很厚,灯光下看面孔像蜡像。幸好歪戴一顶粉红色毡帽,才显得活泼些。

从洗手间出来的罗秉汉胸前水渍斑斑,雨靴踩过的地面一步一个脚印,夹克衫牛仔裤皱皱巴巴,但一看就是壮汉,宽肩厚背浓眉大眼,国字脸有棱有角。

凉菜已上来,包工头和罗秉汉的娘老子还不到。罗秉汉出门打了三回手机,回来道了三次歉,包厢门才被推开。

包工头进来就连连打拱说:"不好意思,让你们久等了。我是秉汉的项目经理,都叫我包工头,我不介意,方局也叫我包工头吧,听惯了。"

我招呼包工头坐副宾位置。跟在他身后的一对夫妇,皱皮老脸肤色黝黑,显然长期日晒雨淋,挨在秉汉身边坐下。我睃向方局,考虑怎么介绍才得体,恽竹辉已起身,去对面夫妇背后弯下腰,伸出脱了手套的右手说:"秉汉的父母吧?我是方茅妈妈。"

秉汉的娘老子互相望着,又扭身看着秉汉,嗫嚅着嘴唇不知所措。

包工头接过服务员递来的滚烫毛巾,擦把脸搓着手说:"安排秉汉先来,我去接他父母,两口子从田头爬上来,慌里慌张换了衣服,一路紧赶慢赶,恐怕还没回过神来。"

秉汉老子放着左手边滚烫的毛巾不用,张开巴掌抹把嘴说:"我们不会说话。"他咧开嘴,露出满口黄牙,朝秉汉嘿嘿笑着问:"你看中没有?"

秉汉满脸通红,自己弯曲的胳膊肘抵了老子一下,低下头。我赶紧打圆场:"嫂子请入座,开始吧。"

一直到饭局结束,秉汉的娘老子都没再说话,即使我和方局、恽竹辉给他们敬了三次酒,他们也不道一声谢,僵手僵脚不知如何是好,只是手捧酒杯鸡啄米似的点头。

秉汉也不善言辞,至多起身环绕一圈,依次给我们敬一轮酒。

方茅从头到尾不说一句话,虽然以前见面她也不招呼人,她连自己父亲都不叫爸爸,但今天我是做媒,她也改叫我一声"叔叔"。可能她把"父母之命媒妁之言"当滑稽戏,她能"友情出演"已是"可怜天下父母心"。

出门告别时,包工头抬手搂住我肩膀,喷出满口酒气说:"这就认识了,下次我不参与了,我工地上事多,请徐行长您费心。"

显然他看出这门亲门不当户不对,可"宁拆十座庙,不破一门亲",何况秉汉还是他手下,他不能乌鸦嘴说丧气话,只好知难而退。

星期一上班我稍微延迟一点,希望能在快速公交车(BRT)上邂逅方局。

方局平常公交上班。他宁可反向步行一站,也要从起点乘车,目的是坐上司机背后右侧的第一个座位。

我曾经问他:为啥不要嫂子顺道送一程?他说:"不想惹麻烦。知道的是我们家有企业,不知道的以为我违规用专车接送。再说了,也不希望大家都知道你嫂子办企业……"

这时我从公交车前门上去,扭头一看,果然看见方局笔直端坐在司机背后右侧那个位置。仍旧羊绒大衣,露出里面红色西装。

他朝我微笑着点头,没有起身让座的意思。我站在中间过道弯下腰小声问:"茅茅看上了吗?"他一手遮掩嘴低声说:"第一印象不错,互相加微信了。本来想上班就打你手机,道个歉。这茅茅啊,死读书读死书,读成傻博士,人情往来招呼应酬一点不懂,太失礼了。也怪她妈,母亲太强势,女儿就有依赖,养成小姐脾气,对谁都冷冰冰不理不睬。这股傲气不去除啊,我看玄,哪个男人受得了她的唯我独尊、目空一切。"

我站直身,揉揉发酸的腰杆说:"现在的独生子女都差不多,都是家里头的王子、公主,不像我们那时兄弟姐妹多,从小就要看脸色,就要争宠讨好。"

方局说:"你做媒很称职嘛,看人一看一个准。我这个人呐,永远相信'开水不响响水不开',事要做成别多说,多说的事做不成,等到真的天造地合了,再谢媒啊。"

我连忙摆手推让说:"我对秉汉一无所知,仅仅跟包工头认识。看样子包工头对秉汉也未必透彻了解,这样啊,我从没做过媒,完全不懂得咋做,只是朋友介绍朋友,需要正经请大媒的时候,方局你必须另请高明。"

可能方局把我的意思误解了,以为我还在为他的女儿叫都懒得叫我一声多心,以为我不肯做这个媒了。自此以后,他没给我透露一个字,不知道秉汉跟方茅究竟进展到哪一步了。

夏天体检,我心律异常,我去医院做进一步诊断。挂号时看见挂出的专家牌子,有位副主任医师叫方茅,正是心血管科。

轮到我进去时,我顺手带上门,主动招呼:"呦,茅茅呀。"

方茅正对她的桌面电脑,头也不转嘟起嘴说:"你们那些饭桌上的虚头花脑礼节,害得我回家就挨骂。骂也不学,气死你们。"

我在她侧面板凳坐下,双手放在膝盖上说:"我真的没生气,是你父母多心了,我咋会生你晚辈的气嘛。"

方茅抽出胸前听诊器,转动椅子面对我说:"跟方局长一样,你们人老成精只会口是心非。"

她称呼自己父亲也叫方局长,我暗暗好笑。她目不转睛看着我,目光像一对亮晶晶探头,像要看透我幽暗的五脏六腑,看得我左顾右盼躲躲闪闪说:"我平常只是心头慌,体检下来是心律不齐。"

方茅解开我衬衣纽扣,把凉丝丝的听筒贴在我心脏位置,反复听了几遍问:"长期抽烟?"我干咳一声说:"抽了三十多年,刚戒。"她又在我胸腔反复听,十分肯定地说:"就错在戒烟。"我纳闷地问:"所有医生都鼓励我戒烟,你咋说戒烟是错?"

方茅收回听诊器,眼神冰冷地扫向我问:"看我是小医生就不相信?"

可能意识到自己态度冷傲,她眨眨眼扮个苦瓜脸说:"跟你们方局长一样,抽了三十多年烟,如果把身体比喻成排水管,烟油已经把你们管道润滑了。突然戒烟,管壁毛糙很容易就堵塞。"我逗她说:"那就回去继续抽。"她噗嗤一声笑,拿起桌上圆珠笔点点我说:"已经戒了,就要靠蔬菜水果粗粮把管壁摩擦干净,复吸就像添加地沟油,当真把你身体当下水道啊?"

她回正椅子,"噼啪"敲击桌面电脑像在开处方。我从侧面看,她像她父亲一样五官精致、轮廓清晰,白大褂像度身定制,面料是真丝与棉的混纺,贴附在身上柔软光滑,把年轻女性优美的曲线展现得很好,可她依然仍旧浓妆艳抹,我忍不住想:之前认识的方茅不爱打扮呀,现在怎么上班也浓妆艳抹?

我留意到她脖颈,白得透明,青筋都隐约可见。我不敢多想,只是想:是不是有病啊,靠浓妆把脸色掩盖起来?

她从电脑退出,我以为她给我的药开好了,她却是问我:"还不走等什么?"我指向电脑问:"这就没事啦?"她略微移动椅子转向我问:"你希望有什么事?"

我豁然起立,感到被严重轻视,她这样连敷衍都算不上,药都不给我开一粒。

她也站起来,细声细气说:"我不善于表达,您别生气。一点事都没有,真的,您只要多吃蔬菜水果粗粮,很快就一切正常。本来想开一盒倍他乐克,可没必要啊,是药三分毒,不用吃药干吗非要吃?"

我心头像吹进一缕暖风,顿时吹散全部不快。意识到自己失态,我本能地伸出手,表达歉意。她却不肯握手,可能医生忌讳跟病人握手,她双手交叉在前只是点点头。我将伸出的手大力挥向空中说:"茅茅多心了,叔叔领情了,领情了。"

晚上七八点钟的样子,我和夫人在客厅看电视,听到敲门声。多年不接待陌生拜访,亲戚、朋友来访都事先约好,我正纳闷是谁,开门一看,竟然是罗秉汉和方茅。我喜出望外喊:"夫人,泡茶泡茶,这可是稀客。"

忙碌一阵坐下后,秉汉把自己崭新的白色西装上衣脱下,方茅接过叠放在沙发扶手。秉汉押一押胸前鲜艳的领带,好像领夹镶嵌了蓝钻石,牵过方茅的手捧在自己膝盖上说:"茅茅说徐行长上医院了,方叔叔就给我们地址,让一定要来看看。"

我哈哈笑,应该是想祝福他们,看他们的甜蜜都要从脸上掉下来,谁会不高兴呢?可是,如果不是我正好去了一趟医院,我这媒人还不知道他俩的进展。

我继续哈哈哈笑,十分夸张地挥扬手臂说:"茅茅说我一点事没有,还来看什么呀。"

方茅歪头靠在秉汉肩膀上,好像很疲乏,好像身体被掏空了,也没叫我夫人一声阿姨。秉汉同样不善于调节气氛,只顾捧着方茅的手,没话找话支应几句就不声不吭。

夫人起身去卧室,她也是懒得应酬。我只好说:"明天还上班,你们的情我领了,谢谢。"

第二天想来想去,我还是给方局去个电话。电话里我未语先笑,说:"哎呀呀,真是姻缘凑巧啊,天生的一对地造的一双,没想到进展这么顺利。"

方局在电话里也是笑着说:"呵呵呵,咋不是呢!你嫂嫂说过好几回了,要不要请一请你徐行长、包工头,通报一下进展。"我说:"别别别,一切都顺风顺水就只要静悄悄等结果,这叫'开水不响,响水不开',过早放鞭炮本来要成都会闹黄。"

这样说我倒是多心了,人家并没另请媒人,只是静悄悄等待结果。看那两个年轻人甜甜蜜蜜的样子,已密不可分,很快就会有结果。

果然不久就接到方局电话,他在电话里说:"瓜熟蒂落了,但还得你大媒人再出个面,深入地沟通一下婚礼细节。要不,找个饭店我俩碰一碰?"

我有些伤风说:"不必了,你就直接给我安排任务吧,要我做啥?"方局说:"啥事都没有,婚房我都准备好了,就在我那小区,一碗汤的距离。就一件事,你给罗家父母正式传个话,他们一样都不用操心,包括婚礼,全部我们安排,保证妥妥当当。"

以我对方局的了解,他轻描淡写安排的事,往往是举重若轻。我叫上司机,接上包工头,一同赶去罗家。事前我叮嘱包工头别惊动罗秉汉,准备先探一探:"真的啥事都没有吗?"

汽车一路朝南,到了雪雁镇的善塘村。那是距离公路不远一幢没有装修的二层楼房,我们停下车看房门紧闭,转到背后茂密丛林,看见水塘边有人淘洗雪里蕻,正是秉汉的娘老子。包工头大声喊:"老罗啊,回来回来,大喜事,大喜事!"

秉汉的娘老子几乎同时回头,同时笑,同时涮了涮手,然后在身上抹抹擦干水渍,一前一后走向我们。

秉汉老子打开后门,带我们进了这座没有装修连墙面都没粉刷的楼房,慌里慌张招呼我们堂屋坐下。听到秉汉娘动锅灶,我赶忙去灶房:"就几句话,说过就走。"秉汉娘低头刷锅,头也不回说:"起码要煮碗荷包蛋呀。"

我知道这是习俗,头一次上门必须吃荷包蛋,非要拒绝比较伤人。我无奈回到堂屋,坐在黑乎乎的餐桌旁,看我左手边的包工头只顾玩手机,我只好跟对面的秉汉老子说:"秉汉肯定也跟你讲了,我就不绕弯了,女方要求正式谈婚论嫁,你们男方有啥想法?"

秉汉老子蹙紧浓黑眉毛,黝黑脸皮全部皱起来,满是粗茧的巴掌使劲拍在桌面上说:"我们儿子不给人家招女婿。"

我"咕"地吞口水,感觉噎住了,一时说不出话。看包工头还在低头玩手机,我伸出一根手指戳向秉汉老子,慢条斯理地问:"哦,那你有啥要求?"

秉汉老子高举双臂,转动身体指向四面墙壁说:"两层楼八间屋,都新盖的,都他们的。给我儿秉汉说了,娘老子没钱装修,他们要有钱,想咋装修就咋装修。要是没钱,只装修他们的新房,我跟他娘也能将就,不碍事的。"

我把他高举的手臂抓到桌面,弯曲指头敲了敲桌面问:"他们在城里头上班,你要他们每天回乡下来住?"

秉汉老子挣脱我的手说:"每天不每天任随他们,反正就不能去外头置家,只能一个家,就在这善塘村。村里人城里头上班的多了,照样每天回来。"

包工头抬起头,拿手机杵在桌面敲敲说:"秉汉能吃苦,大不了买辆车,路上半小时,每天跑也没啥。方茅娇生惯养,家头那么好的条件,能来你这村上住?我看你人霉瞌睡多——净做白日梦。"

秉汉老子嘟起嘴咕哝:"我是儿,由不得她,哪有媳妇不住婆家。"

我看包工头又埋头玩手机,压住怒火问:"秉汉啥态度?"

秉汉老子说:"他是儿,由不得他。他外头置家了,丢下我跟他娘,哪个养?不为养我们,生他干啥。"

秉汉娘端来两大碗荷包蛋,每碗都有七八个鸡蛋,我推给她说:"哪能吃下这么多。你拿个碗来匀一匀,我胆固醇高,不能多吃鸡蛋。"我转头去说秉汉老子,"你们两口子去城里住呀。方局那么好的条件,哪里用得着你种田。"

秉汉娘把整碗荷包蛋再次推到我面前说:"一碗荷包蛋算啥多嘛,就是打个尖。我们住不惯城头,两天不下地出几身大汗,肠子就像堵了,吃不进屙不出。"

秉汉老子横手拂开她,横眉怒眼骂:"人家吃东西,你婆娘讲屙屎,滚开。吃不惯就剩下,我们的东西脏……"

包工头猛然起身,抬腿就走。我不尴不尬地笑笑,也告辞了。

汽车冲上公路,包工头从副驾驶座回头说:"徐行长,这个事我决不再说一个字。我这胸口啊,就是闷,闷得想骂人。'贫穷生奸计,富贵长良心。'您说是不是?"

我跟他并不熟,只是在一个饭局上说起,有个朋友的闺女三十出头还没嫁出去。他说正好,他项目部有个小伙子,除了穷没哪点不好……

回到城里我没给方局去电话,感觉吃了方局的苍蝇。他应该知道罗家的态度,却说啥事也没有。我想等方局来电话,然后推说最近忙,这个媒真的没时间做,请他务必另请高明。

奇怪的是方局没来电话,可能他已知道我去过罗家,不好意思再托我去说情。或者他已妥协,给方茅买辆车,从此方茅去乡下住……

不觉就到了春节。往年春节我跟方局和几个老朋友必定聚一聚,召集人一般就是方局。今年却悄无声息,难道他们已经聚会,只是没叫上我?

正月初八上班,客户经理来我办公室,要我在他发起的信贷备忘录上签署意见。我看贷款人是恽竹辉的服装公司,还没开口问,这笔贷款怎么可能出现风险?客户经理就问:"行长,正月初三怎么没见到您?"我翻着信贷备忘录问:"正月初三有什么活动?"他弯下腰指点信贷备忘录说:"方局家吃饭呀。"

我浑身都僵硬了,机械地抬起手指向客户经理问:"谁?"客户经理说:"方局的夫人,大年初一车祸,没惊动太多的人,正月初三吃了个饭。"

我起身让客户经理开车。到了方局的小区,我独自走向方局的别墅。

按响门铃,方局来开门,我说:"嫂嫂不幸,我真的不知道。"他抬手搭在我肩上说:"不说了,不说了。"

进入客厅,我惊讶地发现墙面雪白,墙上一样东西都没有悬挂。同时留意到方局没有佩戴黑纱,好像整个屋子都清理过了,不留下恽竹辉的丝毫痕迹,可能怕睹物思人,可能怕触景伤情。

方局递给我一瓶矿泉水,他连茶都懒得泡了。我从不喝凉水,把矿泉水搁在茶几上问:"茅茅呢,上班了?"方局仰靠在沙发一动不动,只是启动两片嘴唇说:"搬出去了,自己租房。"

我目不转睛地注视着对方,等待他继续说,为什么茅茅宁肯自己租房也要搬出去?方局却闭上眼,泪水从眼角渗出,滚过脸颊,滚到嘴角。

他睁开眼坐直身子,从西装裤兜摸出叠得方方正正的洁白手帕,点点嘴角泪水说:"家门不幸。我已做出最大让步,罗家还是坚持,非要媳妇住在婆家,说是不然村上人笑话。他们愚昧、愚蠢、愚不可及,我能理解。不能原谅的是罗秉汉,始终不敢旗帜鲜明地反对。我说是你结婚还是你父母结婚?他说那是我娘老子,我是儿,没办法。"

方局站起来,身子前倾,突然挥动双手提高嗓门:"老徐你说说,这他妈什么混账东西,为什么非要儿媳妇住在乡下?茅茅本来就身体不好,以前对你隐瞒了。她妈妈为什么出车祸,就是心头搁不下事,开着车、走着路都像生吞蜈蚣——百爪抓心啊。罗秉汉还要去迎合他娘老子,还要去尽孝,我看这小子啊……可是,唉呀——气死人啦,茅茅宁肯私奔,宁肯私奔,她妈妈尸骨未寒呐……"方局双手捂脸跌坐在沙发,抽动双肩泪水渗出指缝。

好像这一切都是我的错。如果我不做这个媒,如果不是介绍的罗秉汉,如果他们一开始就相互嫌恶,如果……我感到自己不是行善而是作恶,坐了片刻我说还要上班,就告辞了。也没问方茅的身体怎样,这时问这些像伤口撒盐。

到了夏天,我去雪雁镇走访企业。车窗外稻田碧绿,田埂桑树挂满红色和紫色的桑葚。同行的客户经理想停车采摘,我说:"那就顺便去善塘。"

　　停车后客户经理去采摘桑葚,我独自走向罗秉汉家。两层楼房仍旧没装修,连空调、电扇都没有。突然看见我造访,罗家老两口慌得走路都跌跌撞撞。

　　我接过秉汉娘递来的蒲扇,解开西装领带使劲扇几把问:"怎么样,进展到哪一步了?"

　　秉汉的娘老子互相望着,好像没听懂我的话。我燥热难耐,把西装外套脱下,撸起衬衣袖管问:"秉汉跟茅茅,什么时候吃喜酒啊?"

　　秉汉老子"啪"地一声,一巴掌拍在桌面,低下头说:"我说秉汉啊,我叫你老子行不?我给你跪下行不?你捡个活死人回来,捡回来孝敬我们呢,还是我们孝敬她?"

　　我"噗噗噗噗"把蒲扇扇得像鸟翅的频率,还是背心汗水滚滚流淌。不知这时候我什么表情,可能呆若木鸡,可能瞠目结舌,可能目瞪口呆,但也可能面无表情。我降低语调,尽量不惊不诧地问:"什么活死人,老罗你嘴上积点德好不好?"

　　秉汉老子看看秉汉娘,又看看我,黝黑发亮的脸皮皱成一团问:"徐行长,你当真不知道方茅是癌症?"

　　"癌症?"我语速很快地问:"癌症?什么癌症?谁得癌症?"

　　秉汉娘抹着眼泪说:"我们家哪有钱给她治病,要秉汉把她丢了,秉汉不听。徐行长你好人做到底,帮我们劝劝吧。我们就秉汉一个儿,全靠他,他要这样下去,我们就只好去死……"

　　2018年11月21日,一个没有任何特别的日子,但我永远记住了。

　　意外接到方茅打我的手机,她在手机里低低地说:"托了好多人,才问到徐行长您手机,秉汉怕您拒绝,只好我打电话。这个星期六中午,请您来吃我们一顿饭,行吗?"

我如约赶到饭店。就是撮合他们第一次见面的那家饭店,还是同一个包厢,显然是他们特意挑选的。

我推门进去,迎面巨大的喜字,头上悬吊气球、丝带、花束,四壁粘贴新娘新郎的艳装彩照。餐桌当中有个巨大花篮,桌边只摆了三把椅子,服务员把我领到中间椅子就出去了。

我右手边的方茅通体雪白婚纱,左手边的秉汉着绛色唐装。方茅轻轻咳嗽,掏出纸巾捂住嘴说:"医院预约好了,过两天就去上海做手术。都知道的,很可能就下不了手术台。秉汉一定要举办婚礼,徐行长,麻烦您给我们做个证婚人。"

我坐下来转向秉汉问:"父母不来?"

秉汉低下头,不停地点头说:"他们坚决阻止。"

秉汉的眼泪夺眶而出,右手边的方茅也嘤嘤抽泣,我拿起滚烫的毛巾捂在自己脸上,用力擦几把,让人感觉我眼睛是擦红的。

方茅泪眼模糊,泪水在她打了粉底擦了胭脂抹了腮红的脸上留下清晰痕迹,她有气无力招呼服务员:"上酒吧,出菜吧。"

吃过一点菜,发现方茅眯着眼,好像困极了,支撑不下去了。秉汉过去抱住她的双肩,几乎把她抱在怀里,红着眼睛说:"你不能倒下,你倒下了,我就再也站不起来了……"

徐建华,中国作家协会会员,中国金融作家协会理事,交通银行作家协会主席,江苏金融作家协会主席。

茉莉花开

陈 石

他的窗台前摆着几盆亭亭的茉莉花。清风徐来,满枝雪白的花朵摇曳着淡淡的幽香。他爱茉莉花,虽然它没有牡丹雍容华贵,没有玫瑰娇艳夺目,但他喜欢茉莉的清纯淡雅。

他和梦溪相识也缘于茉莉花。两年前,他在兰馨小筑一楼租了一个房间,梦溪的家就在他的隔壁。两家朝南各有一个小花园相连。

一天,夕阳西下,荷风送爽,一阵幽幽的古筝曲袅袅飘逸在火红的晚霞中。他循声望去,但见隔壁花园内,一个明眸皓齿的女孩在全神贯注地弹琴。琴弦在女孩纤纤玉指拨动下,仿佛潺潺的泉水流淌在碧草萋萋的幽谷,宛如夏夜的竹篁掠过一道飒飒的清风。接着,一曲醉人的《茉莉花》带着淡淡的清香在晚风中弥漫开来,沁人心脾。

他觉得此情此景恰似一幅画,一首诗,不由得陶醉在这茉莉飘香的夜晚。一时情不自禁,也拿了支萨克斯和着古筝的韵吹奏起来。对面的琴声停了,女孩站起身,凭栏托着香腮,好奇地端详着他。她听得入了神,一头秀发连同白色的裙裾在晚霞中迎风飘舞,如仙子御风。

他见女孩在专注地听他演奏,也停了下来,朝她微微一笑,向她竖起了大拇指;女孩也冲他嫣然一笑,做了个OK的手势。

他找了张纸,飞快地写了两行字:你弹奏得真好,希望每天都能听到你的琴声!他把纸折叠成一个纸飞机,向女孩掷过去。纸飞机带着一道优美的弧线,飞落在女孩的脚下。女孩展开纸看罢,也即刻写下了两句话:你的萨克斯演奏得真棒,和你做邻居真幸运!纸飞机同样飞到了他的脚下。他通过这种方式,知晓她的芳名叫梦溪。

此后,兰馨小筑的住户几乎每天傍晚,都能听到《茉莉花》优美的旋律萦回在茉莉吐芳的空气中。他俩的心在音乐中感悟,在纸飞机的往返穿梭中靠拢。终于有一天,他向女孩表白了自己炽热的情怀,女孩也深情地拥吻了他。不久,他们决定在河西为两人筑一个爱情的鸟巢,最终选择了宋都美域作为未来金色的家园。

他俩并不富有。他是一名外科医生,女孩是银行职员。两人每月要交银行按揭贷款5000余元,日子过得十分节俭。有一次,他带她参加同学的婚礼。新娘戴着昂贵的钻石项链,穿一袭洁白的婚纱,光彩照人。而梦溪自从去年10月买了宋都美域的房子后从未添置过一件新衣,每每想到这,他心中就充满了愧疚。他暗暗发誓等明年拿到新房结婚时,他一定要让她成为世上最美最幸福的女人。他用自己积攒的稿费在金鹰商厦为梦溪买了一条奥地利进口的施华洛世奇项链,兴冲冲地送给她。梦溪惊喜地看着他,半晌,轻轻叹了口气,嗔道:"我又不是花瓶,你呀,非常时期,不该乱花钱!"而当她有一天中午有事到他办公室找他时,看见他正在啃馒头,她的泪水止不住像断了线的珍珠一样,扑簌簌流了下来。

今年"五一",河西中央公园正式对外开放,他请雪中彩影的摄影师为她拍婚纱照。在姹紫嫣红的美景中,穿着婚纱的梦溪如惊鸿掠影,清丽淡雅,似梨花带露,温婉可人。他觉得拥有了她,自己就是这个世上最幸福的男人。他们携手来到了与中央公园一街之隔的宋都美域,盼着这片令他们魂牵梦萦的地方早日成为新生活的绿洲。

5月12日下午,他俩在影楼取婚纱照的时候,突然,大地摇晃起来,他们感到一阵眩晕。随后得知四川汶川发生了强烈地震,一时间,举国上下笼罩在一片悲怆之中。从电视中看到那些惨烈的镜头,梦溪哭成了泪人。他从她那里出来,二话没说,径直走上街头,加入了献血者的行列。梦溪也含泪把那条心爱的项链忍痛转让给了一位朋友,换了2000元钱捐给了地震灾区。时隔两日,他匆匆来向她辞行,告诉她自己已主动请缨,参加了江苏第二批医疗救援队,即将奔赴灾区。她到机场依依不舍地为他送行,看着腾空而起的飞机,她的心也随他飞到了汶川。

他来到汶川,被眼前残垣断壁、满目疮痍的景象深深震撼。他知道,此时,她一定在为他的安全担忧。他想给她打个电话报个平安,然而由于通讯中断,手机一直没有信号。救援工作有条不紊地展开。手术台设在临时搭建的帐篷内,门外躺在担架上等候手术的伤员排起了长龙。他顾不上和她联系,立刻挥汗如雨地在手术台前忙碌起来。当他见到一个个濒危的伤员经他妙手回春时,他感到一丝欣慰;而当他目睹那些痛失亲人以及伤残的受灾群众,他又心如刀绞。随着救援工作的进展,医疗队开始向边远的山村进发,在一处险要的山谷里,由于山体崩塌,他和医疗队的其他几位队友被困在了深壑里,情况万分危急……

在南京,她无时无刻不在牵挂着他。每当夜幕降临、华灯初上时,她常独自一人徘徊在滨江大道上,望着浪涛堆雪、汹涌澎湃的长江,心里在默默为他祈祷,她相信微微的江风会捎去她对他的思念,他也一定能够听到她的那支《茉莉花》心曲。

医疗队失联的消息惊动了高层。军方即刻出动直升机进行地毯式搜索,经历了三天三夜,飞行员终于在崇山峻岭的一处狭谷中发现了医疗队升起的狼烟。他们得救了。

他辗转回到住地后,抑制不住兴奋,给她拨了一个电话,他想把这段传奇经历告诉她,可是她的手机始终关机。后来,他打通了兰馨小筑梦溪家的电话。电话的那一端传来梦溪母亲颤抖哽咽的声音:"秦峥,能平安回来就好,我们都以为你出什么意外了呢,你快回来吧,好好陪陪梦儿!"

当他回到兰馨小筑,走进梦溪家里时,梦溪的母亲正在拂拭梦溪婚纱照上的纤尘。老人一见到他,不禁老泪纵横,泣不成声。原来,医疗队失联的消息传来,梦溪心急如焚,立即飞往成都,又随志愿者们星夜兼程赶往汶川。在路上,突遇山体滑坡,此时,有几个外撤的孩子正巧途经此处,有个小女孩被眼前的景象吓得手足无措,僵在那里。梦溪见状,眼疾手快,一把将小女孩推开,小女孩幸免于难,而她不幸被滚落的山石击中。她静静地躺在那里,鲜血染红了路边的山花,仿佛一簇簇盛开的红杜鹃……

老人把他领进里屋,从抽屉里拿出一沓用粉红色丝带扎着的纸飞机递给他,那是他和梦溪爱情的信物。还有一个她生前用过的手机,上面有一条尚未发出的短信:"秦峥,自你走后,一直没有你的消息,我快急疯了!窗前的茉莉也和我一样消瘦,我想你,每时每刻!你一人出门在外,要照顾好自己。你胃不好,要注意保暖,别累坏了身子……"

他的眼睛早已一片模糊。此时,天空中飘起了雨丝,窗台上的茉莉花在风雨中颤动,晶莹的水珠沿着花蕾和叶片簌簌滚落下来。

他捧着梦溪的婚纱照来到宋都美域,恳求开发商让他带上"她"看一眼未来的新房,以了却他俩平生最大的夙愿。售楼小姐听了他的故事后,无不唏嘘动容,潸然泪下。她们破例为他开放了他俩购买的那套毛坯房。

他把她的婚纱照端端正正地放在窗台上,用萨克斯轻轻吹起了那支令人荡气回肠的《茉莉花》乐曲。曲毕,他深情地望着照片中笑靥如花的她,喃喃地说:"梦儿,咱们回到家了!"

陈石,男,中国金融作协理事,江苏省作协理事,江苏金融作协常务副主席兼秘书长,江苏金融文联秘书长。在中央或省级报刊上发表诗歌、散文、小说、报告文学及学术论文数百篇,著有散文集《天边的风》(江苏人民出版社出版)。曾先后荣获 house.365 网站原创写手、当红版主、南京"十大地产博客"、南京博界"二十大地产领袖"以及搜房网"十大人气网友""十大原创达人"等荣誉。本文于 2008 年荣获中国金融工会举办的全国金融系统职工"大爱无疆"征文一等奖并收录在《天边的风》一书中。

天来天去

邓洪卫

我无法确定天来是怎么下来的,一切都靠推理,就好像狄仁杰断案,更何况也有蛛丝马迹可循。那时已是深夜(或者接近深夜),我们都已熟睡,左右邻里也该不会比我们迟睡吧。即便有一两个夜猫子,哪里会注意到楼顶上的异常身影,也不会听到楼顶上无助的数声哀切之音,以及坠落之声。我们也没有注意到。

天来可能也在屋顶上犹豫了好久。那天晚间也是"该应"(老家土语,意为该着出事),忽然落了会子雨,如猫尿一般滴了几下,很快就止住了,随即天边发亮,一轮明月从如纱般的乌云里游走出来,洒下清晖一片,映得楼顶清晰。天来看上去也不是一团黑影,倒自带光芒。这家伙目光炯炯,伸头往下看看,又看看,十五层的楼下路灯昏暗,树影婆娑,黑影团团,一根根晾衣竿层层叠叠,错落有致,晶莹闪亮。这家伙又伸开瘦腿往前探探,又探探,探着的是看不见的空气,是空气中流动的丝丝凉风。如是者多次,最终睁大眼睛,义无反顾,一跃而下。

"嘭!"

我睡得死,正做着一个不清晰的梦,忽听梦外有人叫我。睁开眼,看到胖子的黑盆大脸。胖子最近患有鼻炎,每天睡觉前总呲呲地吸鼻子,就像堵着的马桶,冒了两下泡,就是淌不下去,真叫人鼻子痒胃子酸。也不知吸了多久,才呼哧呼哧睡着,可很快就醒了,上厕所,回来又开始吸鼻子,吸了好久又睡着了,也不知道哪来那么多零碎。他自觉到另一房间去睡,分床几日,可我舍不得他,一定要合在一处。

你听听。他吸了下鼻子。

什么?我问。

外面有动静。他又吸了下鼻子。

我心一沉,睡意全无,赶紧侧耳细听,却没有什么动静。

听呀,你听。他锲而不舍。

果然听到外面有异常响动,伴随着呜呜的声音。我一下子坐起来,嘴里不说,心里却暗笑,一个男人胆小如鼠,听到动静不自去看看,却要叫醒女人,是算绝了。

我去看过了,阳台上,窗帘里边有声音,小小和喜顺都盯着那看。他压低声音说。

没掀开窗帘看看?

我不敢啊。他怯怯地说。

莫不是蝙蝠?我说。

这是有典故的。去年,家里不知怎么钻进来一只蝙蝠,潜伏在窗帘下面,夜里像刮风似的,在屋里打旋。我拿起笤帚扑打,被他拦住了,不能呀,蝙蝠者,福也,进了蝙蝠就是进福呀,这是大大的吉兆,千万不能把福给灭了。可也不能让"福"就待在家里呀,据说这家伙体内有不少种病毒

（那时新冠病毒还没流行，对蝙蝠身上病毒的认识也不够深入，但基本常识还是有的），于是就打开窗户，想把它吆喝出去，可它们瞎头瞎撞的，就是出不了窗口。引得小小和喜顺兴奋不已。最后关在后面书房里，他拿着笤帚撵，小小和喜顺爬到桌上随着蝙蝠来回摆动跳跃，像吃了摇头丸，嘴里还发出嗞嗞的声音，机不可失，我拿手机拍视频，还是小小凶猛，说时迟那时快，一口咬住，他拿笤帚将蝙蝠从小小嘴里击落，又用废报纸裹住，从窗口连报纸带蝙蝠没头没脸一并扔出，呼，关了窗户。

你把福扔出去了。我笑道。

快，消毒，房间里统统消一遍毒，小小和喜顺也要消毒。他叫道，脸色苍白。

他一句话，害得我忙了一天，屋里弥漫着消毒水的味道。

此次，莫非又是"福到了"。

不像，蝙蝠发不出那么大声音，呜呜的，凶得很。他摇头。

你有这工夫，掀开看看不就完了。我瞪他一眼，带头出了卧室，他紧紧跟上。

果然如他所说，阳台东边是跑步机（为他减肥专用，却没见用几次，自然肥胖依旧）内窗帘无风而动，小小喜顺伏于地上，瞪大眼睛，做奋起进攻的样子。我犹豫片刻，上前一把扯开窗帘，不由惊叫一声。

天来就潜伏在里面，嘴里咬着块鸡骨头，浑身毛发乍起，随时攻击。

我长出一口气，胖子也长出一口气。

天来后来是在跑步机底下被我掏出来的。开始还有些恐惧，目光警惕，不肯出来，大有顽抗到底之势，后来半推半就，束手就降，乖乖伏在我怀里，但一有风吹草动，仍本能要挣脱逃跑。小小和喜顺既不靠近，也不跑远，都好奇地看着我们。

此时天已大亮，因为是周末，不需要上班，给了我们从容破案的宝贵时间。案情并不复杂,对于喜欢看小说(其中不乏推理小说、侦破小说)的我们来说,实在是脉络分明,条理清晰。天来是只流浪猫,这一点无疑,不到两个月大小,此前或许也曾来踩过点,留下一些痕迹,比如门外地板上曾被发现有猫爪印,因没有实质破坏行为,不曾引起注意,但那次,它大概饿极了,撕开我们头天晚上丢在门外放猫屎的垃圾袋(有满地的猫垃圾为证),没有得到美食,但确定此屋里也有同类,必定粮草充足,可以饱餐一顿。有可能思想良久,也可能不假思索爬上楼去(我们家在顶楼,顶楼便宜)。它跳过层层障碍物,也涉过因阵雨而造成的水洼,因为它爪子上沾有明显泥印。它在楼顶的护墙上逡巡几个来回,小脑瓜不停转动,最终判断出准确目标。这是我们很疑惑的,它是如何确定它跳下来的就是我们家?可能还是气味,因为我们家相对狭窄,猫砂盆只能放在阳台一侧,猫粮也放在窗下台阶上。猫的嗅觉灵敏,可嗅出数百米之外异性猫发出的气味,对食物的味道也十分敏感。我家阳台外面是晾衣架,折叠式的,可收可放,而我们从没有收回的习惯,这给天来跳下来提供了安全保障。它确实是稳稳地落在晾衣架上,也可能踉跄一下,但顷刻间平衡住了,有晾衣竿正中的泥印为证,这也说明它不是从旁边过来的,两侧都是干净的,而我夜里习惯在客厅留一扇窗不关,以散发阳台上的猫屎味,但有纱窗可挡外面的飞虫蚊蝇。我们后来发现纱窗底部有一道口子,可以推测天来是从外面用锐爪划开的。纱窗屏障失守,再无天险,天来长驱直入,吃光了台阶上所剩不多的猫粮,又直奔厨房,将昨晚因我一时懒惰没有清理的食物垃圾进行扫荡,其中包括胖子晚上下酒剩下的鸡大腿骨头。胖子粗疏,鸡骨头上尚残留肉丝,天来如获至宝,此时,小小、喜顺发现敌情,围了过来。天来突出重围,叼着鸡骨头,跑到阳台窗帘后面。小小、喜顺虽是主人,但面对突然闯入者,还是有几分忌惮,不敢擅进,只在外面佯攻,天来在窗帘里也发声制人。双方相持不下,惊动了浅睡的胖子,胖子先出来探看一番,胆小不敢擅动,回来喊醒了熟睡的我。

就是这个情况,说复杂也不复杂,说简单也不简单。把消息发在"我爱我家"群里,立即引起一致惊叹:

神猫!

谈到去留,又一致认为:

不可留,放走!

我也倾向于一大家意见,家里已有两只猫了,再养一只,会很累的,再说家里空间也不大,闹得满屋子跑猫,猫比人多,实在不划算。

我问胖子,胖子抬头看天,手捋胡须(假如有胡须的话),故作深沉:

此天赐也,焉有不留之理!

就留下来,问及"当取何名"? 胖子脱口而出:

天来!

就这样,我家有了三只猫:小小、喜顺和天来。

如果按到我们家的顺序,则是:喜顺、小小和天来。

没想到,过了两天,我们又捡到一只猫,还是一只品牌猫。

那天,我跟胖子在外面一个喜欢的馆子里品尝了美食,还喝了点小酒。这是我喜欢胖子的原因之一。他性格好,没脾气,对我百依百顺,在我高兴或是不高兴时,都能陪我出去喝点小酒散散心。他心地善良,有时还会流泪,尽管那些事跟他毫无关系。他说他本来不喜欢小动物,比如猫。因为我,他喜欢上了。闲下来,也逗逗猫,给猫喂食,充任铲屎官,比我还勤快。尽管他患了鼻炎,很难受,也没有抱怨过猫。莫非你前世是只猫,我问他。他支吾着不答。天来到来后,我以为他会提议放走,而我也倾向于放走,但他坚持把它留下来,让我刮目相看。而自天来来后,他似乎变得勤快起来,逗猫,喂猫,铲屎,忙得乐乐呵呵。我不愿拿他跟前夫作比,我前夫也算成功人士,一个要害部门当局长,在漂城呼风唤雨,但那是他的成功。他成天不着家,到家就喊忙,他忙什么,忙于美酒美色罢了。

于我来说,除了离婚,没有更好选择。于是在一家人的愤怒声中,离了。我心一下子舒畅了,就好像鼻炎患者,一下子,通了,气顺了。

那天下班,我先回到家里,逗了会儿猫,发信息给仍在班上的他:看到天来,很开心。

家里喜添新丁,当以酒相贺。他一眼看中我心思。

于是我灌了一小瓶酒(小饮料瓶,有四两),奔老地方而去。他不回家直接去。

我点了他喜欢吃的菜,他点了我喜欢吃的菜,大概有三四个菜吧。

之所以这么点,是因为我们爱好并不相投。我喜欢吃鸡爪,他喜欢吃猪耳朵;我喜欢吃牛肉,他喜欢吃水煮鱼;我喜欢吃米饭,他喜欢吃面食。总之,不太一致。

菜上来了,我们喝酒。他多些,我少些。他酒量不大,二两吧,超过二两,话就多了。我喜欢他微醺的样子,很可爱。

等我有钱了,买个别墅,带院子的,养一群流浪猫。他二两酒下肚,话也豪横起来。

虽然是空话,但我还是非常感动。我知道他是发不了财的,也买不起别墅。马无夜草不肥,人无横财不富。他是个规规矩矩的人,哪里去发财?饿不死就不错了。

天赐御猫,吉兆也。他圆脸发红,黑里透红。

为我们美好的未来干杯!他两眼发光。

那一刻,我忽然产生了幻觉。眼前的他变成了一只猫,一只肥猫。莫非我前世也是一只猫?或者猫是我前世的情人。

当初,我遇到他时,他正落魄,独自一人在一家私企上班,没什么前途,没什么光环,没有房,没有车,没有人关心,没有人怜爱。因为不善于或不愿交流,所以他看上去无限孤独。

那时,我们都在这个叫南山小馆的馆子里吃饭。我一个人,他也一个人,在相邻的座位。我没喝酒,只吃菜。他自斟自饮,怡然自得。

后来,又进来四个人,可是座位都满了。店家过来,跟我们商量,能不能并一桌,腾一桌给刚来的客人。

本来不愿意,一个人一桌多随意,可我善解人意,他也是,于是,店家就把我的菜与碟端到他那桌去。我就与他相对而坐。

他没说什么,甚至连句客套话都没有,无视本尊存在,仍自斟自饮。虽然伤害了我的自尊,但也激起了我的爱意。

我一口喝了茶,把杯子放在他面前。

他愣了。

我眼睛直视着他。

他怕了,飞快地躲闪,摸起酒瓶,倒了一点给我。

那天,他不怎么说话,我也没说多少,也没互留联系方式(我希望他跟我要联系方式吗?),他没抢着结账(我希望他抢着结账吗?)就各奔东西。我后来想,如果他当时跟我要联系方式,如果他把我的账结了,我会是什么态度呢?我们会有后来吗?

再后来,我们又一次偶遇,我向他要了联系方式,最后,他退了出租屋,住到我这里来。

第一次到我家,看到两只猫在沙发上嬉戏,不由一愣,问,你养猫?

怎么,不喜欢?

呃,喜欢,当然。

听说他也曾辉煌一时,当年在单位里一个离领导很近的位置,那可是让人眼红的位置,如果正常,不出三五年,就能提拔,可不知他发了哪根神经,要求离开,另到一个边缘岗位。

他们让我干啥就干啥,没有一点自由,就像一只猫,高兴了就撸两把,不高兴了踢两脚,没有一点自由。他愤愤不平。

接下来,他日子可就惨了,几乎全单位人都把他当作异类,躲着他。

他一怒之下，辞了职，自办了一家文化公司，员工也有近十号人，经过两三年艰苦创业，公司兴旺，可好景不长，因为他的一个好朋友，也是副总，把他的全部人马带走单干，留下他一个光杆司令。他太仁慈了，慈不掌兵，所以他注定失败。现在在一个同学的公司，搞点策划，聊以度日。

他其实很懒，几乎不怎么做家务，还爱吃，当然不轻易下厨，都是我做的，或买现成的。

我居然不讨厌他的好吃懒做。

我问他，你以前也是这么懒，不做饭吗？

他喝着酒，淡淡地说，反正饿不死。

他是我捡回的一只流浪猫吗？

北京的一个朋友，让我去帮他打理公司。他说。

去吗？

他摇摇头。

我知道，他废了，他怕失败。可我竟然喜欢这种失败。

干杯，猫女王陛下，我会永远臣服你。他讨好我。

他跟我在一起，喝着酒，才是他的最佳状态。

有几回喝过了酒，我收拾完厨房，看到他跪在喜顺的面前，边哭边说话，把喜顺唬得一愣一愣的。

你这是干啥？我问。

我在跟喜顺说话呢。他破涕为笑。

喜顺跟你说啥呢？我问。

喜顺说，你们人类太复杂、太虚伪，没有咱们猫类单纯、真诚。他说。

我问喜顺，真的吗？

喜顺"喵呜"一声跑了。

我问他，喜顺刚才说什么了？

神经病。他说。

那天又是微醺，我们相扶着走出来，走在靠近小区的小路上，路上树影摇荡，我们看着自己的影子在连绵的树影里走进走出。忽然从巷口跑过一只猫来，直接奔向我们，到他的脚下，不走了，围着他的裤腿一下一下地蹭。

他笑了，跟你一起，我身上也有了猫的气息。

我看两旁无人，俯身捏住了猫后颈那块皮，一把将猫提溜起来，低声说，快走。

他紧跟我，我们一起进了小区。

这是只品牌猫，叫英短银渐层。我这才松了口气。

什么层？他一脸迷茫。

银渐层，品牌猫，能值两三千块钱。

我给英短银渐层洗澡。不愧是品牌猫，乖得不得了。我记得我给喜顺、小小、天来洗澡时，它们都没这么老实。

你想收养它？他倚在门口问。

它可是往你身上贴的，它跟你有缘分，起个名呗。我插上电吹风，要把小猫吹干。

那就叫随缘吧。他回过头来，仰起脸，打了一个很响的喷嚏，随缘在我怀里一哆嗦。

我还是把随缘送给了我姐姐，原因有三。一是家里猫太多了，我顾不过来；二是姐姐要，并且立即开车来取；这三嘛，才是主要原因，它是只品牌猫，太拿自己当回事，自以为尊贵，我不喜欢。

这已经是第三天的事了。

这三天里，随缘后来为上，几乎成了老大，从屋子最南边的阳台，到最北边的书房，它像皇帝一样，自由来去，大摇大摆。小小、喜顺和天来，都让着它，远远地看着它。特别是喜顺，经常独自坐在书房的窗台上，静静地看着窗外。我去抱它时，它快速地躲开。而胖子更倒霉，手刚伸过来，就被狠狠咬了一口。胖子看着手上的齿印，叫道，出血了，出血了。

我让他赶紧去卫生间打开水龙头冲洗。

没事的，没事的。我安慰他。喜顺已经到家三年了，不会有事的。

没事，没事。一向胆小的胖子竟然一脸不在乎。

我拿来餐巾纸给他擦手，看到他手上已经起了红印子，看来喜顺这一口蛮狠的。他久久地凝视那道红印子，像欣赏一件杰作。

胖子没有去打狂犬疫苗，他也就嘴上厉害，其实粗心得很。

我回过头来，看喜顺。喜顺在书房的窗台上，夜观天象，与刚才的暴躁判若两样。

喜顺是只奶牛猫，长得漂亮，黑白相间的花纹，四个小白蹄，高高昂起的头，微眯的眼睛，淡定的神色，无一不显示高贵之态，气场相当不凡。这是我最喜欢的猫。它不是一只野猫。当初它在一个临街面的老太太那养着。老太太养了好多猫，但大多跑丢了，还有的被街上的车轧死了。喜顺当时才三四个月吧，我立即把它抱回来，养着它，不让它吃那些残羹冷炙，让它吃猫罐头、猫干粮，有时，我还自制一些猫粮给它吃。它不像别的猫那样顽劣，而是温文尔雅，像个大家闺秀。有时，我到处找不着它，最后在厨房的后窗上看到它，静静地坐着，仰望星空，夜观天象，像一个哲学家。喜顺还有一个爱好，就是开柜门。它经常抠开柜门，躺在一堆衣服中间睡觉，像一个隐士。我洗澡时，喜顺总是坐在玻璃门外的小矮凳上，静静地看着我。它喜欢那样的热气，也喜欢那样的雾气，或许还喜欢那样朦胧的感觉。而我从里面看着它，也如看一个雾中仙女。我从外面进家时，它也跑过来，站在鞋柜上，不停地嗅我，跟我杠杠头。

而小小被我抱回来时，才一个月吧，所以我叫它小小。那么小，在小区楼下的垃圾桶旁刨垃圾，一有风吹草动，转身就跑。我心疼小小，也想给喜顺找个伴，免得它孤独，就把小小抱了上来。喜顺开始对小小是排斥的。小小有时向它示好,它不闻不问,依旧观察自己的天象。后来,喜顺终于放下架子,开始跟小小嬉闹,还舔小小身上的毛,那么细致,像个姐姐,也像个母亲。

小小是只小白猫,像个小皮猴子,蹿上跳下,有时它纵身一蹿,顺着卧室的门,蹿上了衣橱顶,高高地看着我们,得意扬扬。但它下来时会很困难,总是要费一番周折。有时它还会顺着挂衣架爬到空调内机上去,去咬缠在管子上装饰用的藤叶,下来时,往往会立足不稳,摔下来,逗得我们哈哈大笑,而它丝毫不觉难堪,依旧玩下一个项目。我后来在客厅里装了个猫爬架,共五层,小小永远在最高层,而喜顺最多在第四层上卧着,印象中从来没看到它爬上第五层。

天来如一只小老虎,是一只地道的虎斑猫。同样,没两天,它变得肆无忌惮,跟小小打成一片,仿佛失散多年的好友,皮个没够。但天来还是喜欢扒垃圾,厨房一忘了关,必定被它扒得满地狼藉。有时在客厅里发现它正抱着一个大肉圆啃得津津有味,必定是厨房里扫荡来的战利品。它永远像个饿死鬼投胎,看到我们吃饭都会跑过来眼巴巴地看。

这三只猫都是母猫,小小和喜顺都经历过痛苦的发情期,后来被我无情地送到宠物医院,让那个光头大夫,一刀除了根。

只有随缘是只公猫。

我把优越感十足的随缘放在包里,小小、喜顺、天来都从不同的方向过来,看着包里,仿佛送行。我提着包,打开门,到小区外面。姐姐下了车子。我没有让她上楼坐坐,因为胖子不愿意见我家里人。我为此发怒。他说,不着急,我不想以此种状态见你家人,我会以一个崭新的形象出现。

叫什么名字。姐姐接过包,透过网格,仔细地看。

随缘。路灯下,随缘在包里瞪着眼睛看着我,好像受到多么不公的待遇。

什么随缘,名字。姐姐把包晃了晃,随缘在里边也晃了晃。

名字叫随缘。

改了，叫福财。姐姐是个财迷。

多俗的名字。我忽然有点舍不得随缘了。

这下富贵有伴了。姐姐笑道。

她家也有只猫，波斯猫，叫富贵。

说了几句，我就上楼了。开门时，没有见到喜顺。已经十点多了，我赶紧洗漱。

洗澡时，我没看到喜顺。它一定又在厨房里夜观天象了。

洗完澡，到了卧室，坐在床上，小小和天来跑过来坐了会儿，没见到喜顺。就让它静一静吧。胖子在另一个房间睡觉了。我看会子书，不知不觉也睡着了。

半夜醒来，我的心一阵阵发沉。确切地说，我是难受醒的。梦里，天来变成一只老虎，追逐着，跑啊跑啊，老虎没了，我躺在草地上，心脏特别不舒服，总觉得地在下沉，然后轰地沉下去，沉到一个洞里，一只老虎在等着我，我就醒了。

你做噩梦了。胖子看着我。小小和天来也围了过来。

你怎么过来了？

知道你心脏不好，过来陪陪你，听到喊了。

喊什么？

喜顺，喊喜顺。

我一下子坐起来，喜顺呢，喜顺呢？

我们满屋子找喜顺，厨房里没有，书房里没有，阳台上没有，各个柜子打开，喊，找，都没有。

事情严重了，喜顺已经不在屋里了。

可门窗都关好了（自从天来从天而降后，每天晚上都关窗），喜顺怎么可能不在屋里。

我回忆,我下楼时,应该是随手关了门的,好像还回头看看,没有猫跟出来。

回来时,也是随手关门,不可能有猫跑出去。

而我拎着随缘出门时,分明看到喜顺坐在玄关柜上高高在上,冷眼旁观。

我盯着胖子。胖子说,你送猫时,我也出门了。

你出门干啥?

到楼顶上透透气。他经常去楼顶透气的,像哲学家一样仰望星空,有时还吟诵一首诗,抒发感慨。

关门了吗?

关了,可是,我回来时,发现门是开着的。胖子低声说。

到底是关了还是开了?! 我吼道。

我记得是关了,也就几分钟的时间,我就回来了,看到门开了一点点。胖子嗫嚅道。

我没理他,开门出去。他也跟了出来。

我们找到天亮,草丛里,花圃里,车库里,几乎找了个遍,都没有找到。我们回来,打开门,小小和天来跑过来,我多么想看到喜顺呀,可是没有。我坐在地上呜呜地哭起来。

喜顺走了,我们连找了几天也没找到。

我想把随缘要回来,可是姐姐告诉我,随缘也不见了。随缘到她家后,无拘无束,还欺负富贵,富贵虽然长得比随缘大许多,竟然怕随缘,后来,随缘就没了,也不知怎么就跑了。姐姐家是别墅,姐夫是个小老板,从小生意做起,越做越好,这两年生意兴隆,财源滚滚。每次家庭聚会,姐夫都是中心人物,高谈阔论,讲政治,讲经济,还讲文学,莫言、贾平凹、余华,写的什么玩意儿,垃圾,都是垃圾。

等我有时间,一定要写本惊世骇俗的书。姐夫说着,还瞥了我一眼。

这个家里,只有我喜欢看书,还喜欢写点小情小调的文字。

而我没离婚时,都是前夫局长高谈阔论,他只有点头的份儿。

喜顺走了,我的性情大变,常常没来由地发脾气。夜里常常做梦,梦到喜顺,一会儿梦到喜顺趴在我身边,附在我耳边说,我放下了,你们都放下吧,我过得很好,外面的世界比你们家好多了。一会儿梦见喜顺被人剥了皮,扒了内脏,放在火里烤,而那个人竟然是胖子。胖子的鼻炎似乎越来越厉害。以前十天半月发作一次,现在隔三岔五就发作,而且特别难受,喷嚏一个接一个,打得惊天动地,睡觉都张着嘴,鼻子都堵上了,喘不过气来。

我查过资料,确实跟养猫有关系,猫毛是过敏源。可是,我又不能不养猫。

胖子主动要搬出去。他说,他要去北京发展。

我虽在气头上,但还是想挽留他,说,能不走吗?

还是走吧,喜顺走了,我也不能成为喜顺。他说。

你知道我为什么喜欢你吗?我问。

因为我是一个失败者,就像这些流浪猫一样。他说。

我把猫都关在一个房间,好吗?我说。

可是我不想就这样失败下去,就像喜顺要走一样。他说。

好吧,我希望你能回来。我说。

像希望喜顺那样?他说。

尽管话不投机,我们还是决定喝一场酒。

二两酒后,胖子的脸红了。他低下头说,其实,我愧对猫。

我一惊,定定地看着他。

他讲了一段跟猫有关的故事。

胖子说,小时候,他也很顽皮。父母对他的管束非常严厉,要求无条件服从,动则拳脚相加,一顿暴打。父亲打他,用的是鞭子。父亲曾经在生产队里做保管员,兼职看一头牛,农忙季节把牛套上犁耕地。牛在前边走,父亲扶着犁,提着鞭子跟在后面,间或吆喝一声,甩一下鞭子。后来,分田到户,牛分给别人了,鞭子被父亲留下来作纪念,兼着用来对付他。有一次,他丢了文具盒不敢回家,被父亲知道了,拿着鞭子撵得他满村跑。母亲打他用的是鞋子,有一次,他们几个小伙伴到村后面的水塘里洗澡。被母亲发现了,脱下鞋子对着他的屁股就是一通狠揍。母亲为什么对他这么狠呢。因为母亲跟奶奶的关系没处好。为什么没处好,他说不清楚。反正,从他记事起,母亲经常跟奶奶吵架。母亲一跟奶奶吵架,就找碴打他。奶奶呢,总是数落父亲。父亲呢,并不敢去管母亲,只好把气撒在他这个做儿子的身上。他当时不明白。后来,他有点明白了,这是一种转移。母亲把对奶奶的怨转移到他身上了:你跟我吵,我就打你的孙子。而父亲对母亲虽然不满,又很无奈。他无法表达,只好把这种不满发泄在儿子身上。

就这样,他在父亲的鞭子和母亲的鞋底轮番抽打下长大了。长大了,也变得驯服,胆子变得很小,唯恐做错了事,总是小心谨慎。在村里人眼里,他是听话而温和的孩子,不像别的孩子那样淘气。他们教育自己的孩子总是说,你们看看老胡家的二品,多文静多秀气多听话,读书从不让人操半点心,成绩那么好。虽然高中毕业他只考了个中专,但,他被认为是村里唯一的大学生。他是那么的光鲜,拿公家的钱,端公家的饭碗。没有人知道他外表光鲜的背后是多么沉重,沉重得已经无法再说话。

小时候,家里老鼠多,先后养过好几只猫。印象最深的是一只小奶牛猫,是的,跟喜顺一样,黑白相间,很漂亮,也非常温顺。后来那只小奶牛猫死了。父母不知道这只猫是怎么死的,他知道。因为是他亲手送走的。那个暑假,父母都去田里干活,他一个人在家里,做完作业烧晚饭。小奶牛猫温顺地卧在他脚边。饭做好了,灶膛里的火刚熄灭。他没有起身,坐着发了一会神。忽然,他抱起小奶牛猫,把它放在灶膛的边沿上,小奶牛猫看看他,又看看仍闪着星星点点火花的灶塘,有点犹疑。他又把它向前送了一点点。小奶牛猫终于鼓足勇气,向前一蹿,紧跟着一声惨叫,转了回来,已经是遍体鳞伤,它躺在地上,奄奄一息,很快就死了。他悄悄地把它埋在了门前水塘边的树下。父母回来,找不到小奶牛猫,以为被过路的人抱走了,并没有怀疑是他弄死的。后来,他的耳边常常响起小奶牛猫那声凄惨的叫声,眼前还浮现起小奶牛猫投身灶膛的惨状。

我想起梦里喜顺被火烤的样子,不寒而栗。

所以,我一直感到愧疚,一想到那只小奶牛猫,我就有一种很深的负罪感,所以,我经常磕头求它原谅,所以……胖子继续说。

别说了,滚。

胖子默默站起来,向我鞠了一个躬,说,我有罪,我知罪。抬起头来,满眼汪着泪,转身走了。他宽阔的身体挤过饭馆的过道,到前台结了账,径自走出去,摇摇晃晃,踉踉跄跄,我一眨眼,他已经像个鬼魂一样消失不见。街上人来人往,各自神采飞扬。

我一个人回到家里,打开门,小小跑了过来。自从喜顺跑了以后,小小性情也变了,它不再淘气,而是经常像喜顺一样,静静地到后窗户那夜观天象,或爬在一个高处,冷眼看世界,不过,每当听到我开门的声音,它一定会跑过来,爬到鞋柜上,跟我杠杠头。

我换了拖鞋,喊,天来。往南看,不由暗自惊叫一声,我看到阳台的窗户开着——我想起早晨晾衣服,忘了关窗户——天来稳稳地坐在晾衣竿上,旁若无人,向远处观望。

几天后,我去宠物医院给天来打疫苗,意外地看到了随缘。医生说,他是买来的,花了二百块钱。

三年后的一个黄昏,我又看到了胖子。在离我小区不远的地方,有一座小桥,桥下是一家医院,医院拐角处,有一处灌木丛林,那里有两只流浪猫,一只黑猫,一只橘猫,经常有附近小区的人送来食物喂养。我看到胖子蹲下身子,手里拿着一次性塑料餐具,放在医院拐角处的石阶上,"喵"

了一声,黑猫和橘猫从灌木后面飞奔过来。胖子蹲在那儿,出神地看着它们吃。

从后面看,胖子似乎比以前瘦了。

我已经走过去了,忍不住还回头看他。旁边,男友奇怪地问,你认识他。

我说,我在看猫。

你喜欢猫?

养过几只流浪猫。

在家里?

嗯。

猫呢?

后来都送给了一个老太太,老太太要回乡下。

噢,送了好,太脏了。

说着,我们下了桥,回家了。

这三年,我也曾想到,喜顺失踪的那个晚上,我下楼给姐姐送随缘时,是否随手关的门。

而在胖子离开后的某一天,我也曾在小区里见过一只奶牛猫,我感觉就是喜顺,但比过去肥多了,跟胖子差不多。那一刻,我竟以为是胖子变的。彼时,它正在垃圾桶上聚精会神地扒食吃,见到我来,惊恐地向后一退,跳下来,随即就消失在树丛中,毫无依恋。

我默默地在原地站了一会儿,上楼了。

我再也没见过那只肥大的"喜顺"。

邓洪卫,中国作家协会会员,鲁迅文学院第二十九届中青年作家高研班学员。在《北京文学》《天津文学》《江南》《芙蓉》《清明》《飞天》《雨花》等发表各类作品100余万字,多篇作品被《小说选刊》《作品与争鸣》等选载,出版作品集10部。曾获江苏省紫金山文学奖、中国小小说金麻雀奖等。(本篇发表于《天津文学》2020年第12期)

抗日记事(三题)

邓洪卫

去镇上喝牛肉汤

我爷爷排行第二,人称二太爷。他哥哥,人称大太爷。大太爷走得早,面我都没见过。二太爷走的时候,我才六七岁,不太记事。什么事都是我父亲说的。我父亲说,这两位太爷呢,个头都不高,一米五几吧,容貌也相似,小头小脑的,但脾气不投,二太爷性子慢,温温吞吞,实心眼儿;大太爷性子急,风风火火,脑子转得快,心眼多得像葡萄,一嘟噜一嘟噜的。

两位太爷天生冤家对头,相互看不惯。大太爷说二太爷,你这一辈子就没拉过硬屎。二太爷说大太爷,你拉屎都能拉出火药来。

大太爷老是欺负二太爷。两家的水田挨着,中间隔道田埂子。大太爷绝,不断地削田埂子,越削越细,硬是把大半个田埂削到自家田里。大太爷的田比二太爷的田要低几厘米,大太爷不服气,偷偷在田埂上打眼子,二太爷家田里的水就慢慢地渗到大太爷家去了,二太爷家的水田成了旱田。

二太爷气,吵。但他面皮薄、嘴皮厚,说不过面皮厚、嘴皮薄的大太爷,往往被大太爷噼里啪啦说得面红耳赤,回不出一句整话来。

二太爷没办法,惹不起还躲不起啊,搬家吧,离你家远点。举家搬到一个荒草冈子上,砌房,开发新田地。

大太爷和二太爷就离得远了,少碰面,碰面也不说话。

再怎么躲着,还是一个村的人,怎么也躲不开碰面。每个月至少碰两次面,在六套镇上的牛坊里。

镇上只有一家牛坊,杀牛,卖肉。每月逢两次大集的时候,免费供应牛肉汤。大太爷和二太爷有一个共同爱好,喝牛肉汤。每到逢集,二位太爷都会到牛坊喝牛肉汤。不吵翻的时候,结伴一起走。吵翻了,就不一起走,岔开时辰,走两个小时的路,才到牛坊。从怀里掏出一瓶山芋干酿的酒,两块朝牌烧饼,打一碗牛肉汤,慢慢吃,慢慢喝。不吃牛肉,吃牛肉要花钱,他们舍不得。有时候,大太爷为了寒碜二太爷,会狠心买几片牛肉,故意嚼得吧唧吧唧响,让二太爷听到,显示自己日子滋润。二太爷装着没听见,呼噜呼噜喝自个儿的牛肉汤。

牛坊的人,买肉的人,喝汤的人,瞅着这两个都绷不住笑,脸上笑了半截,心里感慨:亲兄弟呀!

二太爷走出牛坊,忍不住唾了一口,在心里骂道,哼,叫你行绝,断子绝孙。

大太爷跟大奶奶结婚二十年,没见一儿半女。

那一年,二太爷生病了,病得凶呢。请镇上的中医克三先生来看。先生直摇头,难治啊。

克三先生一贯自信,他说难治,等于判了死刑,但先生又撂下几味药,说,吃吃看看,好便好,不好就拉倒。有好吃的别落下,说吃不着就吃不着了啊。

药一天天见少,二太爷还不见好,眼见得一天天消瘦下去。奶奶想起克三先生的话,含着泪问,想吃些啥呢?二太爷咕噜着喉结,说话都含混了。正好大太爷来了。大太爷听说二太爷有今天没明天了,把恩怨吞在肚里,来看一眼。

大太爷一听便懂,说,他问明天是不是集。又自语道,是集呢,他想喝牛肉汤了。

奶奶说,那怎的好?

大太爷说,明天我去镇上端一碗牛肉汤来。

奶奶说,这么远,碗口大,存不住啊。

大太爷说,你家不是有一个罐子吗?加上盖子,慢慢走,洒不了。

奶奶就把罐子拿出来。

第二天一早,大太爷就抱着罐子去集上。去了,人再也没回来。过了中午,罐子回来了。邻居杨麻子抱回来的。

1939年3月29日,农历二月初六,日本鬼子在六套制造了"二六"惨案,屠杀了一百零八人。大太爷就在这些人之中。

杨麻子说,本来,大太爷跟他一起跑的,完全可以跑得快些,但他抱着罐子,怕跑快了洒了汤,就落在了后面,正好遇上了鬼子,被刺刀挑了。等鬼子走了,杨麻子回去找在集上跑散的孩子,孩子没找到,碰到了奄奄一息的大太爷。他把罐子递给杨麻子,请杨麻子一定要带回给二太爷喝。说完了,他就断气了。

土黄的罐子已经变成血红的罐子。奶奶打开来,汤还有热气,搅了搅,还有几片牛肉。

喝了牛肉汤,再吃了几味药,几天后,二太爷的病好了,又活了四十个春秋。

大太爷无儿无女,死后,我父亲每年都去上坟。二太爷死后,坟跟大太爷的坟相邻。每到鬼节,我父亲都带着我去烧纸。在两座土坟中间,把纸分成两堆,点着。有一回,两堆纸刚烧完,风一吹,烟灰合到一处,飘上了天空。我母亲说,是不是两个太爷又吵起来了?

父亲摇摇头,说,不是,两个太爷拿了钱,一起去镇上喝牛肉汤了。

外公外婆

我外婆最初喜欢的是我外公,可后来又喜欢了胡七,并跟胡七结了婚。

胡七生得高大帅气,还能说会道,很会讨女人的欢心。而我外公虽然长得不难看,但跟胡七比就显得瘦小单薄了,又不会说话,口笨。

当然,还有一点,胡七家有钱,我外婆的父母也愿意外婆嫁给胡七。嫁给胡七,那算是从糠箩跳进米箩。嫁给外公,那算是从糠箩跳进更"糠"的箩。我外婆一家不痴不傻,怎么选择,透亮的事。

外婆对外公说,康大,我大我妈想让我嫁给胡七,没办法的事儿。

我的外公,也就是康大,闷闷地说,能再考虑考虑吗?

外婆不忍心了,低声说,嗯,我回去再抗抗婚。

还抗什么呀?过了年,胡七就吹吹打打用一乘小轿把我外婆接进了门。

胡七在自家的场院里摆了几大桌。胡家的亲亲友友,都来了。镇上的头头脑脑,也到了。海吃,海喝。

那场面,威风。我外婆一家,光彩。胡七,高兴。

这家伙喝得酩酊大醉。

问题出在第二天一早。天还没亮,我外婆起床上厕所,刚到院子里,院门"哗啦"一声开了,抬头一看,可把她吓傻了。一个日本兵,端着大枪,进了院门,转着贼溜溜的大眼睛,嘴里嘟囔着,啊哈,花姑娘的,大大的。

我外婆愣在那里,想跑,腿都木了,跑不动,张了几遍嘴,好不容易才喊出声来,胡七,胡七,鬼子来了。

屋里的胡七腾地从床上蹦起来,开门就出来了。

那鬼子已经进院,向我外婆走来,听到那边门响,赶紧把枪口转过去。他看那个男人高高大大,觉得不能掉以轻心,便向前走了两步。胡七吓得转身就进了屋子,哗啦上了闩。

我外婆这时也缓过神来了,趁鬼子的注意力在胡七那儿的时候,猫下腰,冲出院门。胡家靠近后河堆。外婆拐到屋后,爬上后河堆,沿着河堆跑。

鬼子没想到外婆会夺门而出,更没想到她会跑得那么快。他立即掉转身,端着大枪追出门来,看到外婆已经爬上河堆,便快步追上来。

外婆穿着红棉袄,在河堆上疯跑,像一团红色火焰在滚动,分外耀眼。

鬼子更加激情澎湃,恨不得一步赶上外婆。

我外婆是个小脚女人啊,哪里跑得过日本兵,脚步渐渐慢了下来。而鬼子越跑越快,兴奋地哇啦哇啦叫着,脚步逐渐加快。

眼瞅着就要追上了。

这时候,从河堆北面慢悠悠地走上来一个人。正是我外公。

我外公走路有些打晃,左手拎着酒壶,右肩膀上扛着一把锄头。

我外婆恐惧的眼光又呈现出一丝希望。她跌跌撞撞地向我外公跑过来,想抓住这最后一根救命稻草。

我外公压根儿没瞅她,好像她根本不存在似的。低头绕过她,继续慢悠悠地往前走。

鬼子见有一个男人向这边走来,起初有点戒备,可一看,这人蔫头蔫脑,晃晃摇摇,站立不稳,心里也就放松了。

小河堆窄,最多同时并肩走三个人。我外公往路边靠了靠,毕恭毕敬地给鬼子让出路来。脚可没停,继续往前。

两个男人就要擦肩而过。那时刻,我外婆就在前面几米远的地方,跑不动了,一团红静止在路边。

鬼子一心奔那团红来,眼里基本上忽略了外公的存在。不提防脚下一绊,扑通,摔了个狗吃屎。

原来是将要擦肩的时候,我外公突然把脚伸过来。那动作真叫一个麻溜!

八嘎。鬼子嘴里嘟哝着,要爬起来。我外公迅速回转身,举起锄头,对着鬼子的后脑瓢一阵猛砸,把鬼子的脑袋砸成了一摊泥。

我外婆听到身后一声钝响,一下跌倒在地,瘫在路边。

这时候,河堆下的小街上不时传来枪声,后来竟然枪声大作。

那一天,日本鬼子在六套制造了"二六"惨案,屠杀了一百零八人。

胡七一家除了胡七从后窗逃跑之外,无一生还,我外婆的父母也被鬼子枪杀在南大塘。

那天,鬼子屠杀完人之后,集合清点人数,发现小队长野田失踪。到处寻找无果,遂撤兵回响水口驻地。

那个叫野田的小队长已经被我外公外婆拖到后河堆下,扔河里去了。

后来,我外婆就跟了我外公。

你怎么正好从河堆下上来的呢?结婚的那天晚上,我外婆问外公。

跟你说实话,那天晚上我本来想"锄"了胡七,把你抢走的,可是我又犹豫不决,只好在河堆下喝酒,一直到天要亮才下定决心,没想到正好碰到鬼子追你。我机智果断,三下五除二,就把鬼子"锄"了。我外公豪气地说。

你真是个英雄呢?我外婆挑起大拇指说。

唉，就是那一夜，让胡七占了先，早知道还是晚上在你们没圆房前"锄"了他。我外公惋惜地说。

哼，你瞎说什么呀，我根本没跟胡七圆过房。我外婆生气地说。

那一夜胡七干啥了？我外公问。

那一夜胡七醉得起不来，第二天早上才醒，要跟我圆房，我说要上茅厕，没想到出门就遇到了鬼子。我外婆说。

我外公长出了一口气。

胡七曾经去找我外婆，我外婆说什么也不跟他回去了。

你太自私了，你只晓得把自己的命当宝，眼里没有别人！

可是，可是，我花了那么大工夫，还没跟你圆房呢，我这婚结得冤呀。胡七很委屈。

你不冤，如果不是我们家康大那天晚上手下留情，你会跟那个鬼子一样被"锄"了，你说，你冤啥？外婆狠狠地说。

对！难道你也想被锄一次吗？外公把锄头在地上蹾得山响。

胡七吓得扭身就跑了。

外公哈哈大笑。其实他心里清楚，那天晚上，他是下了一夜的决心，可是最后的决定是：放弃，回家。

那个倒霉的鬼子，瞬间改变了一切。

三道奶奶

三道奶奶姓张，二十岁嫁给六套镇上的成老三，就有了称呼叫成张氏。她一生吃斋念佛，念《金刚经》时学会认字，长大后知书达理；成老三大字不识，又生性老实，做着小生意，属于饿不死也发不了财的主儿，对老婆言听计从。成张氏就成了家里的主心骨、顶梁柱。她还经常帮助邻里调解纠纷,主持公道,把弯弯曲曲的理儿捋得直直溜溜的,一目了然,让人心服口服,无话可说。

镇里镇外,前庄后村,都佩服她,都叫她"三道奶奶",说,三道奶奶那人,要是男的,起码得当个县太爷。

三道奶奶可没有做官的心思,她虔诚信佛,曾经颠着小脚走一百多里路到云台山上香。每年八月十五,家中天井里放一张桌子,放上鲜果,供奉月光娘娘。她围着桌子边走边念《金刚经》,一念就是一夜。年三十晚上,也要念一夜,因为百仙下界视察。人家神仙老爷不在家热热乎乎过年,到凡间送福,咱可不能冷落了他们,得撑起这个场子来。三道奶奶很严肃地说。

成老三是个好人,却没有福气,身子骨虚,病病歪歪好多年,三道奶奶天天跪拜菩萨,请求保佑。

傍着镇子横着条河,叫清水河,村里人出村往县里都得沿着河绕很远的路,很不方便。有图省事的,泅水而过,料不到体力不济或腿肚抽筋,沉下河底。三道奶奶就买了条船,让丈夫每天撑船摆渡。船头放着木匣子,坐船的人随意给点,不讲究。木匣子里的钱每天晚上都交给三道奶奶,一分不能动。

你的命是菩萨给的,要用你的善行来报答菩萨。晚上,三道奶奶一边为成老三洗脚松骨,一边讲道理。

成老三看着三道奶奶臂膊上的伤疤说,你就是菩萨,我要报答你。

又过了十年,成老三死了。不是病死的,而是为了救两个落水儿童,最终体力不支——毕竟是得过大病的人——溺死在水中。

成老三走了,三道奶奶在清水河上建起一座石拱桥。气势雄伟,南北横卧,取名叫广福桥。成老三的大名叫成广福。

哪来的钱?十年摆渡的钱(这钱,三道奶奶收得紧紧的,一分没动过),到处磕头募捐的钱(这十年里,三道奶奶经常到外面化缘),再加上自己的私房钱(三道奶奶的娘家有钱,当年陪嫁,金银首饰就有一箱)。

桥修起来了,镇里镇外的人进进出出也方便了。

这一年,日本鬼子来了。鬼子驻扎在北面五十里开外的响水口。

1939年3月29日,农历二月初六,天蒙蒙亮,鬼子突然杀进六套小镇。

儿孙们都劝三道奶奶一起逃跑。三道奶奶说你们跑吧,我一个小脚老太太,跑不动了。

儿孙们说,我们抬着您跑。

三道奶奶说,菩萨会保佑我的,广福会保佑我的。

儿孙们没办法,只好留下老太太,往南边的乡下跑。

不一会儿,一群鬼子闯了进来。鬼子闯进来之后,像狗一样乱窜,翻箱倒柜,挺着大枪,端着刺刀,挑来挑去。

三道奶奶不理他们,端坐在蒲团之上,左手置于胸前,右手持槌,面无表情地敲着木鱼。她的眼睛是闭着的,嘴里念念有词。

有一个军官模样的鬼子围着她转了两圈,在她身后站住了。这个鬼子挂着军刀,看着老太太,听着老太太念诵经文的声音。

仿佛有一阵风从后窗袭来,外面传来枪声和惨叫声。三道奶奶的手哆嗦了一下,槌子落在地上。三道奶奶眼睛没有睁,手向身后摸索,却摸到了鬼子的军衣,还有军刀。三道奶奶的手停了一会儿,继续向下,摸索槌子。

鬼子伏下身来,将槌子捡起来,递过去。三道奶奶接过槌子,继续敲木鱼,念经。

鬼子闭上眼睛听了一会儿,突然手一挥,领着其他鬼子出去了。

鬼子走了,家人回来了。见三道奶奶好好的,仍在闭目念经,这才放下心来。

家人问,鬼子来了都干些什么呀?

三道奶奶却说,鬼子的衣服摸起来厚厚的,哗哗啦啦响,那一定是上好的衣服料子,值钱呢。

那一天,日本鬼子在六套制造了"二六"惨案,屠杀了一百零八人。

第二天,清水河上传来一声巨响,广福桥被炸了。保安队的人说,如果没有这座桥,鬼子就不会这么快进镇,就会有更多的人有时间逃生。炸了这座桥,他们可以更好地抗击鬼子。

桥被炸了,三道奶奶经常去河边桥墩念经祷告,有时还会哭,最后眼睛哭瞎了。

1949年以后政府又在那里修了一座石拱桥,还叫广福桥。

三道奶奶死了,享年八十二岁。

后来,乡民还自发在桥北立了一座碑,碑刻三道奶奶小传。

再后来,河被淤塞了,桥被拆除了,碑也没了。

芳 华

彭仁五

一

1987年大年三十这一天,黑夜很快淹没了河山镇。

镇上的人们放起鞭炮,点起灯笼,舞起龙灯,欢快地在广场上跳着唱着……此时的云州县农业银行河山支行的出纳员芳华却一脸愁云,冷汗直冒,似乎即将到来的春节与她一点关系都没有,因为轧账时库存现金突然多了一张五元钞票。芳华将库存现金左盘右点,又细细地翻看一天的传票,直到翻到最后一张传票的票面分析章时,见五元面额的钞票只写了五张,此时她才恍然大悟。原来下午业务快要结束时,旮旯村的李老伯来网点将到期的储蓄存单转存一下。李老伯看到利息清单上的利息正好是三十元,笑着对芳华说:"会计,这三十元利息就付六张五元的新钞票吧,晚上正好给六位村里的小把戏发压岁钱哩。"可芳华在付李老伯利息时,一分心只给了李老伯五张五元的新钞票。

芳华想:少一张五元纸币,李老伯的压岁钱恐怕是发不成了……万一李老伯将这件事说出去,就会对河山支行造成不好的影响,而眼下正是组织资金的旺季……想着想着,芳华赶紧收拾好行李,与同事们道了别,加快脚步直奔旮旯村而去。

此时正是四九节气,一路上,芳华的脸和手都被冻得像红萝卜似的,还好芳华是一路小跑过去的,感觉身上似乎还有些热气。一支烟工夫,旮旯村到了。芳华敲门,李老伯开门,一惊。芳华向李老伯说明了来意,李老伯连忙说:"哦,一点小事,不要放在心上,快,快,进屋里坐,一块吃饺子。"芳华心头压着的那块石头才放下来。芳华走进堂屋,与李老伯的家人打了声招呼,顺便将一袋子苹果放在了八仙桌上。李老伯正要拉芳华入座,芳华却不肯坐上去,嘴上笑着对老伯说:"是我给您老人家添麻烦了,以后我们银行的发展还要你们一家多多支持呢!"李老伯的儿子李景接过话茬:"好的,芳华会计,等过了春节,我介绍几个镇上中学的老师到你们网点去存款。"芳华说:"谢谢李老师,现在时间快七点钟了,我还要赶回青龙村家里吃年夜饭呢! 谢谢啦!"芳华说完风风火火地走了。

芳华回到家已是八点多钟。吃过晚饭,她走进自己房间,随手拿起一本《平凡的世界》翻看起来。读着读着,她仿佛看到了自己的影子。回想自己这一年来,真是经历了许多人生大事,从7月份高考落榜,再到10月份通过招考幸运地进入银行,到年关这天出了这么个小差错,这一路走来真是有点波折。她又想起了李老伯的儿子——那位外表斯斯文文的李老师,顿时脸红了起来。人家可是师专的高才生,自己不过是个高考落榜生,瞎想那么多干什么呢? 想着想着,芳华进入了梦乡。

当时行社还没分家,银行员工捧的可是铁饭碗,能够在银行工作是无数年轻人梦寐以求的事。渐渐地,来芳华家说媒的乡亲多了起来,可是都被芳华一口拒绝了。芳华总是说银行工作忙。

昝旯村的李老伯一家说话算数,春节里帮芳华拉了许多存款,使芳华圆满地完成了新春组织资金任务。支行里的同事开玩笑说:"李老伯一家对你这么好,是不是李老伯家的儿子李老师看上你喽?"弄得芳华脸红红的,头像拨浪鼓似的摇个不停。

过了正月,芳华正准备去李老伯家上门道谢,这时候,在银行柜台却突然听到了昝旯村的一位客户说:"李老伯骑自行车出了车祸,正躺在镇卫生院病房。"下班之后,芳华拎了一大袋水果直奔卫生院。推门进入病房,李老伯正躺在病床上。李老伯见芳华进来,忙对芳华说:"唉!芳华姑娘,都怪我这把老骨头,一时心急耽误了你的大事。那天我准备骑车去邻镇一个开商店的亲戚家帮你拉些存款,路上由于车子骑得太快,车轮撞在一块大砖头上,我从车上摔了下来,右腿一下子竟骨折了。"芳华忙说:"大伯,我对不住你。"说完,芳华眼里的两条蚯蚓很快游了出来。芳华坐到病床前,用小刀削了块苹果片往李老伯嘴里送。这时候,病房门突然开了,李老师单位的一帮朋友也来看望李老伯。不知是哪位心直口快,说了一句:"李老伯,你真是好福气呀!还有这么一位好闺女呀!"弄得芳华一愣一愣的,竟不知说什么才好。

李景的热心肠和芳华的纯朴善良让两颗年轻的心越走越近,从相识到相知再到相爱。桂花飘香的季节,他们终于走进了婚姻的殿堂。结婚那一天,芳华笑靥如花,向亲朋好友倒酒、敬酒。夜深人静的时候,她问李景:"李景,我心中一直有这样一个问题,你条件这么好,为啥会看中我呢?""芳华,是你的一颗真诚的心打动了我和我的家人,认识你之前我与税务所一位女办事员谈朋友,不知道什么原因,那位女办事员有一天突然对我说:'你脚踏两只船,我跟你合不来!咱们还是就此断了吧!'我忽然联想到了在单位帮你拉存款的事情。刚想解释给她听,她却走了……"芳华听了,说:"哦,原来是这样,这才让我有机可乘。那你以后可要与我一辈子同甘共苦喽!"李景走到芳华身后,伸出双手用力把妻子拥入怀中……

二

开门、营业、结账。日复一日,年复一年,芳华练得一手好算盘,加减乘除打得样样精通;她还练就了十分钟点二十三把钞票的高超本领,参加工作的第三年,还得了全行业务技术比赛全能业务二等奖哩!业余时间,芳华还报名参加了云州县电大财会班的学习,休息日,她一个人骑自行车不厌其烦地往返于县城与乡村之间,因为她坚信党报党刊所说的"科学技术是第一生产力"这句话。

1996年初,行社正式分离,芳华本来是可以去农业银行工作的,可由于农行往后在河山镇不设网点,考虑到自己长期在河山镇工作、生活,地熟人熟,与地方农民朋友结下了深厚的情谊,所以她毅然选择了云州农信联社河山分社,放弃到国企大集体工作。许多人认为芳华傻,芳华却说,每天能够看到村民来柜台办理业务,满意地离开,她心里比吃了蜜还甜。不知不觉间,芳华的美好年华缓缓流淌在河山镇宁静的乡村岁月中。

行社分离后,由于单位缺少信贷人员,河山农信社负责人陈主任让芳华担任东部片区的农金员,负责"三农"贷款的发放。这时候,芳华肩上的担子更重了,一边要学习信贷业务知识,一边又要拉存款,另一边又要发贷款,还要清收不良贷款,她似乎早已忘记了还有休息天的概念。好在爱人李景能够理解她,帮她分担了许多家务事。

为了进行贷前调查,芳华的足迹几乎走遍了整个河山镇。记忆中第一次下乡调查客户时,还闹出了不少笑话。芳华原以为调查客户就是进当地客户家了解一下情况就可以了,可情况比想象中还要复杂。山羊养殖大户阿勇所在的村子龙塘湾在大山深处,总共有六户人家,当芳华想进村时,看到一条条眼放着绿光的狼狗,加上那"汪汪"的嚎叫声,令芳华颇为紧张,一整天都没有跨进村子一步。好在后来李景休息天陪她去了趟村子。你别说,这狗还挺通人性的,第三次去龙塘湾村,芳华一个人在村口,老远就看见大狼狗摇着尾巴欢迎着她哩!看来狗也成了她的好朋友喽!令人意想不到的是狗还帮芳华"咬"回了贷款利息:从事水产养殖的刘队长在水塘周边养了几条大狼狗,刘队长听说芳华怕狗,担心狼狗咬芳华,于是贷款到期前都主动将利息钱送到信用社柜台,以往可都是信用社人员上门催收利息哩!

  由于历史原因,河山信用社还有许多不良贷款需要清收。为清收不良贷款,芳华作为信贷员没少吃苦头。一次下乡与村民的闲聊中得知:曾经欠农信社五万元贷款的个体户王大炮目前在县城办浴室,生意搞得风生水起。芳华顿时就来了主意。她来到县城,赶到王大炮的浴室,可就是找不到王大炮,于是在浴室对面的一家旅馆订了房间住了下来。第二天,就有些难听的话传到了李景的耳朵里——芳华与一个领导模样的男人开会开到云州县城里的旅馆去了。李景一听急了,打的赶到县城旅馆,敲开房门,却见爱人芳华正与一位女同志站在窗台边朝对面的浴室张望着。芳华忙问李景到城里来有什么急事,李景吞吞吐吐地说:"我……我……担心你累了,特地来看看你。"芳华身旁那位女同志这时候突然说道:"快看,王大炮进店了,我们下楼找他去吧!"芳华接过话茬:"太好了,我马上打电话给联社信贷管理科的陈科长,让他过来帮帮忙。"众人一起在浴室大厅堵住王大炮。王大炮急得直跺脚,只得老老实实答应抽空就去把贷款还清。回来的路上,大伙儿都很开心,笑着对李景说:"李老师,你来得可真是时候呀!"李景却暗暗叫苦——自己掏腰包又是打的又是买香烟,这一切只能埋在肚里喽!

三

　　2000年之后,云州农信联社河山分社经历了二次更名,先是更名为云州农村合作银行河山支行,最后更名为云州农村商业银行河山支行。为了激发云州农村商业银行的改革与发展活力,总行开展了中层干部竞聘上岗考试。2010年,芳华经过总行的笔试、面试、考评环节,一路过五关斩六将,通过竞聘考试,正式担任云州农村商业银行河山支行行长一职。她感觉肩头的担子更重了。这一年,河山支行充满了巨大的挑战:一是周边地方有种叫"资金联"的民间集资方式以其高利率、高回报吸引了当地老百姓的一部分存款;还有就是河山镇的支柱产业采石行业逐渐关停,随着近年政府部门加大环境整治力度,许多靠山吃山的采石企业面临转行发展,有的企业去了外省干老本行,还有的企业去了县城的开发区买了地改了行。这两点原因导致开春以来河山支行的存款业绩直线下滑。另一个最大的困难就是信贷风险加大及贷款投放工作面临无对象的困难,部分在河山支行贷了款的采石企业外流,更加大了信贷资产的风险。

　　"资金联"的总部设在邻县一家乡镇上。芳华为了了解其超常的赚钱方式,还特地去现场了解了一下。原来这是一家所谓的民间投资公司,老百姓先把钱投进去入股,然后每个星期天银行卡就能收到公司支付的红利,一年下来就能翻本,也就是说,在他们公司投资一万元,一年下来就会变成二万元,比银行利息高了近五十倍,该公司为了吸引周边百姓入股,在河山镇也开了一家网点,一传十,十传百,许多当地老百姓纷纷将钱投了进去,生怕慢一步就会丢掉这个赚钱的好机会。芳华暗暗好笑,世界上哪个企业能够创造这么高的利润? 这不就是新型的"庞氏骗局"嘛,钱滚钱,到最后转不动时,就由大家来接盘。想到这里,芳华不由倒吸一口冷气,也许河山镇去入股"资金联"的村民还有自己熟悉的亲朋好友呢!更多是那些在河山支行存款的农民朋友啊!对,我可不能让他们白白遭受这么巨大的损失。芳华拿定了主意。回到河山镇,芳华走亲访友,劝说他们不要入股"资金联"。她还向上级部门写了一份《关于"资金联"非法集资的调研报告》。不法分子很快知道了芳华阻止村民入股"资金联"的事,一封威胁信很快寄到了芳华的办公室,让芳华别管闲事,否则没有好果子吃。过一段时间,见芳华还没有收手,于是他们摸清了芳华一家在镇上的住宅,趁天黑砸碎了芳华家的门窗玻璃……一时间,芳华面临巨大的压力,那些天,她天天晚上做噩梦。好在那些天她与李景在县城租了房子陪上高中的女儿读书。大年初一到了,女儿想回河山镇上老家看看,芳华让女儿把心思用在学习上,老家的房子好好的。可当女儿从爷爷那里了解到真实情况后,对芳华说:"妈妈,等我高考结束一定要报考公安警察院校,把那些害人的坏蛋统统抓起来。"芳华听了之后,"扑哧"一笑,双手轻轻揽过女儿,轻轻吻了一下女儿的脸蛋,微笑着对女儿说:"好女儿,你的话今天让我做妈的真感到欣慰。"望着女儿,好久不与女儿交流的她突然感觉到女儿一下子长大了。"资金联"问题很快引起了地方政府的高度重视,不久便依法取缔了"资金联"的网点,芳华心中那块久悬的石头终于落了地。经过这次考验,河山的农民朋友都认识了芳华,一些吃了亏的农民朋友纷纷把钱存到芳华所在的银行。由于芳华及时反映非法集资问题,云州县政府奖励了芳华一笔奖金,周围的朋友和同事听说之后纷纷要芳华去县城最好的酒店订一桌庆贺一番。芳华却把奖金给了爱人所在的中学,她说那些贫困家庭的孩子更需要钱,这样奖金才用得更有意义,众人纷纷竖起了大拇指。

　　因为芳华一直持续关注着"资金联"的动向,整个春节期间竟忘了按照惯例去慰问与支行结对的旮旯村贫困户李婶。李婶的丈夫早年在采石厂干活时不小心被山里滑坡的大石头砸中身亡，儿子虎子还在上大学，全家担子全落到李婶一人身上。芳华一时感到内疚，打算多买些礼品过去。买什么好呢？芳华联想到李婶家门口有几亩闲空地，于是买了一些桃树苗与梨树苗过去。芳华想，等这批果树长大之后，李婶还可以采摘一些桃子、梨子卖了，换几个零花钱用用哩！李婶见芳华拿来了果树苗，感到特别高兴，拍着胸脯对芳华说："我一定照顾好这些果树苗，等果子熟了，请你们过来尝尝鲜。"

说者无心，听者有意。听了李婶的话，芳华心想：河山镇现在采石厂关了门，许多农民朋友闲在家中，他们世代为农，只懂得扛锄头种地，如果他们能够利用废弃的山地来种植果树、茶树的话，就不用去外地打工了，还能增加收入。说干就干，芳华回到支行，制订了支行相关发展果树贷款的办法，而且在利率上给予优惠。在河山支行信贷资金支持下，许多农民朋友都搞起了种植业。

有播种就有收获。几年过去了，河山镇成了远近闻名的果树镇，山乡逐渐出现了一批果品专业合作社及茶业合作社，有力地促进了地方经济发展。李婶的儿子虎子大学毕业之后因为一时找不到合适的工作，一直在家闲待着。有一次，他在微信朋友圈中发了自己家种植的水蜜桃图片，竟有许多朋友问起桃子的价格，打算买一些尝尝鲜。虎子于是采摘了自家门口的桃子，把桃子打包好，通过快递寄给远方的朋友。几天下来，门口的桃子竟然卖了个精光。赚了点钱的虎子想，要是自己开个乡村特色产品网店，把附近村子的桃子、梨子收购过来包装一下，卖出桃子、梨子就是钱，这样在家里也可以挣钱上班喽。可是到外面收购水果需要资金呢。虎子跑去找芳华帮忙，芳华又把虎子介绍给专管信贷的老马。老马一听说虎子是一位刚毕业的大学生，又是贫困户家庭，一点社会经验都没有，光凭一台电脑就能开店，而且将农产品销往外地，这不是瞎胡闹嘛，有点不想贷款给虎子。芳华知道老马的担忧后，拿出自己的一张八万元的储蓄存单给虎子做质押，老马这才贷了五万元现金给虎子。虎子拿到贷款后如鱼得水，从周边种植户那边进了一大批桃子与梨子，又通过网店卖了出去。秋天过后，虎子还清了所有的贷款，粗略地算一下，赚了两万元，弄得信贷员老马目瞪口呆，忙向虎子取经。芳华笑着说："现在的乡村有许多新型农民，他们有知识有头脑有文化，不再抱着那种土老粗概念，他们在利用互联网平台发展、壮大自己的事业哩！"虎子接过话茬："老马，我明年开春想贷点款准备再种植一批桃树，另外再承包十亩山地，可以再贷十万元吗？"老马鸡啄米似的直点头。

听说李婶在农商行河山支行的帮助下摘掉了贫困的帽子，河山镇党委书记刘锋特意到河山支行来向芳华取经。芳华说这一切都是他们农商行人应该做的。刘书记还想听听芳华在帮助河山父老乡亲脱贫致富方面的建议。望着刘书记恳切的目光，芳华一下陷入了沉思，她想起了党的十九大提出的乡村振兴战略，又想起了自己小时候家里条件不怎么好，上高二时学费还是向邻居耿老伯借的，上次回娘家还看到六十多岁的耿老伯在棉花田里打农药、治虫子。芳华问耿老伯，为什么不让儿子干呢？耿老伯听了之后一声叹息，说道："唉，儿子也想从广州回来打工，可是，咱河山镇好企业不多，更别提待遇了，回来还不是喝西北风啊！"想起这些事，芳华于是对刘书记一脸愧意地说："刘书记，这方面我做得还不够，但你放心，我会努力的。"如何进一步发挥农村金融优势，做好新时期新形势下河山镇的金融扶贫和乡村振兴金融服务工作，接下来的日子里，芳华对河山镇当地的情况进行了深入的走访和调研。通过贷款支持新型农业经营主体，带动河山镇现代农业、特色农业、乡村旅游、农村电商等乡村特色主导产业，单位贷款重点支持小微企业与地方特色产业发展。支行还结合"阳光金融"工程，着力培养一批新型职业农民，让他们成为河山地区致富的领头人。在农商行河山支行"金融活水"的滋润下，如今走进河山大地，现代化的农业园区绿意盎然、鲜花盛开，山区田间、果园、地头，一批新型职业农民正在用智慧和汗水酿造着甜蜜的生活,丰富的自然禀赋让河山镇这块古老的土地焕发着勃勃生机。

四

2018年,芳华到了退居二线的年龄。总行领导准备调她到机关办公室任职,芳华婉拒了:"我还是习惯在一线工作,我就在网点任大堂经理吧!我和我的兄弟姐妹们感情深着哩!我还可以带带他们。"

这一年,电影《芳华》正在全国各地影院火热上映。女儿已经考上重点大学的硕士研究生。女儿告诉芳华,说有部名叫《芳华》的电影。芳华一听觉得好奇,于是母女二人相约去影院观看。女儿感觉既陌生又好奇,咯咯笑个不停。芳华却泪流满面,她仿佛看到了一条自己曾经走过的路,忽然间明白了20世纪中叶在农信社工作的爷爷为何为她起了这个名字。

彭仁五,丹阳市作协会员、中国金融作协会员、江苏金融作协会员。陆续在省县级报刊发表小说、散文、纪实文学三十余万字,作品散见于《扬子晚报》《农村金融时报》《中国金融文学》《金融文坛》《当代小小说》等。

前世今生

孙拥君

　　整整半年,我这个具有专业水平的业余小号手没有吹奏自己心爱的小号了。

　　那一年,天灾人祸对我特别青睐,先是一场瘟疫毁掉了我承包的渔场,接着是冷战几年的婚姻解体。我除了留下在渔场水库荒岛上擅长吹小号的名声,已经一无所有了。

　　事情是这样的,我这人也真是的,运气不佳,仕途落败,又有需要"补肾"的病,好不容易东挪西借筹款承包了古镇水库的渔场,以为自己是"基督山伯爵",是岛国的国王,竟然把管理渔场的基地搬到荒凉的湖心小岛上,在那里建了一所"杜甫草堂",每天闲下来站在那里吹小号,从《蓝色多瑙河》《小夜曲》到《梁祝》《春江花月夜》等等,而最令我沉迷的是《海的协奏曲》。反复咏叹的音符,忽然冒出悠扬亮丽的旋律,给人希望,给人遐想。

不时有人划船、游泳到小岛上，渐渐地，这里成了家喻户晓的绿洲。新闻记者捷足先登，地方官员握手勉励，商人和文人也来凑热闹，可是我并没有干出什么名堂，很快一阵风过去，我的绿洲归于寂寞。倒是我身高1.82米的表哥经常划船上来，与我在小绿洲饮酒喝茶抽烟谈天。他是一个诗人，可是从来不谈诗，我知晓他多年的苦衷，谈话中也绝对不提一个与诗歌有关的话题。我们都在小心翼翼却又很老练地回避着诗歌。

很久以前，一个男青年病危之际，最后的愿望是听纪弦的诗歌《风流之歌》。没想到，跨越到新世纪，一个少妇病中居然要听被她抛弃的诗人的作品。此时诗人早已"抛弃"了诗歌，变成证券市场失败的经营者，在人祸中损失数十万元，婚姻也解体了。当年他给姑娘写了几十首情诗，姑娘说："等到你写完一百首，就嫁给你。"然而，这个创作任务还没完成，她就在家人组成的"反对派"的强行干预下，离开了他。那人就是我的表哥。

少妇的姐夫是当年家里"反对派"的头头，亲自指挥了那场"分手"。这时，他代表女方找到诗人，阐明原委。原来，姑娘后来嫁给了他介绍的税务官，起初比较幸福，可是世事难测，丈夫在"色情消费"的宾馆落网。现在她患了抑郁症，整天想寻死。她不知从哪里翻出一沓泛黄的信纸，一看就是半天。"那上面有你十几年前的笔迹，全是诗歌。她以泪洗面，念叨着要听你朗诵这些诗歌。我们全家合计，这回非请你'出山'不行，只有你才能控制她的病情，否则后果难料。"他拿出一沓钞票，"这是预付款，她病好了还有更多钱。"诗人表哥气不打一处来，一把扔了人民币。

不久，少妇大哥再次出面，请求失败后，提出一个要求："你当年和表弟给她的录音带，我们毁了。那上面有你朗诵的诗歌，还有一些好听的乐曲。想必你这里保留了一份，她现在听了可能有些安抚作用……"表哥想起来了，当年两人分居两地，他和我在一个深夜联合制作了一盘录音带，除了朗诵诗歌，还配置了《送别》《春夏秋冬》《秋蝉》等十分动听的乐曲。

"长亭外,古道边,芳草碧连天,晚风拂柳笛声残,夕阳山外山。天之涯,地之角,知交半零落,一壶浊酒尽余欢,今宵别梦寒……"《送别》的歌曲恍然响起,他黯然神伤。

表哥以为这事就这样过去了,岂料少妇听了这些久违的音乐,忽然发作起来:"我要见他,要他来看我!"她的白发苍苍的母亲终于露面恳求:"我女儿爸爸死得早,她那时有恋父情结,爱上了你。都怪我们,怪我不好,好好一对鸳鸯硬生生拆散了!"老母涕泪横流、对天长叹:"作孽啊,当年生活苦,现在经济好了,房、车都不缺,为啥人变成这样呢?是不是真的有因果报应啊!"

诗人终于辗转来到少妇病床前,见到昔日光鲜美丽的姑娘如今形容枯槁,顿生怜意。"你写的《流星》《爱我一次》《永不分离》,这些草稿我还偷偷保留着,没有被他们发现烧掉……""你表弟的小号录音,也很好,他支持你跟我恋爱,一心想有个文化高的女教师当嫂子……感谢他,也感谢你……"表哥握住少妇洁白纤细、青筋暴露的手,久久说不出话来。

这是一个真实的故事。故事的结局并不好,少妇——我心目中曾经热望、自豪的"准嫂子",和我那位早已告别诗坛的表兄见面后心情好了许多。眼看快康复了,可是忽然有一天她心脏病突发去世了。也许她生前已有预感,所以特地在死神降临前几天交代家人:"还是不要叫他再来看我了,我已经很知足了。"

一个悲伤的身影出现在初恋第一次约会的地方,一沓泛黄的诗稿被表哥颤抖着点燃,随着摇曳的火焰,青烟袅袅上升。表哥示意我吹小号,为昔日的姑娘最后送行。我问,吹什么呢?他很爽快,说吹什么都行。我想,此刻不能再吹《安魂曲》之类哀伤的,要吹有劲的,抒情的,充满回忆与希望的。我吹了悠扬的《海的协奏曲》。表哥听懂了我的想法,泪眼迷离,紧紧握着我的手,半天说不出一句话来。

如今,表哥初恋的地方,水库不远的山野变成了防治传染病医院。两年前，我的小号声传进病区，院长找到我，说吹得很好。他交给我一本护士日记，我在小洲上就着日光细心拜读：

> 今天听到一支小号曲，我恍然想到十几年前的一次遭遇：一个身体结实、相貌坚定而平和的男青年路过我们村子，在这里住了一晚，他在晚会上用小号吹了几首曲子，其中一首曲子深深吸引了我。我那时是个十岁不到的小丫头，不知为什么对这首曲子情有独钟。我不知害羞地挤到前排问："叔叔，这曲子真好听，你再吹一遍吧。"小号手满足了我的请求，末了告诉我这是外国名曲《海的协奏曲》。乡里人淳朴，也有开玩笑的，说，小丫头，你要是喜欢就把他领家里去吧，天天吹给你听。我知道这不可能，但是也很关心究竟怎样我才能再听到他的曲子。有人起哄了，那你就当他的老婆吧。我虽然知道老婆是怎么回事，但是觉得给这样一个小号手做老婆，也不是坏事。当小号手快要离开的时候，我急了，冲着他说："叔叔，我长大了给你做老婆……"叔叔笑了，抚摸着我的头，摇摇头说："你这傻丫头，尽说傻话。"自从那以后我就再也没有看到这位叔叔。

我猛然想起来了，多年前那次山村之行，搞社会调查，身边带着一把外婆花钱为我买的小号。确实有一个眉目清秀的小姑娘说过这句傻话。我饶有兴致地捧着日记继续看下去：

> 今天我临时抽调到这里值班已有月余，本来心情不错，山光水色，心旷神怡。可是，可怕的不是禽流感，不是病毒性肝炎、肺结核，而是老公的病。他竟然在外面乱来，不小心染上传染病，还传给了我。我是相信他的，当初我这个局长的女儿嫁给他——一个朴素的农民的儿子，帮助他入党、提干。我心满意足，觉得很幸福。可是，现

在我如五雷轰顶,羞怒交加。一个护士长,自己成了住院病人,被关在"牢笼"里,失去自由,心情更加郁闷。

我几乎成天以泪洗面,目光呆滞。我对未来失去了信心。最亲近、最爱的、最信任的伴侣,居然如此待我,我怎么能不绝望呢?我还有什么脸面见人呢?

这天下午,我躺在病床上,懵懵懂懂的,忽然听到隐隐约约的小号声。哪来的?这里怎会有这种声音?我以为是幻听。可是,那悠扬的号声不像是虚幻的,我听得真真切切。对了,这是一波三折的《回家》,是荡气回肠的《绿岛小夜曲》,是亲切婉转的《茉莉花》。啊,我盼望的那支曲子终于出现了,《海的协奏曲》……

啊,叔叔?是叔叔吗?是十几年前的那个小号手吗?我不敢确定。如果是,我们还能彼此认出来吗?女孩变化大,他到了中年一定会保留青年时代的基本模样吧?

我真想叔叔啊,可是,假如见到他,我还会喊他一声叔叔吗?

我……我恐怕喊不出来……

表哥出现了,他知道了日记的事情。他一边喝着青岛啤酒,一边拿过日记,随便一瞥,看到这样一段文字:

在病房里像坐牢,我书也看不进去了,就是想听他的小号声。而我每天都能听到,这是我每天当中最快乐的时候。小号响起,我的心也像太阳般冉冉升起。号音袅袅,仿佛久违的朋友和亲人出现在我身边,给我关心,给我呵护,给我鼓励。虽然不能确定,但我宁愿相信是那个叔叔,他简直是一个从天而降的神,我的生命之神、感情之神。

院长是我的远房亲戚,他告诉我那个小号手是渔场主,近况不太好,好像各方面都不如意,曾经走过仕途,出版过两本民间故事集,是个才子。我更敬佩他了，也更想念他了。我真想看望他，可是深陷"囹圄"。窗外院墙很高，我看不到那边的水库和小岛。我找了一张椅子站上去，双手紧紧抓住铁窗，试图看到他所在的地方。终于，我可以看见那个野草、杂树丛生的小岛了。茅庐隐隐约约，看不清楚，我想他一定住在里边。有一次，我因为走神大意，一下子从椅子上摔下来，脸也被划破了。

我有些焦虑了，如果我这脸蛋留下伤痕，怎么能去见叔叔啊？

表哥告诉我，护士长被关在传染病区，院长说病情很快会好转，只是发现了另一种头疼的病，需要长时间治疗。不久，我因为"天灾人祸"离开了小岛，离开了破散的家庭，一年里忙于还债。我没有去医院看望她，再也没有那种爱情的浪漫了，我只是委托表哥送去一篮我在小岛上放养的鸭子蛋、清火消炎的鱼腥草。但是，我这个死不悔改的"柏拉图"也没忘了顺便捎上一束绿洲上的野花。更糟糕的是，有一次我为了躲债和债权人发生冲突，不慎用小号把人打伤了。这样，我进了看守所。小号也由艺术工具沦落为一件凶器。

这天我吃过"牢饭"，表哥来看望我。他隔着铁窗告诉我，两本民间故事集出版社决定再版，要我"出去"修订补充，同时不知出于何因，一家大公司要我"出去"后当副总经理，经营水库，可能要搞什么水上娱乐城。那座绿洲改造成办公室、娱乐中心。我认为是天方夜谭，没有跟他多说什么。然而，一周后，警察喊我到嫌犯专属探视房间和妻子见面。我嘀咕着老婆终究是老婆，虽然从前对我刻薄，但是还没有忘记我。可是，站在探视室透过铁窗看望我的是一个陌生的、年轻的、俊美的少妇。她手里拿着一把镀金的小号，朝我亲切地微笑："我给你带了好吃的，换洗衣物放在值班室了。我跟他们商量，这把小号暂时让我带上，只要给你看到就行……"

我怔怔地站在那里，什么也没有说。四目相望，好像多年故旧，百年亲人，千年知己，内心的空白一下子被一股热流填满了。我们就这样站着，一言不发，深情地端详着对方。终于，宝贵的时间在沉默中很快过去，警察礼貌而坚定地喊道："对不起，时间到了。"是分手的时候了，她忍不住问我："你，你还有什么要吩咐的吗？"

我嗫嚅着，扑上前去，身体重重地撞在铁窗上，哗地一响。我从铁窗缝隙里颤巍巍地伸出手："叔叔要对你说，你傻呀，你这个傻丫头……"

她微笑着一把握住我的手："叔叔，你以后一定要为我吹《海的协奏曲》呀。"

我点点头，泪水像断线风筝似的，总也收不住。

"你要为我一个人吹小号，我们还有几十年呢……"她依旧微笑着，俊俏的眼睛噙满晶莹的泪珠。

孙拥君，笔名半岛，中国金融作协会员，江苏金融作协会员，发表、出版、获奖、签约、编撰、整理各类作品六十五卷，约一千万字。

郝行长

刘志安

郝行长离开我们已三十四天了。明天是"五七",也是清明节。郝行长是我们家的恩人,我们准备好祭品,打算明天去给她上坟。

凌晨两点,妻子将我们唤醒,因为是烂泥路,我们一家三口步行去庙山公墓。没想到有人比我们来得更早。只见前面墓地一团火焰闪闪烁烁,远远地传来嘤嘤的哭泣声,这凄哀的声音飘荡在夜空漆黑的山梁上,甚是凄凉。

上坟的是一老一少。老者是位老奶奶,她的身边是位20多岁的姑娘,名叫喜玉。老奶奶不停地哭泣,我妻子上前劝了半晌,才好些。年轻的姑娘哽咽着向我们讲述了郝行长与她们家的往事:

我原来在偏僻山区冈洼小学读书,上小学二年级时父亲因病去世,母亲安葬了父亲后丢下我们悄悄走了,家中只剩下我和奶奶相依为命,我们的生活全靠奶奶种点蔬菜维持。冈洼小学属于村办小学,有钱有势的同学相继转到了镇中心小学读书。我也渴望能到镇中心小学读书,可是谁能帮助我呢?不久,我的同座伙伴也转到了镇中心小学,班里只剩下十来名像我这样的穷人家的孩子。刚转到镇中心小学的孩子成绩大都跟不上,镇中心小学常常会招募一些志愿者放弃星期天休息时间给这些孩子补课,郝行长就是其中一个,我原来的小伙伴每天回来都向我介绍好多的新鲜事,这让我更加向往镇中心小学了。

礼拜天到了,小伙伴要到中小补课,约我跟她一块去。出于好奇,我跟着她到了镇中心小学。

下课时,前来支教的郝行长走近我身边问:

"叫什么名字啊?"

"我叫喜玉。"我回答。

郝行长说:"你爸爸在哪儿工作?"

"她爸爸死了!"伙伴抢着回答。

郝行长脸上的笑容顿时消失了,半晌才又问道:"你妈妈呢?"

"妈妈离家走了。"回答郝行长的话时我低下了头,眼泪已不知不觉流了下来。

郝行长慈爱地望着我,接着她又询问了我家的情况。这时,一个好心的小伙伴央求着跟郝行长说:"郝阿姨,您帮帮喜玉吧,她很想和我们一样,到这里来读书。"郝行长用湿润的眼看着我,轻轻抚摸着我的头说:"你先回去安心读书,我来想想办法。"我满怀希望地回到家里,把遇到郝行长的经过向奶奶说了。奶奶叹口气道:

"不容易呵!能转去的都是有头有面人家的孩子,像我们这样的家庭,谁愿意帮忙呢?再说,奶奶哪来那么多钱啊……"真没想到,半个月后,郝行长竟在小伙伴陪同下来到我家。她看到墙上贴着好多我的奖状时自言自语道:"多么懂事的优秀的孩子。"又对奶奶说:"老人家,你们家的情况我已经向校长反映过了,校长很同情你们,同意把喜玉转到镇中心小学读书。"

我沉浸在郝行长带来的喜讯之中,没有出声。郝行长从衣兜里掏出一卷钱,说:"这是八百块钱,你拿去做学费吧!看看还缺什么,我们再一起想办法。"

说着把钱放到我的手里。我推着郝行长的手,一句话也说不出来。

"不行啊!"奶奶说,"我们怎么还您啊?"

"老人家,"郝行长望着奶奶说,"我们累死累活还不都是为了孩子嘛?只要孩子有出息,爱读书,我们做大人的吃点苦算什么呢?"

郝行长深情地对我说:"如果你觉得我可以做你的妈妈,就把钱拿着;如果你认我这个老师,就听我的话。好好读书最重要,将来做个有益于社会的人,这是每个家长、老师的期望,也是你对奶奶最好的报答。"

我紧紧攥着郝行长放在我手中的钱,默默地将郝行长的话铭记在心中。

有一天奶奶在街上卖菜,碰见郝行长的邻居。邻居告诉奶奶,郝行长的负担也很重,她有两个孩子,还收养了两个孤儿,工资都交给她的先生用于全家的生活开支。奶奶回到家里,淌着眼泪把在街上卖菜碰见郝行长的邻居的事告诉了我,我和奶奶哭成一团。奶奶内心总觉不安,思虑成疾,一病一个多月。等到她身体刚刚好些,就带着我一起去看望郝行长,又将卖菜凑齐的二百二十块钱从夹袄里掏出来,想还郝行长。郝行长不肯要,和她的先生硬是留下我们吃了饭。

中学六年里,每当临近开学时,郝行长总是会跟学校领导商谈减免我的学费问题,缺少的部分,她都是提前把学费送到我的手中。

后来我考进了天津医学院,这是奶奶的希望,也是郝行长的希望。在读大学期间,郝行长仍不断给我寄钱。可是,这钱的来源却成了我心中的疑团。

大学毕业我选择了回家乡工作,被分配到县第二人民医院。这样既可以照顾奶奶,又能经常去看望郝行长。我用第一个月工资给郝行长买了件上衣,因为在我的记忆里,郝行长从没有穿过一件像样的衣服;给奶奶买来好吃的,因为奶奶一辈子省吃俭用,没吃过一顿像样的饭菜。从工作的第二个月开始,我用"艾林"的化名从邮局每月给郝行长寄钱。我曾发誓,我要用毕生的精力来偿还郝行长给我的爱。虽然我做得很隐秘,但还是让细心的郝行长查了出来,只是我一直没有承认,在郝行长面前撒了谎。

转眼几年过去了,医院建了血库新大楼,仪器、档案要全部搬到新楼办公,我们负责搬运档案资料。就在我们将陈年资料往车上堆的时候,我拾起散落在地上的《有偿献血情况登记表》,无意中发现了"郝文华"这个名字。难道是同名?我拿起表格跑向微机房调阅相关资料。电脑显示的姓名、性别、住址、工作单位、年龄等信息和郝行长完全吻合。十年来,她共有偿献血二十二次。从时间看,正好是我初中到大学的十年读书时间……

下班了,我快步如星地跑去找郝行长。进屋后,郝行长欣喜地喊了我一声:"喜玉,我正想你呢!"

我一句话也说不出来,两条腿怎么都迈不动,向前只挪了半步,泪流满面怔怔地望着她。

郝行长摘下眼镜站起来,吃惊地问道:"怎么啦?在哪受委屈了?"

"妈妈……妈妈……"

这么多年来深埋在我心底的呼唤今天终于喊出口来，失声痛哭的我紧紧抱着郝妈妈。我把脸埋在郝行长的怀中，那梦寐以求的母亲的温暖从我的脸颊传遍了全身。过了许久，我将《有偿献血情况登记表》《血液初检结果记录》和电脑记录取出来，放在郝行长的面前，喃喃地说："人家的孩子是喝着妈妈的乳汁长大的，我却是喝着妈妈的血长大的。"

"孩子，"郝行长说，"人生的旅途不可能一帆风顺，谁都会遇到这样那样的困难，谁都有需要别人帮助的时候。尊老爱幼，帮助弱者，是我们中华民族的传统美德，这是我们长辈的应该做的。"

回到医院后，我勤奋工作，刻苦学习，去年我考入南方医科大学攻读硕士学位，郝行长把我送到车站。她吩咐我不要想家，奶奶会由她和她的儿媳文文姐照顾的。我每次打电话或写信回来，她都说好。直到奶奶有一天托人给我打电话，说郝妈妈去世了。等我回到家里，面对的已是一抔黄土和郝行长托文文姐转交给我的一封信和一个存折。文文姐哭着告诉我："妈妈患病才两年就去世了，一天清福没享过。"

喜玉说罢，从包里掏出郝行长写给她的最后一封信给我看。我就着火光，带着无限敬仰的心情展开了信笺：

喜玉：

此时我是多么想你，做梦都想听到你叫我声妈妈。这是妈妈写给你的最后一封信了，妈妈患的是癌症，将不久于人世。你的遭遇造就了你刻苦奋进的个性，相信你是优秀的。我也知道你工作以来已经无偿献血六次了，资助山区失学孩子重返校园八人，妈妈为你这样的义举而高兴，在九泉之下会因为你而欣慰的。

你连续几年化名给我寄钱,你的意思妈妈明白。我已用你的名字全部存入银行,由文文姐转交给你。今后你用钱的地方很多,我的好女儿,妈妈再也不能为你做事了,多保重!

妈妈:郝文华

看完郝行长的信,我潸然泪下,深深为有这样一位品德高尚的行长、这样一位不同寻常的母亲、这样一位义薄云天的爱心使者而感动,深深为郝行长一心只为他人,唯独没有自己,无私奉献的高尚品德所震撼。我情不自禁地俯下身子又拿起沉甸甸的纸钱一张一张地烧,虔诚地祈祷逝者安息!

刘志安,男,就职于江苏盱眙农村商业银行,中国金融作协会员、江苏金融作协会员、江苏省作协会员、中华诗词学会会员。

窗　口

苏　扬

　　队伍已经排得很长了,焦虑写在每一个人脸上。整个营业厅空气如凝滞了一般,那种压抑的愤懑酷似烈日下暴晒的麦秸,仿佛随时能熊熊燃烧起来。

　　这里距市区约有十七千米,农村信用社还没有安装自助取款机,每逢节假日,只开设两个储蓄窗口。按以往情形,双休日的业务是比较清淡的,顾客一般不会排成长队,但是,今天非常特殊。

　　参加工作才一年半的小王是1号窗口的储蓄员。只见他眼里隐含着一丝怒气,紧咬着嘴唇,原本白净的脸变得愈加苍白。

　　不一会儿,他站起身,把一张刚刚打印好的存款凭条递到窗口,喉咙里生硬地蹦出几个字:"请你签名。"

　　默默接过凭条的是一位长得虎背熊腰的中年男人,身穿一件咖啡色夹克和一条棕色的休闲裤,身前柜台上放着一只黑色公文包,包旁边是一沓十元面额的纸钞。只见他漫不经心地在凭条上签好自己的姓名,然后,又一言不发地推到柜槽前。

小王接过凭条,同时把一张存单递出:"请收好你的存单。"

男人向存单上斜瞄了一眼,随即,面无表情地从那一沓纸钞里又抽出一张递给小王:"存活期。"

小王的喉结蠕动了两下,机械地接过那张十元钞票,坐回椅子上,操作已重复了几十遍的存款流程。

男人把那张十块钱的活期存单捏在手里,轻轻地朝它吹了口气,然后递向旁边的2号窗口。

2号窗口前站着一位打扮得十分妖艳的年轻妇女,戴着铂金项链和耳环,头发和眉毛都染成了金黄色,嘴唇涂得红润润的,上面套一件大红短风衣,下面是黑色紧身裤配高筒马靴。只见她得意地从男人手里接过刚刚开出的存单,瞧都未瞧一眼,便立刻扔进了面前的柜槽里:"把这张也取掉!"

储蓄员小刘虽然比小王早两年参加工作,阅历稍微丰富些,但她毕竟是一位女同志。见此情景,心中十分忐忑,却不敢有任何表露,只好一次次接过对面递来的存单,再一张张地办理取款业务。

就这样,这对男女一人霸占着一个窗口,旁若无人地这边存,那边取,钱和存单在他们的手中不停地轮转。

他们的身后,是两排长长的队伍,几个着急赶时间的人实在忍耐不住,又不敢轻易惹事,最后,不得不带着愤慨离开了。

一个多小时过去了,他们还在继续。小王开出的三本存单已悉数转到了小刘的手里。

空气变得更加凝重与紧张,队伍中出现了骚动,并隐约传出愤怒的抗议声。可当男人扭过头时,那些声音便戛然而止了。大家心存忌惮。不一会儿,有位男青年拿着手机悄悄跑出了大厅……

五分钟后,警笛长鸣而至,这对男女还没弄清怎么回事,两位民警已站在了他们的两侧,同时,他们的身后也被一群激愤的顾客堵成了人墙。

"太不像话了!简直是无赖!把他们抓起来!好好地教训一顿!"人们压在心头的怒火终于呼呼地燃烧起来!

这对男女的眼里露出一丝恐慌,但随即又镇定下来,理直气壮地吼着:"凭什么抓我们?我们是正当地存钱、取钱,不是抢劫!我们没有犯罪!"

"没有人说你们抢劫,也没有人说你们犯罪,但你们的行为已严重地干扰了银行的正常秩序,也影响了别人的正常业务,是违背社会公德的!现在,请你们立即离开!"民警铿锵有力的声音响彻大厅。

"我影响了别人?我违反了公德?我这是以牙还牙!你问问那个2号女营业员,昨天她让我老婆等了多久?她为销售一份储蓄保险,跟人家一个劲地聊!害得我老婆足足等了半个多小时!今天我就是来找她报复的!"男人满脸怒色,嘴里的唾沫星四处飞溅。

窗口,小刘的脸早就涨得通红,她急忙站起身解释:"昨天是人家先来的,我必须先替她办好后,才能为你老婆办。时间是长了点,但我当时已向你老婆打了招呼。"

"不要找什么借口!如果不是你一个劲地向人家推销保险,会有那么久吗?还不是为了你的营销任务!别以为我啥都不懂!"男人指着小刘,高声叫嚷着。

小刘顿时窘得说不出话来。

"可你不能因为她而来影响我们呀!你老婆的时间值钱,别人的时间就不值钱吗?你们这样做太缺德了!"

"对!太缺德了!"人群里有人挥舞着拳头。

旁边的民警连忙冲大家摆了摆手,上前扶住男子的肩膀:"大哥,听我说两句,好吗?你想一想,你老婆昨天只是等了半个多小时,就已经无法忍受了,而今天你们身后的这些顾客又等了多久呢?他们可是无辜的呀!难道说你忍心让他们这样继续等下去吗?人心都是肉长的,何况他们当中还有不少老人哪!老人是经不得这样长时间站立的!如果他们站出个三长两短,你能逃得了这个责任吗?你心里能安吗?至于你对营业员工作上有什么意见,可以通过正当渠道向上反映,而不该采用这种报复的方式。大哥,你认为我说得对吗?"

男人回头看看身后站立的愤怒人群,心里掠过一丝不安:是啊!要是真的弄出个什么事来,到时该如何收场?还不如趁机……

他立刻冲身旁的女人喊道:"老婆,今天咱就给民警个面子,不要让这些人再等了。收钱,回家!"

"这样就对了!大家也都消消火,让个道,放他们走吧!"民警微笑着朝周围拱了拱手。

"太便宜他们了!简直不是东西!"在一片斥责声中,人们还是慢慢闪开了一条道。

"那位工作人员也有责任。如果不是她推销保险,会有今天的事发生吗?"

客户七嘴八舌,有的咒骂,有的叹气。

警车离开了,业务又恢复了正常,大家的神情也松弛了下来,年轻人都自觉地排到了老年人的身后。

窗口,只有小刘的脸仍然绯红着,心绪如波涛一般剧烈地翻滚……

苏扬,中国作协会员,中国散文学会会员,鲁迅文学院第三十三届中青年作家高研班学员。作品散见于《诗刊》《诗选刊》《时代文学》《山东文学》《奔流》《延河》《青岛文学》《散文诗》等,获第三届中国金融文学奖、首届中国金融文学理论研究最佳论文奖等,出版作品集三部。

第十五位乘客

樊建平

我从遥远的北方来,我是要见一位叫鱼的江南女子。

我们在 QQ 里认识,一同在新浪上写博客,一同在新浪博客里建博客圈。后来,新浪博客里没有了博客圈功能,好多人的博客也懒得更新了,我和鱼的也是,于是我们的来往便不那么频繁。

再后来,有了微信,我和鱼也互加了好友。

虽然微信更方便,但毕竟少了博客时代对文字的那份热情,好像没有话说,偶尔地在对方的相册里不咸不淡地扯上几句,算是问候。

我们一直囿于网上的交流,没有见过面,但彼此的心里总想着此生见上一面才好。

我半百了,鱼也是。鱼退休了,有了闲时,但鱼不想北上,我便南下。

鱼的城市,不能纯粹叫江南,因为江从城市中穿行而过,鱼在江南,我见鱼自然得过江去。

　　此际的我坐上了鱼所在城市的公交车,公交车正行驶在过江的大桥上。

　　公交车很大,很长,车上只是稀疏地有些乘客,我坐末排,周边没有人,我可以尽览车外那浩浩荡荡的长江。

　　江南的岸近了,我有些兴奋,给鱼发了位置共享。

　　公交车的前面忽然有些嘈杂,我看过去:是一位看上去文质彬彬的男子站在司机的近侧,与司机争执着什么,司机不时地侧过身回应。看到忽隐忽现的长发,我知道司机是位女子。

　　随着争执的声音渐大,我感觉到车子似乎在摇晃中前行。突然,男子把手上的拎包向司机当头砸过去……公交车偏向了左边,在激烈的碰撞声中,公交车继续向左偏离,全车人一片惊慌,我也从座位上站了起来。

　　公交车尾应该近乎竖了起来,我在最高处,混乱的人们尽在眼底。"十四个人!不吉利。"我的脑海里不知道为啥想到这个。想到这个的时候,我好像飞了起来。飞起来的时候,我眼睁睁地看着这辆又长又大的公交车没入了江水中,好像连个泡都没有翻。

　　……

鱼与熊掌

　　我生来就胖。

　　生来胖才叫胖,后来胖不叫胖。我和妻子讲过,这先天和后天的分别很容易就能看出来。我记得那一回告诉妻子,是陪妻子逛家乡的庙会,身边满是人,但还没有到人挨人、人挤人的程度。

　　先天的胖子,不用多讲,就是我这个样子,从头到脚都是肉,用一个成语形容,就是"五大三粗"。哪"五大"呢？就是双手大、双脚大加个头大。哪"三粗"呢？就是脖子粗、腰粗、腿粗。妻子笑笑不语,问,后天的胖子是啥模样？

我努努嘴,眼前不远处:一个真金白银打扮的女人挽着个腆着肚子的男子,男子金利来的裤带特惹眼,却滑在了小腹处。这种两头尖中间大的体型便是后天的胖了,原因是小时候穷,没得吃,后天努力发了财,有的吃了,就死吃,结果光长了中间这块。

我见着鱼了。

我和鱼说这些的时候,坐在对面的鱼是像花枝一样颤动着的。鱼好像很喜欢笑,笑起来还有两个酒窝。

昏暗的灯光下,鱼抓住了我的手,笑着说:"这就是你的熊掌啊。"

是的,网上我曾戏谑地说过自己有一双好熊掌。今天,鱼和熊掌相会了。

许多年过去,应该有十年了吧。

说实话,最初吸引我的不是鱼的文字,而是鱼发在博客里的照片。照片上的鱼玲珑有致,立在水边,长发与丝巾共舞,风让鱼的眼神显得有些迷离,更是诱人。后来在QQ里,视频见过一次鱼,鱼的脸浓墨重彩,鱼发福了,鱼在吃着零食,只是那嚼着的红唇倒也让人心生几分遐思。

江南之行,与鱼有约。鱼说了,可以陪着喝一点酒,可以摸摸手,抱一抱,但不许有非分之想。

闲聊中,两人说些过往,不禁生出些唏嘘,偶尔举杯小酌一下。不知不觉中,鱼的脸上已然生了红晕;抑或是我旅途劳顿,我好像也有点不胜酒力了。

鱼的笑靥给了我鼓舞,我伸手过去,拉她由对面的位置坐到我身边来。鱼没有推却。

我一手搂着鱼的腰际,一手举起杯子。鱼笑着说:"再喝,怕是两个人都会醉的。"

我搂着鱼的腰际的手应该没有摸索,只觉得鱼在掌中有些扭动,这反而让我的手生出了想动的感觉来。

鱼虽然说会醉,却是没有拒绝,脸上的红晕更深了。

"今天早上你过江的时候,有没有看到有公交车掉到江里?真的好惨,车上十五个人呢!"

"十四个人!"我脱口而出。

"报道说是十五个人。"鱼由着我的手拉近她的身子。

"我亲眼看见的!"

鱼笑了,在我的怀里,她笑得更加灿烂,怕是我的手挠到了她的痒处。

鱼调皮地摸了一下我的鼻子:"除非你就在这辆车子上!"

我有点晕了:"我好像是在这辆车子上的……"

"你好像真的喝多了……"鱼说着伸手来摸我的额头,依旧丰满的胸在我的眼前晃荡着。

妻

"回来了!"

"回来了。"

与妻子分别这许多日子的情形是有的,比如年轻时因为工作和学习,比如在乡镇工作的那些年。但像这一回的分别是仅有的一次。妻子知道,是去会网上的朋友,还是女的。

回来时近傍晚了,妻子默不作声地忙好晚饭,还下楼去买了点冷菜回来。她知道我好一口酒。我好像也很疲乏,喝点酒也好。

"孩子呢?"

"孩子回老家看爷爷和他叔去了。"

母亲去世后,老家只有父亲和单身的弟弟。

弟弟一条腿生来有点跛,三十出头的时候成过一次家。因为是病急乱投医,寻了一个不顾家的女子,没半年光景就散了,也没能有个孩子。后来,一直高不成低不就。而今,母亲去了也有六七年,一晃弟弟也近五十岁了。今生,弟弟怕是没有成家的指望了。

父亲七十七,属马,糖尿病缠身,且脑梗过两次。所幸的是脑梗的部位在大脑中有空隙的地方,对他的肢体动作没有太大的影响。但父亲终究老迈了,日常的生活不是能够完全自理。

老家,父亲与弟弟相依为命。

好在老家离我们居住的县城不是很远,时不时地我会回去看看他们。这一次我耽搁得久了些,女儿便代我回了老家。

久别,人家说胜新婚,但那得看具体的情形定。随着女儿长大,祖母和母亲相继离去,加之生活琐碎的烦心,让我和妻子越发的少了性趣。

想到这些,我不免多喝了几杯。

妻子终于说了一句:"不要喝了吧?"我便打住。

及至躺下,妻子好像与我有话说。

"听说你去的那个城市,有公交车掉到江里了。"

"是的,死了十四个人。"

"不对呀,报道说十五个人啊!"妻子在手机上寻出报道来,"你又不和我联系,我还真的有点担心呢。"

"十四个人!我看见的,肯定没错。"我有点头疼,"你知道我数数字能一目了然的。"

关于我的"一目了然",是有个故事的,因为自鸣得意的缘故,我一直没有忘却。

年轻时候,刚进工作单位,哦,我的工作单位是银行。

银行那会儿的计算是靠打算盘的,要想打得快,得练翻打百张传票,而翻打传票时得学会一下子就能记得传票上的数字,所以得练眼力。于是我经常骑车时看路上一闪而过的汽车的号码。

有一回在乡间散步,一群鹅从对面走来,鹅的头是攒动的,极不易数,及至鹅群到了跟前,我数出了是十九只。我问赶鹅人,是不是十九只?赶鹅人用诧异的眼神看着我,然后点了点头。

妻子是知道这个故事的,妻知道我又想说这些陈谷子烂芝麻了,妻子打断我,使劲捏了一下我的鼻子:"除非你就在这辆车子上!"

我的鼻子咋一点感觉也没有?

我好像就是在这辆车子上的!我头疼欲裂!

"明天还要上班,早点睡吧。"妻子关了灯。

母亲、父亲和弟弟

母亲不是去了六七年吗?

母亲咋还睡在床上?

母亲确实睡在床上,母亲嘴里反反复复地低声念叨着:"咋就闯了这么大个祸呢……"

母亲得了胰腺癌,知道时已近晚期,知道的日子是5月22日。医生说,最多不会活过六个月。至今,母亲已度过了五个月有余。

母亲应该不知道得了什么病,长期的卧床不起让她知道了:这回,她生了这么大个病。

母亲一直是痛苦的,也有些欣慰。她病中重复得最多的另一句话是"想不到这辈子,我能又翻建了一回房子……"我心里知道,母亲这是放心了:即便弟弟老来单身,也好有个不愁风雨的居处。

"妈!"我低低地叫了一声。

母亲叹了口气,停止了念叨。

母亲的声音很低:"今天多少号了?"

"妈,今天是重阳节。"母亲得病后,家里的日历好像一直没有撕过,以前这事都是父亲做的。

母亲默不出声。

看母亲好像要喝水的样子,我切了一片猕猴桃,送到她的嘴里。母亲吃下去,想坐起来,我扶起她。母亲忍不住地吐了起来,尽是黑黑的稀稀的水,我赶紧用干的毛巾接着。

母亲在我的怀里突然大声喊起来:"桀害!桀害!败家精!败家精!……"

母亲的姐姐,我的姨妈不知道何时坐在了床的边上。

"孩子好好在服侍你,你乱说什么?"

"桀害!桀害!败家精!败家精!……"母亲不依不饶地重复着,声音越来越小。

母亲终于停了下来,叹了一口气:"你以后着实要注意呐……"

母亲走了,我哭了,哭得一点声音也没有。我应该不能算哭,只是觉着心里有块抹布,满是水,似有一双手在拧,于是眼睛里便满是水往外冒。

……

父亲阴沉着脸,慢慢走过来。到了近前,他挥起手中的拐杖,劈头盖脸打过来。我没有躲避,由着父亲打。我记得儿时父亲用鞋底打我时,那是很疼的,今天咋就一点都不疼呢?

父亲打着、骂着:"你个死鬼!要你回来做什么?"

弟弟在一边哭得很凶:"不要打了!不要打了!"

看见弟弟在哭,我的心里很难过。

"他是个死鬼,哭什么哭?"父亲将拐杖砸过来,"滚!快滚!"

我是个死鬼?!我一惊!

尾声

重阳之后,九月初十日。

鱼的城市的日报上报道了一则消息:重阳节当天,长江下游发现坠江公交车上的第十五位乘客的尸体。

樊建平,男,笔名樊聿,江苏金融作协会员。曾在《巴中文学》发表过中篇小说《命送"断魂枪"》。著有文集《南国秋华》。曾兼职《江都金融》杂志编辑,现供职于江都农村商业银行。

领奖过后

张国庆

省行年度工作会议在经久不息的掌声中闭幕了,熊一群迟迟不肯离开会场,一头扎到会议材料里,两手捧着手机,把眼镜往脑门上一推,眯虚着眼,给未能参会的七员下属发去微信。清一色的内容:这次年终颁奖十个奖项我们拿了八个,你们好样的!

"厉害了,小熊行长!"

熊一群抬头一看,原来是分行顾宣传总经理踱着四方步走过来。

"给谁发微信了?"顾总问道。

熊一群干脆把手机递过去,"您亲自审查,顾总。"顾宣传比画着手势说:"一群啊一群,此次年终大考,十个奖项被你一个支行包了八个,这可是放卫星的节奏啊!我要你们好好总结经验,可以大力推广的经验。"

顾宣传用他那把握方向的大手轻轻地拍了下熊一群的肩膀,接着说:

"这总结经验嘛,要自上而下,由表及里,纵向到底,横向到边。这你懂的,呵呵!"

熊一群的手机关键时候闹腾的厉害,"滴滴,滴滴"响个不停。"那是,那是!顾总,你这话可羞煞我了,再说这经验都是您手把手教的,我们只是做做现成事。这几年,遵照您的'规定动作'和'一贯打法',我们还完成了三个自选动作,完全彻底,公开透明。"手机"滴滴"的响声还是把熊一群的话给打断了。

"看吧,你这或许有什么急事,就别跟我透明了。"顾总说着便把手机递给熊一群。

熊一群憨憨一笑:"顾总,在您面前哪有什么隐私,不信您看看呗。"

"这可是你说的,我真的看了?"

"请领导检阅!"

顾总打开了微信,逐条翻看下去,越看越沉默,最后把眼圈看红了。熊一群心里像十五个吊桶打水,七上八下。

顾宣传恭恭敬敬地把手机还给熊一群:"厉害了,熊行长!你有一个不断进取、追求卓越的团队,服了你!"

熊一群接过手机,看着飞来的七条微信,他们并没有沉浸在得奖的喜悦中,而是瞄定更高的目标,异口同声:"这是我们应该做的,行长,请问我们还有哪些短板?明年争取夺回更多的奖项!"

张国庆,中国金融作家协会理事,江苏金融作协理事,中华诗词学会会员,现供职于建设银行江苏省分行。

老井的故事

毕启飞

看过张艺谋主演的《老井》。井里井外演绎的青春爱情故事,井记得,我也记得。

这口老井也演绎着故事,有关青春,无关爱情,小费记得,井也记得。

小费1992年8月份从江苏银行学校毕业到农行工作。他被分配在大湖县支行一个乡镇网点人和镇营业所。"政通人和",人和镇乡镇企业集中,企业信贷规模也大。小费担任工商信贷员,对一切都充满了兴趣,活力四射,看到彩虹都想追过去。

老井在人和镇农行的院子里。夏天午后的空气是那样地炽烈,单位食堂没有空调,吃完饭便湿透了衣裳。小费走到老井旁,打上一盆井水,双手捧起水拍在脸上,瞬间便有了凉意。

这样的凉意让小费有了清醒的认识,他要学习。他像待哺的婴儿,不断地补充着营养，立志成为一名信贷业务骨干。知了响，阳光照，地在流火。宿舍里没有空调，电风扇吹出来的也是热风。风还捣乱，把书刊吹落一地。这会让小费更烦。烦了便再到井里打一桶水上来，洗脸，洗身子。或者，把湿过井水的毛巾披在肩上。睡觉前，小费也会用凉毛巾擦拭凉席，让梦也变得凉快。

床前明月光。有人说"床"是井栏。秋天的时候，小费也学着古人的样子，坐在井栏旁赏月。

农村信用社主任老陈骑着自行车下村收农户贷款，回来后会在单位食堂旁边的井边吃饭。卤菜摊上买回二斤盐水鸭，或是一斤盐水鹅，放在餐桌上，吃饭，小酌，划拳猜令，好不热闹。那月，仿佛是一块硕大的饼，那井里储存着的，不是水，而是饮不完的酒。

冬天的时候，雪后的夜晚冷得让人直打哆嗦，老井旁的食堂里却是温馨荡漾。老井里的水是热的。

那年春节大年三十晚上，营业所主任老汤召集所有员工及家属会餐。食堂厨师几天前就准备了大鱼大肉，各种菜肴。单位人在单位过年，在井旁过年。笑语如潮，笑声如火，能化雪，能融冰。在单位的日子里，小费觉得没有冬天。

春天了。水井旁菜叶上挂着的露珠在薄雾中摇曳着，宛如一颗璀璨的珍珠，越摇越亮，奔向远方。

1995年4月份，就在那个春天，小费接到上级行的通知，调动到支行办公室担任秘书。小费踏上了新的征程。

心有不舍。井有不舍。井水渐次幻化开来，薄雾成露，春雨如岚，如影随形，滋润着小费的行程。那一年，小费离开了小镇，离开了农行院里的那口老井。

毕启飞，男，江苏洪泽人。近年来在《中国金融文化》《金融周刊》《淮安日报》等发表作品20余篇。就职于中国农业银行淮安分行，淮安市作协会员、江苏金融作协会员。

散文卷

乡愁绘本(四章)

陈绍龙

一落笔,葳蕤的烟气便弥散开来。点、点、滴、滴。泅润在故乡这张素笺上,恣意浸渍的痕迹里显现出来的,都是乡愁的影子。

一

晨起,对镜梳妆,瞧见两边分开一丝不苟的头发,不觉莞尔。你是无论如何也不知道缘由的。

脚踩门框,膝抵门楣,手拉门闩,"咔——咔咔",然后是"叽——"的一声,接着,整个秋李郢是"叽"声一片。户枢动,门臼声出,打开门,一如踩离合、挂挡、发动车响,在这一连串组合的动作中,你会发现每一个日子都叫村民们熟练地驾驭。方向盘硕圆,引擎绯红,启动,上路。

这部上了路的汽车就没有熄火的时候。

黎明即起,洒扫庭除。《朱子家训》也是秋李郢人治家过日子的描红本。横平竖直,钩挑点划,纵是点肥撇瘦,或是捺斜提歪,却也不走大字。我首先听到的声响却是这般的细碎,或者柔软。洒扫庭除用的是鸡毛掸子。掸桌、凳、椅、柜,掸放在家堂厨柜上的老照片。轻描淡写,多数只是这么一描画,有点象征的意味,室内室外,心里心外,便觉得敞亮了许多。其实,我听到最多的是扫帚的声音,是扫帚与地面的窃窃私语。

院不大。门前始,分两边向外扫去。一来,一去,地上写满密密的"人"字。说也奇怪,布满"人"的小院即刻干净了许多。有时,也觉得有点滑稽,甚或可笑,那小扫帚枝条扫过的地面,像是叫梳子梳过的"小分头",纹路清晰可辨,中间,还有分发的一路白痕。小院一下子变得油头粉面、油光可鉴起来。好些年,每每晨起梳头,还会因着这一莫名的联想,自得其乐。

我这样乱想。这缘由哪有人知。

有院墙的自然是院子,没有院墙的多。门外,比着院子的大小,扎几道篱笆,栽几行冬青或是蔷薇。绿叶是墙,花香也是墙。

哇,下雨啦!

也有说"下雪啦"的。我妈是我们家天气预报的首席播报员。她早起。几乎在门臼"叽"的瞬间,我妈就报当天的天气了。铁准。门臼的"叽"声像是电台上整点报时的那声"最后一响"。她这么大声说是给自己听的,也是给家里人听的。有时,我睡着了,或是我妈"播报"的声音小,我没听清楚,屋里,我会扯着嗓子喊:"妈,外面下雨了没有!妈,外面下雨了没有!"

我妈懒得理我。她要去打开鸡圈的门。一院鸡,"咯、咯、咯"地围着她讨食。我妈便到土瓮里舀半瓢玉米或是稻子,撒在地上。鸡们"咯、咯、咯"地低头啄食,一会儿的工夫,地上的鸡食便叫鸡吃完了。鸡呢,还围着我妈,"咯、咯、咯"地撒娇。我妈不会再舍得去舀半瓢粮食的,她将瓢翻过来,敲两下,一方面看瓢里是不是粘着一两粒粮食,也像在告诉鸡,没了吧?散了吧!其时,我妈顺手将手里的竹竿向鸡舞过去;鸡也识相得很,竹竿还没落下,一个个便展开翅膀,近乎贴着地面,外出自个儿觅食去了。

猪在哼哼。我妈在转身去舀鸡食的当儿,已把猪食舀在猪槽里了。猪也像是掐准了时间似的,朝猪圈门不停地用嘴拱。几根竖起的木楗,被拱得圆光溜滑。等到我妈把鸡和猪们伺候好,她会没好声地唬我:"屁股叫太阳晒蔫了才好!"

我像是我妈养的另一只鸡,或是另一头猪。

千篇一律的扫帚声响毕竟单调,我妈的"下雨"声也让我兴奋,反复地唤我妈给我穿衣服起床,喜悦之情难以按捺。檐下等雨,雨中捉泥鳅,自然都是乐事,或者,就站在檐下,拿一竹枝,把雨地上一个个水泡挑破。一地的水泡。不出半个时辰,衣湿,鞋湿,笑声湿,整个身子,一如整个小院,都成了落汤鸡,哪还有"小分头"的影子。

二

一片雨烟。秋李郢很静。

雨滋养水稻、麦,雨让秋李郢这株宿根生的庄稼浸润在朦胧、神秘的氛围里。

弧形的小瓦,巴掌大,排成的瓦楞隆起一条条的脊。凹槽里是又一路斜躺下的小瓦;四下珠溅的雨在瓦楞上欢跳,形成一层薄烟。褐色的小瓦因着雨烟的洗濯,有了黛青的色彩,或是沾了粉白的意蕴;瓦楞上的瓦楞草业已结籽,或是开花,壮实粗矮,雨的浸润并没有让它们多惊慌,只是在雨中不停地抖动；你只是对着这檐雨发呆。这檐雨没有因为你的关注而有半点停留或是不舍，它们会顺着瓦楞或是躺着的另一行的凹槽，一点点地滴落下来，地上，有一排滴雨石。为防雨水伤墙，屋四周会铺有滴水坡，坡上码有滴雨石。石上，很有规则地排满了蜂窝般大大小小光滑圆润的洞孔。水滴石穿，这些都是雨的力量。

这排滴水坡是村里少有的不泥泞的地方。我们会赤着脚在滴水坡上跑来跑去。妈妈在雨日里纳鞋底，或者补衣服。地上放张席子，妈妈席地而坐。或许觉得我们这样跑来跑去热闹，或许觉得老是坐在席子上也乏，妈妈也会站起来。其时，妈妈并不老。我看过妈妈在雨日里穿过绣花鞋在滴水坡上走路的身影。妈妈漂亮的身影叫烟雨浸湿。那帧身影真的很美。那双绣花鞋后来我几乎就没有再看妈妈穿过。那双绣花鞋叫妈妈埋在了箱底。箱底还有鞋样，还有为绣花鞋绣花用的花样。鞋样和花样都是纸剪的。

红油纸伞斜靠在墙边，桐油的味道还没有完全散尽。雨珠从伞上滑下来。这个丁香一样的女孩只在雨巷里，在雨巷里倚望，或者独行。

这是秋家的老宅。秋李郢少有瓦屋。我住进的这座老宅，村上人说是我父亲下象棋赢来的！这幢瓦房是秋大家的。秋大喜欢下棋，我父亲也喜欢下棋。秋李郢这两棋迷各人带一副象棋，走哪下哪。为下棋，打过平伙，赌过香烟，脸上贴过纸条。见面，互损：臭棋篓子！谁都不服谁。下棋赌房子，这是整个秋李郢人没想到的。总之，我们家住进了秋家的老宅。

烟雨之中，这段往事几乎让我的整个童年不曾平复下来，也让秋李郢人跟着好奇。这样的好奇总觉得有点诡异，一如笼罩在瓦楞上的那层雨烟。

雨在下。

雨年年在下。

有雨的时候,我喜欢依在那所老房子的门前,听雨点点滴滴地嘀咕。

三

"呵——"

这里是向晚的小院。

西天,那硕红的眸子把云染红,秋李郢安静下来。天空中掠过的羽痕浸满亮光,一晃,便通体着色。这么稳稳地站着。所有的光亮向一个方向倾斜,飘,或是涌动。如果用延时摄像机拍摄下来,一定很有趣。此时的眸子倒像是一个吸口,羽翼擦天而过,周遭有"哗哗哗"的声响,这个吸口像是高铁或是飞机上的马桶,你只是这么一摁、一摁、一摁而已。天空渐次变得干净起来。浑然一色,天鹅绒般的幕布便四下开启。

当然,这只是诗人般的想象。想象很乱。想象有时候不一定干净,或是不一定漂亮。我站在小院的时候根本就没坐过飞机,那会儿,也没有高铁。穿越而已。再说了,随着夜色的降临,纵是天幕上有一架飞机,能逃掉那只硕大的吸口吗?

其实,根本就没有什么延时摄像机。都是慢动作。炊烟慢条斯理地向上攀升,走不了几步,便也无力,瘫软下来。烟气贴着地面,飘飘欲仙。下山的水牛更是慢性子。一步三摇,前蹄落地,后蹄抬起,四蹄腾挪间还不时地把脖子仰起,"哞"地一扬角,拉开嗓子,向着西天的那只眸子就是这么一吼。一径径的山路是牛踩出来的,又让它们近乎踩断。细听,有叽里咕噜的碎响。牛在尿尿。这一点也不影响牛的走路、"哞"叫。丝丝相连,一泡牛尿,能绕秋李郢三圈。秋李郢自然不大,水牛呢,水吧,牛吧。

没有院墙。院墙隔风,隔阳光,隔亮。竹栅,有晾在竹栅上的梅干菜,还有梅干菜散发出来的干香。透气的院子敞亮。透气的院子鲜活、茁壮。

呵气,呵气。我得借着这一天的最后一抹亮光把台灯的灯罩擦干净。

呵——

呵——

禾纸也叫草纸。这是乡间劣质的纸。黄,叫人心生恐惧,有人家"老人"了,裁成巴掌大的方块,当纸钱烧。同时,也会留一叠不裁的纸,覆在"老人"惨白的脸上。草纸也是擦灯罩不错的材料。软,却也因为纸质疏松,在罩壁上会留下些许绒状的纸屑,显得灯罩不干净。我这样不停地呵气也是想让灯罩里有些湿气,让这些绒状的纸屑粘在纸上。点灯,一晚熏烤,灯罩颈上会留下顽劣的烟渍。擦这些烟渍时要用力。灯罩是易碎品,这力道把控让我们小孩子很为难的。我曾不止一次因为擦灯罩用力过猛而罩碎手破。"手履薄玻",小心得很。呵气之后,烟渍遇着水汽,便少了脾气,乖,好擦多了。罩壁上要是仍有斑渍,我还会向污处吐点口水。

呵气。左手扶罩端,右手堵罩口,端口贴着嘴,将整个鼻孔都罩了进去,我是没法看到我的嘴鼻处会有一圈红色的凹痕的。炊烟,羽痕,彩云,我会把灯罩罩在我的眼上,另一只眼闭上,罩中窥景,装模作样,做着战场上指挥官手拿望远镜察看敌情的假动作。我更没办法看到罩口在我眼圈上留下的另一圈红色的凹痕。

我还没有看到下湖人回家的身影。下地劳作,说成"下湖"。"湖"好,有湿气。田地也是另一片江湖。已有炊烟的影子,有牛的"哞"叫。下湖人很快就会回来的。父亲很快也会回来的。他那基因一样刻在我听觉中的脚步声,熟稔之外,甚或让我有几分恐惧。更多的时候,是他搁镰刀的声音,往墙角放锄头的声音。我要分辨这样的声音的分贝。我根本不会转身去看父亲的脸色,我只是试图从声音里揣摩父亲的心情,我甚至以为父亲与我是天生的一对冤家。比如,他常会拿过灯罩,借着亮光,看灯罩颈上有无烟渍,以此来判定我做事是不是认真。

"三岁看大!哼!"

"七岁看老!哼!"

"哼!"

能轻轻地"哼"一声,也算是对我最好的褒奖了。现在想想,父亲常常会用这样"错误"的逻辑评判我。他的判断和推论我是不敢反驳的。纵使我将灯罩擦得很干净,在他递给我的时候,不也还是会从鼻孔里"哼"一声吗!严父慈母。总是这样。父亲的严苛和无理,或许,就是很多做父亲的人的道理。

四

"呱——"

"咕——哇!"

坐在那首古诗里听蛙,染了一身稻花香。

身居闹村,蛙最欢。押着水韵,打着节拍。连成片,密不透风,像满天的星。晚风吹,夜风吹,整个夜色像是一片摇曳的荷,清香弥漫,星,月,还有这扯上扯下连绵不断的蛙鸣,便是那叶上晶莹透亮的露或是水滴。近处,响的,清晰可辨,更多的是迷蒙一片,像雾。这些低声部的和弦,成了乡村的底色。

犬吠,只是这底色上缀着的花。狗叫,让人警醒。人们能在狗叫的节律里分辨急缓,分辨自己是不是要"出警"。少有小偷小摸打秋李郢人的主意,打村庄的主意。一狗叫,众狗叫,成团,和鸣,发出撕咬的声音,有狠意,有敌意,小偷还不闻风丧胆?胆敢造次,一锣响,众锣鸣,火把映天,就是呼叫声和呐喊声,也能把你吓个半死!夜不闭户常有,纵然外出,闭户,他们也会把钥匙放在门楣的横梁上,伸手可及。家家如是。花非花,雾非雾,都是景。

鸡鸣不会起哄。鸡德好。《韩诗外传》说它有"文、武、勇、仁、信""五德"。鸡鸣是乡间旋律的小节线,或是乐章的换板。小时候看《半夜鸡叫》,周扒皮为让长工多干活,半夜扯着嗓子学鸡鸣,引鸡叫。鸡上当了,以为真。这多少影响了鸡的"信"德。后来看过一篇文章,有人对《半夜鸡叫》质疑。想想就明白了,《半夜鸡叫》只是一部文学作品。其实,半夜的时候我们也常到鸡窝边,逮住大公鸡,拔鸡毛。选鸡尾上方半寸处,那里的鸡毛最漂亮,长且艳。我们把拔下的鸡毛夹在书里。冬天的时候,送给米丫钉毽子,并央求她给我也做一只毽子。夜起,想到周扒皮脑袋上被叫鸡啄得满是疙瘩,也会心有余悸。一毽飞舞,一羽飞舞,两人对踢,我踢给你,你踢给我。好几年我都会想着去给米丫送鸡毛的事,觉得自己长大了。后来听李谷一唱《洁白的羽毛传深情》,虽说这只是写体育的歌,我脸上却会莫名燥热。

更多的时候,我们会在蛙鸣中做两件事。一件事是去捉蝈蝈。备一笼。笼是高粱秸秆做的,拳头大小,四方形,边上有一寸许小门。蝈蝈叫,"啯啯",它喜欢伏在南瓜叶上。蹑手蹑脚,循声而去,此时,你是看不到它确切的位置的,只能靠听。身捷手快,"唧——"收入笼中。我们把装有蝈蝈的笼子吊在檐下。有时,檐口下吊有三四只笼子。蛙鸣,鸡鸣,蝈蝈鸣,方觉乡间一点也不寂寥。另一件事是徒手捉黄鳝。蛙欢黄鳝出。黄鳝喜欢在夜间觅食。手电照到它,秧田里的黄鳝纹丝不动。你只消伸出中指,作弯钩状,其余四指弯曲收拢,迅即从腰部将黄鳝"锁住"。就在我们的手入水的当儿,往往会从秧田里几乎同时跳过几只青蛙。刚刚还在忘情歌唱的蛙受了惊扰,蛙鸣便戛然而止。这会让人矫情,乡间的小夜曲里,与人何干。

前些日,我在厦门休假,逗 Q。鸡怎么叫,"喔——"还一仰脖子,极具表演性。想想,今年是鸡年,电视上说鸡的事多。他常看电视。我们笑。狗怎么叫,"旺——"估计我们没笑,"旺——旺",又连叫两声。小区狗多,这题不难。"那——"一旁的爱人似乎要为他出道难题,"老虎怎么叫。""唬——"为增加威严性,Q还把嘴咧开。Q去过动物园,动物园有老虎。青蛙呢?我只是随口一说,估计这难不住Q。哪知,Q咧开的嘴就没有合上,僵住了。"青——"显然,Q对自己的回答不自信。声音渐小,似乎是把原先咧开的嘴闭上,也像是泄气的气球的放气声。这题他不会,是他蒙的。他干吗不蒙"蛙"呢。厦门少有蛙,城市没有蛙鸣。Q刚满两周岁,是我的外孙。

青蛙的叫声是"青",就像"亲"。

陈绍龙,男,1961年生,中国作家协会会员,中国金融作协理事、主席团成员,江苏金融作协副主席,香港《大公报》资深专栏作家,从教多年,在新华社旗下报社做过编辑、记者,现供职于农业银行盱眙支行。著有诗集《失眠的星空》、散文集《稻里稻外》等六部。

凤鸣大地

陈 石

> 凤凰鸣矣,于彼高冈;
> 梧桐生矣,于彼朝阳。
>
> 《诗经·大雅·卷阿》

1989年2月19日,我国第一个在美国获得放射虫古生物学博士学位的青年古生物学家杨群,朝车流如织、花团锦簇的达拉斯城投去最后的一瞥,携妻子和女儿踏上了归国的航程。

透过飞机舷窗,杨群回眸鸟瞰,层峦叠翠、风格旖旎的美国西海岸渐渐消逝在地球曲线的背后。烟波浩渺的太平洋宛如无垠的蔚蓝色锦缎,铺展于眼底,在阳光下泛着粼粼波光,像无数把金梭在颤动着的蓝色经纬线上穿行、跳跃,编织着大自然的神奇和瑰丽。

"大海真美!"妻子林帆欢快地发出一声赞叹。

"是的,很美! 我看见有一样很美很美的东西在水中漂浮。"杨群附和道。

"是什么?"林帆再次凝望大海,机翼下是湛蓝湛蓝的一片,除了海水、白云、银鸥,什么也没有哇!

"当然,那东西用肉眼在高空是看不见的,它比米粒还小,但与人类的关系极为密切。它就是 radiolaria——放射虫!"

"What are radiolarians?"(什么是放射虫?)好奇心驱使邻座的一位美国姑娘侧身而问。

"放射虫是一类海生的单细胞原生动物,具丝状的伪足,通常由身体中央射出针状骨棘,呈放射状,故由此得名,其壳体装饰美丽,形态精细繁多。它们习惯在水面或临近水面处垂直浮沉,随波漂流。自寒武纪到新生代大约五亿多年漫长的地质历程中,各个时代的岩层中都含有放射虫化石……"

"这些化石对人类有什么价值? 给我们讲一讲放射虫的故事吧!"金发女郎对这位研究放射虫的中国青年肃然起敬……

故事从海洋开始

1967 年 10 月的一天。

西经 68°、北纬 32°的大西洋海域。

一艘名曰"格罗玛挑战者"号的科学考察船正在进行深海作业。高高的桅杆上,美、苏、德、法、日等国国旗迎风猎猎。阳光下,海鸥翔集,浪涛堆雪。

"格罗玛挑战者"号此行肩负着一项特殊的使命,它要从幽深的海底提取岩石标本,进行全球性海洋地质研究。这一行动,被称为"深海钻探计划(DSDP)"。

来自各成员国的科学家们正在各自的实验舱里紧张忙碌。船顶指挥中心内,该计划的总策划 M.尤英博士和世界著名的古生物学家 E.A.彼萨格纽教授正目不转睛地盯着荧光屏,屏幕上显示出钻头在海底岩层中掘进的深度。

忽然,尤英博士办公桌上的隐形送话器里传来激动的声音:

"尤英先生,第一实验室向你报告:在海底哑地层[1]发现放射虫!"

"第二实验室报告:在大西洋板块接缝处蛇绿岩系中发现放射虫!"

……

尤英博士和彼萨格纽教授眼睛一亮:"OK,令人振奋的消息!"

很快,一份凝聚着各国科学家们心血的研究报告摆到了尤英博士的办公桌上。报告认为,放射虫是一类演化较快的单细胞原生动物,其化石为确认岩层的年代和上下次序、指示含油含矿层的层位提供了重要古生物依据。对于确定深水相地层对比、探索古海洋环境和板块运动历史、探寻地下资源,具有极其珍贵的价值。

世界震动了!

紧接着,放射虫研究作为一门新兴学科,如金色的朝阳喷薄而出,立刻风行欧美,其研究成果被广泛应用于海洋石油勘探、深海钻探、矿物资源的开采等生产领域。

嗅觉灵敏的石油界巨头们闻风而动,他们从放射虫化石上看到了汩汩流淌的石油和黄金。蜚声全球的壳牌石油公司、美洲石油公司、飞马石油公司、德州石油公司竞相营建现代化实验室和豪华别墅,激烈争夺放射虫研究专家。

---

[1] 哑地层:指没有古生物证据的地层。

1979年2月,中国长沙。

来自全国各地的160名科学家云集橘子洲头,参加首届中国微体古生物学术会议。

面对国际上方兴未艾的"放射虫热",中国的科学家们坐不住了。

"我们要建立中国放射虫地层序列!"

"我们要培养自己的放射虫研究专家!"

……

在我国著名的古生物学家盛金章教授研究所工作的杨群,被请到了中科院南京地质古生物研究所穆恩之副所长的办公室。

这位从长江之尾海门县农田里走来的年仅二十五岁的小伙子,镜片后的双瞳如皓月在深邃的潭波里浮泛,闪烁着真诚和执着。

"杨群,咱们谈谈放射虫吧!"

"放射虫?呵,知道!全球古生物学的一大热门。"

"你知道我国放射虫研究的现状吗?"

杨群沉默了。我国放射虫研究刚刚起步,有关研究人员寥若晨星。这情况,杨群当然清楚。他急在心里!

穆老停顿片刻,深有感触地说:"我们的放射虫研究,一要面向世界,赶超欧美;二要立足国内,为找油找矿服务。运用放射虫研究成果,促进能源与矿产的勘探与开发,是我们每个古生物研究人员义不容辞的职责。"

穆老突然话锋一转:"我们将派你到美国学习放射虫。全国古生物学界千百双眼睛在看着你,同志,你肩上的担子不轻啊!希望你像我们的第一任所长李四光教授那样,有一颗赤诚的报国之心!"

达拉斯人相信你

1983年4月，杨群出色地通过了"托福"、GRE考试，跨进了美国达拉斯城北郊的得克萨斯大学的校门，成为 E.A.彼萨格纽教授的门生。

彼萨格纽教授是现代放射虫古生物研究的奠基人之一，他在北美西海岸的研究成果至今仍作为国际公认的标准。学生们都敬称他为"老板"！

"老板"打量着刚从东方文明古国来的黄皮肤年轻人，热情地说："很好！你来自指南针的故乡，指南针在我们的古生物研究中可少不了，相信我们能够合作得很愉快！"

达拉斯位于得克萨斯州中部，是美国的石油城和国际贸易中心之一。得克萨斯州州名原是当地印第安人的一句招呼语，意思是"朋友们"。达拉斯城就像一个好客的主人，向远道而来的朋友张开了热情的臂膀。

走在大街上，随处可见得克萨斯的州花矢车菊，妩媚娟秀地簇拥着鳞次栉比的楼群；五颜六色的小汽车，沿着层层交叠的高速公路川流不息；道旁，林木扶疏，反舌鸟在绿荫中穿飞，歌唱……

一切是那么新鲜。

一切是那么诱人。

然而，杨群无暇在大街上徜徉，那些神秘的"符合"不断地在眼前腾挪、闪烁，那是一个多么蔚为壮观的世界呀！

在扫描电子显微镜下，一枚枚熠熠生辉的放射虫化石珠玑罗列，楚楚动人。有的韵致清丽，光彩照人；有的婷婷临风，风姿曼妙；有的莹洁无翳，妍如美玉；有的凝如秋菊，丰润灼目……

杨群被迷住了。

初入彼萨格纽实验室,和"老板"合作研究时,他从教授助手们的眼中读出了一串串镰刀似的问号:你,中国人,行吗？有的"热心人"对他刚洗过的遴选放射虫化石的筛子不放心,硬要仔细检查一番。

他的心被刺痛了！

一次,一个美国学生对他说:"中国的乒乓球名扬四海,但是,我不明白:在放射虫研究领域为什么没有以中国人名字命名的种类呢？"

杨群陷入了沉思……

是啊,在科学的崇山峻岭,无数科学家涉险而上,凡遇重大发现,总以发现者的名字命名或由发现者来命名。古往今来,这些闪光的名字成为高悬于历史之路上的一盏盏不熄的明灯。在放射虫世界,许多古生物学家历经艰辛,用燃烧的生命点亮了自己的名字,为本民族增添了光辉的一笔。但是,杨群从茫茫书海中看到的林林总总的放射虫种类的确没有中国人的名字。

这个脉管里流淌着华夏先祖血液的中国人偏不服这口气！等着瞧吧,中国人的名字会在放射虫领域闪耀的！

他像一艘开足了马力的快艇,奋力冲刺。一学期过后,在"老板"公布的成绩榜上,他走在了"老美"的前面,为此,校方给他颁发了奖学金。

"老板"从这个聪颖倔强的小伙子身上看到了自己年轻时的影子,他要杨群做他的第一助手,并且微笑着鼓励他:

"群,你会成功的,达拉斯人相信你！"

西部历险

1984年夏,彼萨格纽教授率杨群等沿当年西班牙移民西行淘金的路线,开始了西部千里大穿越。

此行的目的是考察美国海岸山系中生代放射虫地层。该研究计划由美国国家科学基金会(NSF)资助,为全美古生物学界所瞩目。

在迤逦北延的海岸山州际公路上,杨群驾驶着雪佛莱越野车曲折而行。两旁群峰耸峙,壁立千仞,如剑如戟,直刺苍穹。置身山崖之巅,但见峭壁横断鸟道,唯有袅袅云雾在脚下萦回。俯视黑黝黝的峡谷,令人不禁倒吸一口凉气。

深入险要而复杂的地域进行科学考察,是一项危险的工作。同行们称此为"在地狱的屋脊上踩钢丝"。

他们知道:

缘壁上攀,不幸陨落深谷者,有之;

跋涉荒山野岭,遇猛兽围困、袭扰者,有之;

误入私人领地,无辜遭到枪击者,有之;

……

杨群听说,从贵州来的一位访美学者在美国西部考察时,失足坠崖,不幸罹难。对同胞的死,杨群十分哀伤。他发誓:要征服一座座险峻的山峦,在一座座山顶的岩石上,用地质锤和錾子刻上一面永恒不落的五星红旗。

中华民族向来不乏力战自然、志在必夺的猛士。昔时,盘古手持巨斧,力劈蛮荒;刑天怒触不周,声震寰宇;精卫衔石填海,至死方休……杨群从粗粝生涩的岩石肌理中,仿佛感受到了华夏先民斧钺声声传递的强悍,汲取了祖先威武不屈的勇气。想到自己是代表一个民族在向桀骜不驯的自然挑战,面对西部风景线上的重重关隘,他,轻蔑地笑了。

山,在向北奔涌;

路,在向北延伸。

谁知,进入俄勒冈州布露斯山区,杨群却经受了一场生与死的严峻考验。

那天,熹微初露时,他和大个子史密斯刚跨出天蓝色的帐篷,彼萨格纽教授立刻叫住了他们:"这一带地形复杂,气候多变,你们外出要格外小心,下午四时之前,务必赶回营地。"

杨群和史密斯环视四周,见山枕清流,景色宜人。他俩相视一笑,嘿,老板,多虑了。

他们大步流星,向云遮雾绕的山里进发,流莺从蓊郁如伞的树丛间筛下婉转动听的啼鸣,涧溪在密匝匝的卵石上奏出潺潺舒缓的轻曲。他们沉醉在大自然的壮美中,忘却了潜在的威胁。

走进裂如罅隙的山口,他们继续向前寻找合适的剖面[1],杨群沿途在岩石上用錾子刻上路标,在关键的路口还刻了一面五星红旗。

山道弯弯,不知走了多久,他们欣喜地发现了一大片坦荡如砥的剖面。经验告诉他们,这个岩层有研究价值。史密斯手提罗盘和丈量棒,气喘吁吁来回奔忙,对剖面进行测量、定位。杨群埋头记录工作日志。

……

一切都在有条不紊地进行,他们全然不知危险正在步步逼近。

当杨群举目四顾时,陡然打了个寒噤。太阳已消失在厚厚的云层中,山谷里苍凉、死寂,阴森可怖。在这荒无人烟处,与层峦叠嶂相比,他们是那样的势单力薄!

史密斯也感到了不安:"我们回去吧!"

他们开始往回走。然而,不幸的事情终于发生了。他们怎么也找不到那些原先刻在岩石上的路标了。

"哦,上帝,我们走进了迷谷!"史密斯痛苦地说。

杨群眼前倏地闪过一幕幕恐怖的镜头。有的探险者迷路山中,被狼群撕成了碎片……不,不能在这里等死,一定要活着把这些珍贵的标本带

---

[1] 剖面:指露出地表的岩层。

出去!

他们再次对照罗盘,重寻出路。可是,经过一番东奔西突,他们又莫名其妙地转回了原地。一切努力都白费了!他俩的心沉甸甸的,像是有只铁锚紧紧攥住了他们。两人知道,如果天黑以前走不出去,那将意味着什么!

杨群检查了一下食品袋,囊中空空如也,而此时他们已饥肠辘辘。

山色趋暝,林寒涧肃。

突然,一阵可怕的狼嗥划破了山谷的寂静。

糟了!狼群就在附近。若是让狼群发现,后果不堪设想。他似乎听到了林间的窸窣声,极有可能狼群在向他们两侧迂回。

来不及多想了,他迅速恢复了镇定。

"快,马上转移,十万火急!"

滂沱大雨中。

杨群和史密斯相互搀扶,跟跄而行。刚刚摆脱狼群的包围,又遭到暴雨的猛击,这使他们天黑前走出迷谷的希望越来越黯淡了。

闪电,如魔鬼挥舞的银鞭,一次次砸在山顶,石破天惊;雨水,携带山石呼啸而下,扑向深壑,发出沉闷的喧响,仿佛死神嗤嗤的狞笑。

"史密斯,当心,这里危险!"

"群,脚下留神!"

他们在雨中大声呼唤着。尖利的岩石割破了他们的肌肤,鲜血淋漓。死亡之神正在向他们逼近。

杨群忘不了啊,临行前,所长殷殷的嘱托,父母期待的目光,妻子温馨的柔情……一定要活下去!在生死之间,我要创造一个奇迹!

就在这时,奇迹终于出现了!一道闪光中,杨群意外地瞥见了岩石上镌刻的那面五星红旗。啊,祖国!是您在召唤您的孩子走出死谷吗?一股暖流从心泉涌起,生命之帆再次高高扬起。

他激动地大声喊道:"史密斯,找到路标了,我们得救了!"

三十多天过去了。他们迈过亚利桑那彩色大沙漠,跨过险如天堑的大峡谷,越过白雪皑皑的惠特尼峰……横穿美国西部科罗拉多、内华达、加利福尼亚、俄勒冈等州,往返行程三万多千米。

此行,杨群和彼萨格纽教授发现了放射虫两个新科、三个新属、二十九个新种。他俩合作撰写了题为《北美侏罗纪放射虫新科》的论文,发表在美国《微体古生物学报》上。国际上正式命名这两个新科为剑刺虫科(彼·杨)和帕尔为瓦科(彼·杨)。

中国大陆学者的名字赫然出现在放射虫演化谱系中。

同年,在达拉斯举行的北美地质年会上,杨群神采奕奕地登上讲坛,面对台下权威人士,宣读了这篇学术论文。新颖的观点、缜密的论证、诙谐生动的解说,征服了所有听众的心,科学家们全体起立,报以热烈的掌声,他们都记住了这个中国青年的名字:杨群!

热带雨林中的新发现

1986年6月,杨群和彼萨格纽教授再度合作,同赴墨西哥东部的奥瑞恩托尔热带雨林地区探险。

"老板"对杨群在美国西部考察过程中表现出的才能大为赏识,这次在墨西哥东部上侏罗纪放射虫地层的研究项目中,他执意让杨群唱主角。

充满神秘色彩的美洲热带雨林地区,浓荫蔽日,葛藤交错,蛇蝎穿行,聚蚊成雷。人称此为"绿色陷阱"。据说,德国年轻的植物学家达列克博士在"绿色陷阱"中考察时,突遭一群毒虫袭击,几分钟内被蚕食,只剩一堆白骨。

然而,凶险的自然环境挡不住探索者坚强的步伐。杨群抱着为国争光、献身科学的凌云壮志,与教授花了整整一个月的时间在茫茫绿海中穿行、寻觅,采集了四百多公斤岩石标本。

当地印第安人见他们身背那么多石块,好奇地问:"你们发现了宝石?"

杨群和教授笑了,呵,没错!这些石块里含有"宝石"——那是一些极小极小的放射虫化石。

这些深嵌在岩石中的化石,怎样才能一睹它们的丰采呢?

以往,人们采用的是从岩石上切下一块薄片,放在透光显微镜下观察的方法。这样,看到的化石大多是平面或横截面,有的甚至缺胳膊少腿;后来,彼萨格纽教授发明了一种化学处理方法,他把不同岩性的标本分别放入氢氟酸、冰醋酸、盐酸等化学溶液中浸泡,从中分离出完整的微体化石。

这项工作十分复杂。关键在于掌握好化学溶液的浓度和浸泡时间。浓度不够,化石无法脱落;浓度过高,化石则被溶化。

从墨西哥归来,有一个问题始终盘旋在杨群的脑际:以前,教授在奥瑞恩托尔一带考察时,曾对壳体仅有六十微米的瓦卢比亚科放射虫进行了描述。这个亚科下有施瓦卢比属和中瓦卢比属,根据放射虫演化规律,在奥瑞恩托尔海相沉积地层中,还应该含有一些未知的新属,那么这些新属一直没有被发现,会不会是因为它壳体很小,极易溶解在化学溶液中呢?

杨群决意揭开这个谜。他配置了不同浓度的盐酸,通宵达旦,反复进行试验。果然,他惊喜地发现了两类新型化石。

杨群抑制不住兴奋的心情,向"老板"工作室"咚咚咚"奔去。

"老板"透过显微镜仔细观察这两类化石。他简直不相信自己的眼睛,瞧,就是这两个新属,居然躲过了他炯炯如炬的双目!

他拭了拭眼角,定睛看看杨群,又看看放射虫,不由得用力一拍杨群的肩膀,连声道:"好极了!好极了!"

这两个新属,被国际上命名为新瓦卢比属(杨·彼)和超瓦卢比属(杨·彼)。论文以《墨西哥东部塔曼组中的放射虫瓦卢比亚科》为题,刊登在美国《微体古生物学报》上。

时隔不久,杨群在导师指导下又取得了一项重要研究成果。他在《墨西哥东部上侏罗纪放射虫地层》的博士学位论文中,对该地层中的放射虫动物群十三个科、四十四个属、一百七十二个种进行了描述。

他,在世界上首次建立了一个放射虫新科:刺瘤科(杨·彼)

他发现了假西古马斯特拉属(杨·彼);

他发现了新帕若内拉属(杨·彼);

他发现了假十字虫属(杨·彼);

他发现了鲁普斯属(杨·彼);

他发现了刺瘤属(杨·彼);

他发现了阿加斯塔属(杨·彼);

他发现了阿克斯敦属(杨·彼);

他发现了前锥球属(杨·彼);

……

同时,他还报告了五六个新种。

它们是:

如斯特古空球种(杨·彼),

多刺三针虫种(杨·彼),

海克尔假十字虫种(杨·彼),

角十字虫种(杨·彼),

……

这篇洋洋洒洒几万字的博士论文,获得了得克萨斯大学地球科学系博士论文指导委员会的高度评价。专家们认为,这项研究成果对全球性上侏罗纪放射虫研究具有重要意义。

"凤凰鸣矣,于彼高冈。"杨群站在高山之巅,纵览寰宇。那些神秘的生物"符号",不断在眼前腾挪、闪烁,他的脑海中又清晰地勾画出一幅全球侏罗纪放射虫地理区系图。

他要把这一新的研究成果公之于世;他要向世界表明一个中国人对全球放射虫区域分布的看法;他要让中国人的名字不断出现在放射虫演化谱系中!

凤兮归来

一颗引人瞩目的新星从放射虫世界升起!

达拉斯石油界的豪富们在注视着他——

曾和杨群同赴西部考察的布莱德·罗宾逊先生受美国 ARCO 石油公司科学实验所委托,委婉地对杨群说:"我们在西部的考察留下了一段美好的回忆,希望我们能再度合作。你在放射虫研究领域中的突出成就,公司是了解的。这里条件优越,建议你来这里工作。"

得克萨斯大学外国留学生部在注视着他——

他们邀请杨群在得克萨斯州首府休斯敦美国航天中心参观。许多美籍华人科学家在这里大显身手,他们不仅研究空间开发、新能源、受控核聚变,而且对海洋开发、太阳能高效利用、钛合金与非晶态硅等进行研究。校方陪同人员对杨群说:"美国是从事科研的理想天地,美国不拒绝人才。"他希望杨群留下来,与他们合作进行一项新的研究。两天后,他们发给杨群一份表格和通知。

中科院南京地质古生物研究所在注视着他——

盛金章教授致书杨群,说所领导和同志们都很关心他。但也有人传言杨群夫妻俩都在美国读书,并生下一个美国籍女儿,他们享有监护权,怕是不会回来了。他对杨群是信任的,相信杨群会做出正确的选择。老教授在信中感叹道:"我们的科学技术在某些领域与美国相比有一定差距,这是事实。尽管我们目前仍存在一定困难,但并不是说我们就不能够开展工作。正是为了缩短这种差距,才需要我们几代人前赴后继为之努力,任何一代的松懈,都会导致我们赶超世界的宏愿付诸东流。这就是摆在当代中国知识分子面前的严峻现实。"副所长徐钧涛代表组织来信告诉杨群:所里正在积极筹建"博士后科研流动站",旨在为留洋博士归国报效祖国提供一个良好的平台……

杨群捧读这些信,眼睛湿润了,双手有些颤抖。他,感到了信的分量!

1988年圣诞之夜,达拉斯人张灯结彩,喜气洋洋地沉浸在节日的欢宴中。

彼萨格纽教授邀杨群夫妇到家中做客。觥筹之间,杨群向尊敬的导师吐露了归意。

教授举杯的手僵住了,他沉吟片刻,问:"这是你最后的选择吗?"

杨群点点头:"是的!全球放射虫研究的发展趋势迫切需要我们建立中国的放射虫地层序列。目前,许多外国专家把研究的视野转向中国。这是一场竞赛,我是一个中国人,不能逃避这场竞赛。"

教授会意地笑了:"从我内心而言,极想留下你跟我一道进行研究;但是,你的祖国比我更需要你。回去好好干吧,适当的时候,我将到贵国去,与你携手开展新的研究。来,为你的成功,为我们的愉快合作,干杯!"

盛满友谊和玫瑰色憧憬的酒杯碰在了一起……

飞机穿过一碧万顷的太平洋,浩浩长江映入眼帘。大江古铜色的脉管里,流淌着民族凝重、浓酽的血色,像一根闪亮的纤绳,背负起华夏灿烂的历史向前疾行。啊,祖国,魂牵梦萦的祖国!您的儿女回来了!

在机场,有位前来迎接他的朋友对杨群在春风得意之时举家归国很不理解,他问杨群:"现在国内许多人变着法儿想出国,你倒好,放着舒适的生活不享受却要回来,为什么?"

杨群回答道:

"因为我要研究中国地层中的放射虫!"

祖国大地草长莺飞,万木竞荣。此间,鸾凤翔集,嘤嘤成韵。这壮美的景色,令杨群流连不已。

他——

向莽原走去。

向大漠走去。

向高山走去。

向河谷走去……

站在地球抛物线上,他抡圆地质锤,在岩石上击出"叮咚"的乐声,像是美丽的凤凰发出的悦耳的和鸣……

闲时拾趣

袁文华

光阴荏苒,岁月如歌。每当家像一撇月光一样浮现在我的脑海时,它的颜色是明快而清晰的。

偶有一日翻阅书架,拾得一套《汪曾祺全集》,不记得几时、哪位挚友所赠,随意翻读几页,汪老笔下的文字仿佛电影一般,在我脑海中一帧一帧地形成了影像,让我的思绪也随着《大淖记事》《受戒》一起回到了那个运河边烟火了千年的小城,想起了儿时艄公的号子、渔娘的晚歌以及我和那里的一切。

我的家乡高邮,是全国唯一以"邮"字命名的城市。据说城名与秦始皇在此处设立驿站有关。经过两千多年的沧海巨变,城市面貌已经翻天覆地,唯有这城名留了下来,向世人讲述着这座小城不同寻常的过往。

传　说

诸多有关家乡美丽的传说中，我犹记得东西宝塔那一则。

高邮有两座宝塔，分别是镇国寺塔和净土寺塔。镇国寺塔修建于唐代，俗称西塔，2014年被列为世界遗产，是我国除了西安大雁塔外唯一的四方形古塔，虽经历多次修葺，但唐代风格基本保留完好。净土寺塔，俗称东塔，建于明朝神宗年间，是一座八角形七层砖塔。

东塔与西塔遥遥相对，东塔雄伟，西塔端庄，岁月流转，一个美丽的爱情传说就这样被创作了出来。传说东西二塔原是一对恋人，东塔为雄，西塔为雌。夜深人静、月明星稀之时，东塔就悄悄地向西塔靠近，直至融为一体。至天色微明，仍依依难舍。高邮城区有一单身汉，人称张邋遢，生性好事。一日早起，忽见东西二塔依偎在一块，不禁妒火中烧。心想自己还没有讨到老婆，两个宝塔倒在此幽会了。不由分说，用一个绳子套住东塔，使劲往回背，硬是把东塔背回了原地。谁知到了夜晚，两座宝塔又重新聚首了。于是张邋遢再次把东塔背回原地。从此，张邋遢每天重复他背宝塔的功课，而东西宝塔每晚都要重温他们的鸳梦。日复一日，奇迹发生了，西塔下出现了一座小宝塔，外形酷似东塔。宝塔也能生儿子了！张邋遢十分气恼，飞起一脚，把小宝塔踢得离了地，腾云驾雾般地向高邮湖西北方向飞去，渐渐落了下去。这就是金湖县塔集镇小宝塔的由来，相传该塔为高邮的西塔所生。

记得当年从老辈人口中听到这个传说时，很是对张邋遢不满。人非草木，孰能无情，这无情无义的人自己讨不到老婆，却去破坏别家的美满，当真对得起他这个邋遢的名号。心中暗暗发誓，决不做那张邋遢，净做棒打鸳鸯的坏事；要勤劳上进，这样就可以讨得老婆，被世人尊重了。

当年的想法固然简单,但与人为善、勤勉精进的品性算是扎入脑海、伴随终身了。

吃　面

高邮虽然是一个南方城市,可是高邮人却对面食情有独钟。看那满城的面馆、面摊,你就知道高邮人有多爱吃面食了。好多面馆做出了特色,做出了名气。陈小五子算是名气最大的了,每天来吃面的人都排成了一条龙,蔚为壮观呢。

我最佩服的是高邮人下面、吃面的速度。大清早,面摊里是云雾缭绕,你只需扯上一嗓子:"老板,给我来碗干拌面。"老板答应一声。只见他从锅边码得整整齐齐的一排排搪瓷碗中抽出一个,放上酱油、胡椒、小葱等调味料,随手往锅里一放,锅里已经漂着十来个搪瓷碗,老板一手往锅里加水,一手扯上一把水面条,嘴里也没闲着,朗声问道:"素油还是荤油啊?"

"素油,老板,带两片绿叶子啊!"

"好嘞!今天吃水的还是煎的还是卤的?"

"今天来个涨的吧!"

乍一听,不明就里的人是听得云里雾里的,这都是老行话了,两片绿叶子指的是加点青菜;水的还是煎的还是卤的,是说今天吃煮蛋还是煎蛋还是茶叶蛋。涨的就是涨蛋,蛋里加上几片葱花,平底锅里一走,一张巴掌大的涨蛋就出锅了。

这一前一后搭话不超过三分钟,老板就把面条全起锅了,一碗碗热气腾腾的面条送到了客人手里。您要问了,怎么是手里,不应该是桌上吗?高邮人吃面快是一个特点,还有一个更绝的特点是不着桌边,搪瓷碗往手心里这么一捧,筷子在碗里翻滚上几圈,搅拌均匀了,往路边这么一站、两腿一分、脖子一缩,呼哧呼哧几大口,一碗面条就这么下肚了,说不出的痛快。吃完后把碗往桌上这么一搁,大叫一嗓子:记账啊!

都是街坊邻居,认识多少年的老熟客了,也不怕他赖,一般半月结一次账。

这高邮面为啥好吃,我也听老辈人讲过。说高邮这地方靠湖,正所谓靠山吃山、靠水吃水,这湖里的鱼虾特别鲜美,有人就想起用这个虾籽熬酱油,熬出的酱油做菜是喷香四溢、香飘十里,可是这熬制方法是不传之秘。走了许多地方,也去了一些打着高邮面馆招牌的小店,可就是吃不出那个味道,可能那个味道里透着高邮人的纯朴、诚信吧!

老地名

高邮城久,有些地名也有了年头,这在一些历史悠久的古城中多有,就如南京的新街口、孝陵卫、慈悲社、前标营等等,成了城市的标识。

记得当年高邮的一个笑谈。假期结束了,同事相互问候,问:"假期去哪里潇洒了?"答:"新马泰"一日游。

这里意思是,没出门旅行,在家里"蹲"着。为啥这么说?因为高邮也有个"新马泰":新市口、马棚湾、泰山庙。这三个在高邮可是鼎鼎有名的地方,你一说大家就都知道了。

高邮城西面紧挨着运河,这是一个与运河有着紧密联系的城市,高邮的兴衰就是运河兴衰的缩影。南门大街、北门大街如今都已经变成了旅游景点,走在这古老的大街上,一面面旌旗飘扬,让人仿佛又回到了那个河里船流如织、街上人流不息的繁盛年代!一阵铃声响起,只见一骑从运河埂上飞来,卷起一阵旋风擦身而过。

城里的蝶园广场是市民休闲纳凉的好去处,旁边的奎楼始建于北宋年间,宋代城墙一角和城墙上的奎楼以及护城河、城河水关是一组保存完好的古建筑,是高邮古城仅存的标志之一。城墙内侧有古柏一株,老干虬枝,形态古拙。这里可是我们儿时玩乐的好去处,树丛中探险、城墙上打仗、护城河里摸鱼捞虾,样样都能让我们这些半大的男孩乐不思归。

沉浸于回忆中的我,耳边似乎响起了汪老先生创作的一首歌《我的家乡在高邮》:

> 我的家乡在高邮
> 风吹湖水浪悠悠
> 湖边栽的是垂杨柳
> 树下卧的是黑水牛
> ……

是的,风吹湖水浪悠悠的画面陪伴着我走过了整个童年和少年时代,每当我从岁月深处向后回望,总会想起那头俯身树下的黑水牛。而我则像一抔流出沙漏的细沙,时间给了我最大的宽恕,却又让我羞愧难当。

袁文华,江苏高邮人,供职于中国农业发展银行江苏省分行。中国金融作协会员、江苏金融作协会员。作品见于《金融文化》《中国金融文化》《农业发展与金融》等刊物,2018年荣获全国金融"五一劳动奖章"。

去垂虹桥,赴一场唐伯虎的月光宴

李阿华

一

中秋之夜,我携妻来到离家两千米的垂虹桥。她问我:"今晚赏月的地方很多,你为什么喜欢到垂虹桥?"

我告诉她:"今晚很特别,是新发现的一幅和垂虹桥有关的诗画作品让我吊足了胃口。"

——这是一幅由众多江南才子创作的题为《垂虹别意》的诗画作品。五百多年来,它几经易手,如今漂洋过海,被美国著名收藏家顾洛阜重金收得。

它怎么是诗画作品呢?因为它展示给我们的是实实在在的生活景

象,鲜活得令人怦然心动……

有谁相信呢！明正德三年(1508)中秋佳节,一帮文朋诗友没有和家人团聚,而是坐着小舟从姑苏城赶往吴江的垂虹桥,为一位名叫戴昭的年轻人送行。

在送行的队伍中,都是江南名人。沈周、文徵明、祝枝山、唐伯虎……每个人都是江南文坛上的"大腕"。他们岂止名满江南,在整个明代都傲踞群雄,光彩照人。

唐伯虎无疑是送行队伍的主角,为啥？说来很简单,那位叫戴昭的年轻人是他的学生,而且是他一生中唯一的学生。

离姑苏城20千米的垂虹桥,72个桥孔倒映在水中,美轮美奂。飞鸟闲逸、鲈鱼戏水。一边是运河,帆影点点；一边是太湖,远山如黛……

垂虹桥,成了江南运河上的"灞桥",成了太湖边的"十里长亭"。

此时,她将以怎样的姿态迎接那些客人？

二

月朗风轻,玉宇无尘。在垂虹桥上行走,我突然疑惑了。那时候可不像现在,从姑苏城到垂虹桥可以走高架路,一支烟工夫就到了。那时走的是水路啊！而且,他们在姑苏,也分别住在各个地方。文徵明居于阊门,唐伯虎已搬到桃花坞新家,而沈周老先生,则隐居在姑苏城之北的相城。

对了,如果学生为老师送行那是天经地义,而现在却是老师带着一帮文友前来,还不只是文友,一起送行的沈周还是唐伯虎的老师呢！

我想,他们弃家人而不顾为一位后生送行,难道不怕掉身价？或者,他们在送别后生的背后是否隐藏着一次难以启齿的交易？

怎么不可能呢？在明代，姑苏土地肥沃，物产丰富，加上交通发达，惹得各路商人云集姑苏做着发财梦，其中就有众多的徽商。徽商的眼光特别敏锐，他们发现，姑苏除了经济繁荣，更是文风鼎盛。或许尝到了缺乏文化的苦头，致富后的徽商不满足，开始为自家子弟创造条件，研习诗文以博取功名，以求光祖耀宗。于是他们主动和姑苏文人结交，把他们请到酒店、茶馆，甚至去澡堂沤浴。一旦相熟，就把子女托付给他们。

这样一想，应该明白戴昭是谁了。按现在的说法，他是个"富二代"。他的父亲戴思端是个来自安徽休宁的富商。他神通广大，结识了一位"五百年前是一家"的姑苏人——戴冠。戴冠年少聪明，出口成章，但无奈八次应举不中。弘治四年(1491)，"始以年资贡礼部"，授浙江绍兴府儒学训导。戴思端和他一见如故，接着叫儿子拜他学文。戴冠掂掂自己的分量，觉得不够，于是推荐了唐伯虎。

戴冠算是找对人了。此时的唐伯虎少年得志，声誉日隆。16岁时考中秀才，29岁时取得乡试第一名。一时，"唐解元"名动姑苏城。此时，戴昭拜唐伯虎为师，可谓挣足了面子。当然，唐伯虎也没有懈怠，他认真讲授，戴昭学业大进。后来唐伯虎要进京参加会试，无暇顾及戴昭。经唐伯虎推荐，戴昭向薛世奇学习《易经》。不久，薛世奇出仕，戴昭转而师从雷云东。

于是，在唐伯虎一手安排下，戴昭跟着一帮姑苏文坛高手学到了"真经"。戴思端一高兴，除了支付可观的学费外，还心甘情愿向这些老师购买心仪的书画作品。这是徽商和姑苏文人双赢的交易，相看两不厌。

但如果将他们送别后生作为交易，那是亵渎了苏州文人的风骨和品性。

是的，"秀才人情半张纸"，文人似乎总和清贫为伴，但苏州的那些文人墨客不然，沈周、祝枝山、文徵明等吴门书画大家，当时名满天下，不要说他们的润笔费，就是出场费也相当可观。他们没有必要兴师动众屈尊为一位后生送别。

但他们真真切切来了。不是两三个,是抱团而来;摒弃平常日子,专挑中秋佳节;不在家门口相送,是坐上小舟一路相随。

垂虹桥下的太湖水汩汩流淌,那桥上的揽船石是否系得住漂来的一叶叶小舟?

三

一叶叶小舟飘然而至,一根根绳索牢牢地系在垂虹桥上。戴昭的心也被牢牢系住。舟过垂虹桥洞,前面就是茫茫太湖。他不知道如何向面前的前辈告别。

唐伯虎早已备下酒席。他要为自己的学生饯行。

实际上,唐伯虎不是一个做老师的料。他狂放不羁,特别喜欢和年少者玩耍。你看,他竟然和祝枝山的学生张灵打得火热,两人赤身裸体站在水池中,互相泼水打水仗。又一次,两人甚至合伙将文徵明骗到妓院里寻开心。

戴昭会不会被唐伯虎调教成第二个张灵?

但戴昭不是张灵。别看戴昭是个"富二代",但他没有一般富家子弟的骄横和霸道。他知书达理,属于"见到老师敬个礼"的角色。面对这样一个好学生,唐伯虎自然也收敛了不少,教学很认真,也很特别,不只在三尺讲台,还在竹林山水。这种既重课堂也重课外的独特授教方式,让戴昭受益匪浅。

戴昭跟唐伯虎学习时间不长,但和他结下很深的友谊。后来两人已不拘师生之礼,而是一种亦师亦友的感情。在戴昭看来,更多的是朋友情。

朋友有两种。一种是人生得意中的朋友，一种是落魄孤寂中的朋友。人生得意中的朋友谁都不缺；落魄孤寂中的朋友能慰藉心灵，弥足珍贵。但世间这样的朋友太少了。

戴昭属于哪一类，或者两者兼而有之？

唐伯虎进京赶考前是何等风光啊！对这位放言"今科解元舍我唐寅，更有何人"的年轻人，大家深信不疑。各路达官贵人纷纷设宴饯行，唐伯虎应接不暇。但好运没有垂青唐伯虎。明弘治十二年（1499），唐伯虎参加会试失利，接着蒙冤入狱10个月。后来唐伯虎虽然平反昭雪，但那官任仕途却此生无缘了。可怜正处在辉煌中的唐伯虎到此也开始尝尽人间百般滋味。出狱后的唐伯虎无所顾忌，酣畅于酒肆，卧眠于青楼，一副破罐子破摔的浪荡公子相。

唐伯虎回到姑苏城。他吃惊地发现，除了文徵明、祝枝山等"铁杆朋友"外，那些原来就嫉妒他才华与声名的人竟然明目张胆地嘲讽他，而过去不少向他求诗乞画的座上客也把他视作陌路人。

更令唐伯虎痛心的是妻子见"状元夫人"做不成了，竟然弃他而去。唐伯虎品尝到了曲终人散的伤感。他飘飘如孤鸿之影。

而此时的戴昭却以异乎寻常的热情来对待唐伯虎。他一次次登门陪伴唐伯虎，形影不离。唐伯虎冰冷的心顿时滋生出阵阵暖意。

唐伯虎提出要云游四方。戴昭要求一同前往。

说走就走。唐伯虎从姑苏出发，坐船到达镇江，越过长江游览扬州瘦西湖，然后又坐船沿长江过芜湖、九江，到达庐山，后又南行进入湖南，登临岳阳楼，泛舟洞庭湖，继而又南行登上南岳衡山，转入福建，接着返身进入浙江，游雁荡山、天台山，尔后又渡海去普陀，再沿富春江、新安江上溯，抵达安徽，上黄山与九华山。从这条长长的路线来看，唐伯虎把如今的华东地区加上湖南游了个遍。

戴昭没有怨言，他像一个书童一样鞍前马后，为唐伯虎服务。

四

中秋的月亮最圆,照亮了游子归家的路。

云游四方的唐伯虎出去大半年了,他是否还记得回家的路?

但自己的家在哪里?没有妻子和孩子,能算家吗?唐伯虎心头茫然。游完九华山,唐伯虎提出到休宁走一走。

休宁有戴昭的家。按理,就是唐伯虎不主动提出,戴昭也应极力相邀啊!

其实戴昭不敢,他怕老师想起伤心事。

不知是天意还是巧合,唐伯虎的学生是休宁人,他的老师程敏政也是休宁人。

程敏政非同寻常。他是明弘治十二年(1499)会试主考官,官拜礼部右侍郎。

程敏政和唐伯虎,一个位高权重,一个初出茅庐,按理说两人没有瓜葛。但程敏政在唐伯虎眼里是个学富五车的大师,去京城赶考时专门拜见了他并行了拜师之礼。程敏政对这位才华横溢的后生早有耳闻,礼仪有加,欣然为唐伯虎新出炉的一本诗集作序。

谁也没有想到,程敏政陷入了一场科举舞弊案,而案子恰恰和唐伯虎有关。于是程敏政被罢官,锒铛入狱。

世间万般生命,能相互撞击出生命火花的总是一份缘,有缘的生命必定铸就刻骨铭心的友情。当唐伯虎得知恩师出狱回老家休宁时,休宁已在他心中挥之不去。

世事沧桑,物是人非。唐伯虎前往程敏政家里,早已没有进京赶考时的踌躇满志,是感叹世道的无奈,还是感怀命运对自己的嘲弄?反正唐伯虎的心境是凄凉和失落的。

赶到休宁，唐伯虎哪里见得到程敏政，他已在一年前的夏天去世了。

阴阳两隔，世道无情。唐伯虎在老师的墓地痛哭不已，戴昭也默默流泪。

唐伯虎不想走。他读过老师程敏政写的《游齐云山记》一文，于是沿着恩师的足迹，在齐云山流连忘返，一待就是7天。

这算是唐伯虎留在齐云山上的花絮了。一天，戴昭告诉唐伯虎，齐云道长因手头拮据，一时找不着人撰写玉虚宫碑铭。"闲来写就青山卖，不使人间作孽钱"的唐伯虎一听决定相助，他泼墨撰写了1028字的《紫宵宫玄帝碑铭》，分文不收。

而此时的唐伯虎已是囊中羞涩。戴昭要资助，唐伯虎不依。

戴昭没有办法，那就陪老师在街头吆喝卖诗画作品吧！

五

垂虹桥长虹卧波。此时，月亮没有升起，但在唐伯虎眼里，每一个桥洞的倒影就是一个月亮。

唐伯虎带着一副好心情前来垂虹桥。他收获了沉甸甸的爱情和友情。

唐伯虎难忘，他出狱后，饮酒狎妓，纵情声色，但奇怪的是在妓院碰到了好人，那就是沈九娘。她在唐伯虎放荡的背后，惊叹他的才华，她一腔柔情似一双无形的手扶起了唐伯虎已跌倒的自尊，惹得唐伯虎动了真情。在他们缔下鸳盟的时候，遭到了文徵明的极力反对。但风流成性的唐伯虎不可救药地爱上了沈九娘。

文徵明不相信一个放浪寻欢，一个卖笑风尘的男女能产生爱情！

唐伯虎请来了朋友相助。弘治十八年(1505)，在祝枝山的安排下，由即将离任的苏州知府王鏊主持了唐伯虎与沈九娘的婚礼。

明正德二年(1507)，唐伯虎一家搬进了新落成的桃花庵别业。这里清溪蜿蜒，桃柳相依。两口子的日子过得很滋润。当年，唐伯虎有了女儿。他忘记了烦恼，信笔写下了千古流芳的诗作："桃花坞里桃花庵，桃花庵下桃花仙。桃花仙人种桃树，又摘桃花换酒钱……"

或许游历后胸中装满了千山万壑，或许找到了自己的真爱，或许是磨难给自己的感悟，唐伯虎创作激情勃发，书画技艺大进。他创作的一幅幅令人叹为观止的作品风靡朱门绣户，蓬庐茅舍。

为情所困，才会被情所伤。唐伯虎收获爱情，却失去了友情——文徵明离他而去。

对这位同年出生的隔壁邻居，并且一起拜沈周为师学习画画的朋友，唐伯虎岂能把他忘记？

唐伯虎寻找机会。又是一帮朋友，在他们的调解下，他和文徵明重归于好。

唐伯虎的心中云霞满天，自然想庆祝一下。

文徵明和唐伯虎失和与垂虹桥无关，垂虹桥却见证了两位文坛名人重归于好的场景。

唐伯虎有幸！垂虹桥有幸！

六

风轻云淡，大雁南飞，戴昭的行船已升起云帆。

垂虹桥分别，却没有十里长亭的执手相看泪眼，没有灞桥的折柳赠别。苏州的文人是含蓄的。离别当然要赠送礼物，于是，33个文人拿来文房四宝,题诗作文。

祝枝山当仁不让,题"垂虹别意"引首。

作为戴昭的牵线人戴冠此时成竹在胸,欣然作序。

唐伯虎泼墨挥毫。寥寥几笔,一幅在垂虹桥分别的场景便跃然纸上:垂虹桥半隐半露,河两岸树木各七株,或粗壮,或纤细,疏朗有致;桥下,一舟子摇着轻舟漂在河心,舟里坐者三人。远处太湖浩渺,青山在望。

寥寥几笔的画作怎能表达唐伯虎的心意呢!他题诗:"柳脆霜前绿,桥垂水上虹;深杯惜离别,明日路西东。欢笑幸圆月,平安附便风;归家说经历,挑尽短檠红。"

祝枝山诗兴勃发,挥笔一气呵成:"把手江南奇绝处,石阑高拍袂轻分。胸中故有长虹在,吐作天家补衮文。"

按照原先的打算,唐伯虎在垂虹桥畔设午宴后,大家各自返程和家人团聚。

这是俞金题的诗:"心怀亲舍远,身上客船忙。脉脉情千种,匆匆酒一觞。江波摇落日,枫叶着余霜。顾此垂虹影,离愁谁短长。"俞金不想耽误戴昭的行程,他想"匆匆酒一觞"后就告别。

但多年结下的情谊使得这顿酒宴无休止地拉长。从中午喝到太阳西下,大家仍意犹未尽。

德璇题诗的时候已经醉意朦胧,但他文思泉涌:"送别江桥日已斜,倚栏把酒思无涯。惊心白发思乡国,触目青山感物华。渺渺烟波牵客恨,迢迢秋浦乱芦花。不堪回首天空阔,一鹜横飞带落霞。"

太阳西下,那帮朋友还没有尽欢。有笑语喧哗者,有如痴如醉者,有引吭高歌者。此时,就差没有人下河捞月亮了。

顾桐题诗的时候已是傍晚,他的诗中飘着酒香:"相见无几又送君,江桥酾酒话殷勤。橹声摇落山头日,帆影冲开溪潋云。柳剩残枝犹可折,词将别意不堪闻。归家谈及吴中事,挑尽寒镫坐夜分。"

月亮升起，午宴成了月光宴，他们喝的是饯行酒，品的是朋友情。

文徵明感慨万千，下笔如神："久客怀归辞旧知，扁舟江上欲行时。多情最是垂虹月，千里悠悠照别离。"

一首首诗，清澈的诗意润湿了垂虹桥两岸的风景。

我相信，那夜，月亮停止了脚步，她也在凝神欣赏江南才子的作品。

七

今晚，月亮依旧，她那柔柔的月光轻泻着，轻轻地洒落在大地之上，也洒落在垂虹桥上。

前面是一泓明晃晃的水。哦！脚下是一座坍塌的断桥。蓦然，曾经鲜活在心中的想象突然间变成了一缕缥缈虚幻的情结。我一阵心悸，难道垂虹桥随着《垂虹别意》的诗文画卷被戴昭轻轻卷起也卷到了安徽，如今又卷到了大洋彼岸？

桥去何方？情归何处？我分明看见，月光下，唐伯虎一帮文朋诗友还在吟诗作画，《垂虹别意》的长卷还在延伸。眼前的垂虹桥没有断，用美酒月光煮成，不，用一颗颗诗心和真情浸染过的桥永远不会断啊！

此时，我想邀来一叶小舟，穿越五百年的岁月，赴一场唐伯虎的月光宴。在月光里，为他们斟酒、研磨……

李阿华，中国金融作协会员、中国散文学会会员、江苏省作协会员、江苏金融作协理事、《垂虹》杂志主编。目前供职于中国人寿保险公司苏州市吴江支公司。

走，吃茶去

邵满桂

毋庸置疑，长期以来，我对茶怀有特殊的感情，也特别喜欢"走，吃茶去"这句既朴实又深奥的话。

在我看来，对茶的特殊感情，至少包含了两个方面。

一个是我嗜茶如命。这种说法自然过于夸张，但若一日不喝茶的确难受得要命，失魂落魄似的。我还有个与大多数人有些不同的习惯，除了白天喝茶外，每晚睡前还要喝一杯绿茶，方可安然入睡。其实从保健的角度讲，睡前喝茶似乎对身体不利，至少我太太一直这样认为。无奈，多年习惯已是很难戒了。

另一方面，我曾经贩卖过茶叶。1991年夏天，按照父亲的规划，我和三姨夫一起去陌生的浙江临安山区，摸索着跑了几个乡镇，比较、鉴别后从一处茶农联合供销社收购了一大批散装炒青，然后运回家分拣包装。

我们先将茶叶均匀地铺散在天井的塑料布上晾晒,防止发霉,当然也不能暴晒。翻身几次后,将品质好一点的用网筛筛选出来,去掉碎屑,再经过称重、装袋、封口等工序,一袋袋靓丽的半斤袋装茶叶像新鲜出炉的烧饼,一个一个亮相了。

本来计划好了,一大部分托售到县城的工厂,一小部分放在镇上的小商店代售。哪知,一场百年不遇的特大洪灾席卷而来,淹没了我们的家园,也冲走了我们的生意梦。城里的工厂全部停产抗灾,原打算买些茶叶发放夏季福利的订单一下子全作废了。父亲对此表示了莫大的理解:"这个时候我们不能给人家添乱、增加额外的负担。"而小商店的代销,也无多大起色。那么多茶叶没了去路,安静地躺在令人忧伤的夏日里。我们只好将一部分茶叶走街串巷亏本大甩卖,一部分赠送亲友,余下的只能自我消化了。记得那时我成天就是喝茶解闷,仰望星空,思考未来。此后,我酷爱绿茶大概与此相关吧。

其实,我喝茶不太讲究,一只茶杯,或陶瓷、或紫砂、或玻璃均可,抓一小撮茶叶,开水一冲即可,纯粹快餐的模式。我没有花费过多的时间捣鼓泡茶的工具和程序,自然少了些闲情逸致,少了点文人雅趣,可谓实用有余,审美不足。喝茶几十年却没能喝出文化来,喝出品位来,想来也是件憾事,尽管我也曾对茶文化做过一些钻研。

记得当年秋季,我怀着对茶叶的特殊感情前往扬州上大学,后来我研读了包括陆羽《茶经》在内的大量史料,专门写过几篇关于茶文化的文章,并发表在校刊上。我将对茶叶生意失败的遗憾转化为对茶文化的关注。我憧憬着有朝一日能够精心泡上一壶好茶,坐在午后的阳光里,品品茶,翻翻书,或打盹,或冥思,一身轻松,两袖清风,那是怎样的一种境界呀。

俗话说"禅茶一味",多么神秘的境界;煮茶论道,多么儒雅的享受。其实这种品茶冥思、悠闲自得的日子是不可多得的,随着求学、就业、成家、育子等等经历,脚步慢不下来,又怎能有闲情逸致享受午后的阳光、品一顿工夫茶呢？倒是经常晚上加班，或者夜深人静时，写点属于自己的文字，随随便便泡上一杯茶，解渴、提神罢了。此亦足矣！现在回想起来，当时也是一时兴起，哪谙得什么茶文化的真谛。

至于茶文化的真谛，我认为"吃茶去"三个字足以涵盖。此乃赵州柏林禅寺的老和尚从念禅师所云，被后人反复提及。此茶非此茶，此茶亦是此茶。欲知茶味，唯有躬而尝之，方知它是绿茶还是红茶，是毛峰还是龙井，是大红袍还是祁门红，是冷的还是热的。其核心理念是：学习不是一个知性问题，而是一个实践问题。不仅佛法，推及其他认知悟道莫不是如此。

文人最讲究喝茶。真正的文人，那不叫喝茶，俗了，叫品茗，格调一下子就上来了。三两好友相约吃茶去，不是知己，也是挚友。"吃茶去"本是一种待人之道，且是君子之间的神交。"吃茶去"也反映了一种自我修炼，片文尺牍常有人引用禅师如何云，茶叙闲聊常有人提及名人怎样说，可是我们自己呢？没有自我，不如吃茶去！当然，要解时下浮躁之气，也得多多"吃茶去"。"空持百千偈，不如吃茶去。"我们更需要在平常的生活工作中，观照自己的内心，在实践中不断修行、提高。

走，吃茶去。只有亲力亲为、亲自感受，方有所顿悟、有所明了、有所坦然。有时，物质的、精神的、过往的、当下的，似乎一直纠缠不清。

三姨夫虽然已经离世有十大几年了，但我的脑海里时常浮现我们去临安贩卖茶叶的情景。逝者如斯夫，唯一不变的是我喝茶的习惯。

邵满桂，笔名空瓶，江苏兴化人，江苏省作协会员，中国金融作协会员、江苏金融作协会员，《江南时报》专栏作家，出版诗集《比风还轻》《时间的伤口》。

在上海过年

张 虎

因女儿到上海工作了,所以我们一家三口早早地决定在上海度过2019年春节。

终于等到春节放假了,乘高铁从南京到上海站时,我快速走向出租车区域。按照平常情形,乘车要先排长长的队,但事实相反,车比人多,根本不用排队。我当时有点蒙:走错路了?

正月初一的早晨,我习惯性地到小区外面转一转,跑一跑,发现几乎一辆车也看不到,一个人也遇不到,马路边的商店大都关门歇业。往日人来人往、车水马龙的热闹场面不见了,环境冷清得让我不敢相信:这是上海吗?

反差太大!春节中的上海上演的是现实版的"空城计",说马路上可"开飞机",不算过分。

既然难得来上海过一次春节,我想,应该去一些热热闹闹、张灯结彩的地方,寻找上海的年味,感受新年的喜气,所以在正月初一的下午,我们一家人去豫园,看晚上的灯会。

不看不知道,一看吓一跳。"白天是景,晚上是灯"的豫园人满为患,游人如织,其场景堪比昔日的世博会,感觉全上海的人都在这儿。那座九曲桥,近在眼前,貌似可以几分钟到,却硬是排了三个小时队,走走停停,九转十八弯才到了"步高里"桥门。

"空城"中有闹市。

2019年,豫园特地从上海城隍庙"请"来了门神,在豫园商城的道口显得格外威武喜庆;主入口上空的"十二生肖迎新春"挂灯喜气洋洋又憨态可掬;九曲桥桥身和湖心亭以LED彩色灯亮化,妆点上"新春的色彩",并用生动的故事线展示了上海城市文化发展的进程。豫园处处散发出传统中国年的气息。

当天上午,春节档大片《疯狂的外星人》开始公映。晚上,当我们最终从"幸福里"的桥门挤出九曲桥的时候,我感觉大家是"疯狂的地球人"。

上海的年味在豫园五彩的灯光里,在九曲桥拥挤的人流中。

在豫园时,还顺便去了据说是风靡"魔都"的黑科技网红馆——环球奇趣馆,体验科技网红项目。印象最深刻的是"魔幻雨境",境中雨水竟然倒流,而且能在空中悬停,宛若被施了魔法,诡异奇特。感受最刺激的是"珠峰探险",沉浸式VR体验,虚拟现实布局。体验者走在晃动的木架上,一旦戴上头戴设备,眼前迅速呈现攀登珠峰的境界,脚下是冰雪覆盖的山脉,巍峨挺拔,那种气势和震撼,顿时吓得许多人不敢走,全然忘记自己正身处室内的木架上。

我这人多年来有个习惯,就是不管到哪个城市,总喜欢查找一下有没有5A级景点,若有,都会想办法去看看。这次时间很充裕,当然更不愿错过。

上海的5A级景点目前共有三个,其中东方明珠广播电视塔我去过不止一次,暂不考虑再看。另外两个就安排在接下来的行程中。

首先去的是上海科技馆。

集展示与教育、收藏与研究、休闲与旅游于一体的上海科技馆面积大、功能强,2001年亚太经合组织(APEC)领导人非正式会议曾在此举行。以"自然·人·科技"为主题,展区很多,最让人留恋的是"智慧之光"展区。

"你要是觉得自己还不算笨,去上海科技馆'智慧之光'中一试身手,要是觉得自己还不够聪明,也可以去开启一下'智慧之光'。"

说得没错,这个展区以互动为主要展示手段,演示物理学、化学、生物学等学科的典型现象,神奇有趣。不信,你看:在一个貌似普通的玻璃球面前,当你用手轻轻触摸玻璃球面时,会有亮丽的辉光随手移动,这是辉光球;在一个大约十多平方米的屋子里,你发觉站不稳,走不好,突然好像不会走路了,这是魔屋,因为其地板是倾斜的。魔屋中另一个神奇的东西是倾斜的长条钢圈中有一个钢球,无论钢球在哪一端都不滚动,奥秘在于钢圈与地板倾斜是反方向同角度的,钢圈实际上是平行于地面的。

在比试脑电波的设备前,爱人和女儿"较上劲",两人分别坐在桌子的两头,工作人员为她们在头上戴好电极带,要求双方集中注意力,靠冥想去推动桌子中间的小球,当谁把小球推向对方,谁就获胜。这个游戏将脑电波通过设备放大,考验人的注意力,结果女儿在大家的关注中轻松获胜。

次日,我们去了另一个5A级景点——上海野生动物园,它是中国首座国家级野生动物园。

入园后首先看到的是火烈鸟——上海野生动物园的"迎宾鸟"。现在它可是"网红鸟",全球的爱宠,在世界各地圈了一众粉儿。它纤细的身材、红色的羽毛、高傲的姿态,一看就很时尚。大家与之合影,想跟它一起

"红"一把。

整个园区分车入、步入及"水域探秘"三大部分。我们随后去的是车入区。这是一种"人在车笼中,动物自由行"的模式,好像动物看我们,和正常"动物在笼中,我们自由行"的模式正好相反。

本来以为很无趣,不料,因为乘坐了投喂车,有专职人员讲解,整个过程变得非常有趣。

讲解员很有经验,不时地向车窗外投"点心"给野生动物吃,"撩"它们,所以我们看到世界上跑得最快的鸵鸟迈着长腿追随投喂车、老虎跳奔投喂车、狮子大张口面向投喂车,大家在紧张中享受乐趣。

在食草动物区,于丛林和岩石间,"车笼"中的我们可以看到梅花鹿、大羚羊、河马等许多珍稀动物的美妙身影,不出国门即感受了来自亚洲、非洲的原始风情,体验了旷野的魅力。

其间,我发现了一群斑马,远远看上去,每匹身上的条纹都很美丽。我知道斑马周身的条纹和人类的指纹一样,没有两个完全相同,因而我一直想待车靠近的时候,再仔细观察观察,拍几张好照片,但那几匹斑马似乎并不准备理睬我,一直把屁股朝向我,所以我最后只能拍拍"马屁",聊以自慰。

车行进过程中,一只不起眼的小狐狸居然"霸道"地迎面疾奔而来,完全不惧怕我们,一副无所谓的样子。而一个体型庞大的老虎看到车来了,却迅速地跑走,这世界怎么了?

谁怕谁搞不清了!搞不清的事情还很多。据讲解员说,园内的熊本来冬眠,但现在适应了上海环境,不冬眠了,闹心不?

"开饭喽!"讲解员每次投喂的时候,都有小朋友在喊。在猎豹区,因为我喜欢跑步,猎豹跑得快,是我学习的榜样,所以我特别注意观察它。但当讲解员说,三个月前投给它的美食——小香猪,到今天还活生生的没被吃掉,大家都郁闷了,是胃口变刁了还是怜香惜玉?

出了车入区,我们来到步行区,看到许多小朋友在和长颈鹿"亲密"接触,向它们零距离地喂食树叶。不少小朋友看上去有些紧张,因为长颈鹿是"大高个",其头颈和腿都非常长,站起来能达到6米至8米高,是现今世界上最高的动物。所以站在它旁边,有明显的压迫感。但千万别羡慕,它也有不少难处:因为个高,站起来慢,怕受攻击,故而每天只睡两个小时,又因心脏离大脑远,导致常年高血压。你说这"大高个"生活得容易吗?

动物园吸引人的特别之处,是有多场不同动物的表演:海狮操练托马斯全旋;熊大、熊二比赛体操,在单杠、双杠、吊环等器材上,一个接一个地玩,熊孩子更是无所不能,什么熊样都有;几吨重的大象边吃边拉,还跳舞,是"舞林高手"。我们一场场地追着看下来,发现一些表面呆萌的动物有时也挺能搞事的。

最后一站,我们随着"开心之旅"旅行社到了"上海中心",感受上海的高度。

上海的地标建筑——上海中心大厦总高为632米,是中国第一、世界第二高楼。第118层是"上海之巅"观光厅,在这里,可以三百六十度俯瞰上海美景,是感受城市魅力的绝佳位置。

晚上6点钟,旅行社组织我们在大厦前排队前往。听导游介绍,乘电梯上去只需55秒,因为这里有全球最快的电梯,每秒运行18米!

我们很激动,但没想到用了两个多小时才走到电梯口,旅游的人多,长长的队伍缓缓前行。在没感受上海中心的高度之前,首先体会了上海排队的长度。

一览众"厦"小。进入观光厅后,往下看,大名鼎鼎的金茂大厦、环球金融中心都变小了,气势非凡的东方明珠塔好像也触手可及,夜色中的黄浦江外滩灯火辉煌,更加漂亮。上海的夜景,太美了!

在上海野生动物园游玩时,看到园内有一天鹅餐厅,我们三口几乎同时想起2016年春节时,在比利时布鲁塞尔大广场上,曾参观过一家名字雷同的餐厅,叫"天鹅咖啡馆",那是著名的《共产党宣言》作者马克思居住过的地方之一。我们曾在那儿拍照、买巧克力,但现在转眼三年过去了,时间飞逝,不知三年后,我们一家又会在哪里过春节?

张虎,男,中国金融作协会员、江苏金融作协会员,江苏省作协会员。曾在《金融时报》《中国金融文学》《扬子晚报》《金融博览》《中国农村金融》《金融文坛》等报刊上发表过多篇散文。

蒲月端阳

张 娴

沟渠、河坝上打箬叶的人多起来,一年一度的端午节近了。

乡下人的端午节,虽然隔着夏收夏种,忙得焦头烂额,却很少会颟顸了事。箬竹长上来,枝条渐次伸展,家家户户的廊檐下便有几挂箬叶,由着风吹日晒,直到留余干香。以前不懂,只以为新打的新鲜,包出来的粽子色泽青翠可人,后来才知道,即便是箬叶,也得历经一段时光的浸染才有余味,晒干的箬叶再经过高温蒸煮,才能激发出筋骨里全部的香气。

忙起来,包粽子都是"见缝插针"。熬个夜,或者趁着落雨天,门檐成了流苏似的水帘,雨水落在阶沿口,哗啦啦地飞溅,地里的活干不了,便得闲包粽子。翻出竹筛、笸箩淘洗。对于吃,乡人向来不离弃想象力,几片箬叶包裹的,除了糯米,高粱、薏仁、红枣、花生、芸豆、赤豆,还有新长的蚕豆籽,籔了皮成豆瓣,再加腌腊肉这样一点点素朴以外的余兴,就能成就或爽口或足味或醇厚或蜜甜的各式口感。

然而这绝对是门"技术活"。以前看祖母包粽子,一卷棉线,一把剪刀,面前大大小小的盆盏一字铺排开,将箬叶层叠蘸水,娴熟地卷成圆锥形,塞进各种馅料,包裹、捆扎,即刻便成形,一气呵成,并且不用人帮忙,一个人气定神闲。到了我自己学包粽子,笨手笨脚,抖抖霍霍的,总把米粒撒一地,才知道其实不容易。终于相信,一个长时间与锅碗瓢盆打交道的人,气韵都是信手拈来的,怎么搭配,怎么包裹,什么火候,都在心里面,一定要说出个子丑寅卯,有时候确实无可奉告。

煮粽子的时间有些漫长。一开始添足水,先旺火烧开,再细火慢熬,汤锅里的水不知道要沸过几回。木头锅盖有缝隙,即便是用笼屉布封上了,水汽也消耗得快,需要反复添水。灶膛里火不能熄,锅里要始终保持沸而不腾的状态。焖煮一夜下来,粽子黏劲十足,吃着弹牙。

天气一晴朗,人们又得回到地里去,收麦子、打油菜籽,为了赶收场,甚至熬通宵。这段劳累的日子,聊以慰藉清苦胃肠的,只有这些粽子。

5月以后,土虫蠢动。记忆里,故乡的河滩、水涯上,长满了艾草、菖蒲,下午放学后天光尚早,便结伴蹚水去采折,一大捧扛回家。母亲拣些出来,用艾叶束成一捆,当瓶供或插在门楣上,不仅姿态美好,终日散发着辣蓬蓬的味道,蚊虫都少了不少。

回忆就是滤镜,绿的更绿,蓝的更蓝,旧时光里很少有人情世故,几乎都是温情的滋味。端午节年年都过,只是岁月越久,越多变故与离别,想要挽留、一直保持老样子不容易,所以,每到过节,想得最多的是:这一年,不回来的人,总该回来了吧?

张娴,江苏金融作协会员,现供职于江苏省农村信用社联合社。文章散见于《金融博览》《中国农村金融》《扬子晚报》等刊物。

文字三帖

张大勇

文字的生命

文字会疼吗?

会的。文字如人,知疼痛。不信,听听打工诗人郑小琼的叙述。她的作品《铁·塑料厂》获得了《人民文学》"新浪潮"散文奖,专家和评委的评价一致——"郑小琼的文字有疼痛感。"她在发表获奖感言时,远离"题旨",而且声音不太脆亮,但她含着泪叙说:"在写《铁》的时候调查过,在珠三角,打工者的断指就有4万根,如果连接成直线,该有多长……"这样的文字让人震惊、震撼,文字的疼痛分明是断指人的心在疼痛,分明是郑小琼的良知与人性在疼痛!

疼痛分为感官层面和精神界域,而文字的疼痛无疑是形而上的。歌德说:"我的每个字都是从我生命深处抠出来的。"一个"抠"字,沾着血水,带着肉糊,挂着虚汗,能不疼痛吗?把心交给读者的好老头巴金说:"人活着不是为了'捞一把进去',而是为了'掏一把出来'。"这样的掏,是掏心窝的,是丹柯精神。掏心窝的文字,又怎能没有疼痛和泪水?由此,歌德作品的生命力永不衰竭是必然;巴金老人被世人称为"时代的良知"也是必定的。

香港作家董桥有本文集,书名叫《文字是肉做的》,这样的说法我非常欣赏,因为它契合了"文字能疼痛"的概念。董桥的文章我是喜欢的。只是我对他文字的印象是疼痛的东西少了些,想来与他所处的环境、地位相关。这也不必苛求,也不会影响董桥作品的传播。我们不能希望所有的作家、所有的文字都是"疼痛"的。然而,真正"疼痛"的文字,的确更容易引起受众的共鸣,让人记得深刻,它的辐射力和穿透力更广博更强大。

将文字写出"疼痛"的感觉来,靠的不是文字的表达技巧,而是作者的立场、处境、品质和责任。"我以我血荐轩辕。"这是仰面向天的立场表达;"文章憎命达。"这是浸透血泪的真切概括;"天意君须会,人间要好诗。"这是高尚品质展现;"为什么我的眼里常含泪水?因为我对这土地爱得深沉。"这是大爱在困厄下迸发出来的铿锵心声……脱离生命本质体悟的人,是绝对写不出疼痛的文字来的。这样的道理,谙熟的人不少,但真正做到的却是凤毛麟角。打工诗人郑小琼面对地方作协欲将她录用为签约作家的"大好机遇",选择的是拒绝。这就意味着她无意于安逸和稳定,她更青睐的是一直陪伴着自己的清苦、漂泊和辛劳。这在常人眼里是"怪异"的、"执拗"的,而我却禁不住为她的固执、坚守而击掌。因为安逸与荣华会欺骗和钝化她原有的敏感,而粗粝、清苦的生活历练,会让她的文字更具肌理,更能让当下文学作品中的某些正在变异、濒临死亡的东西活过来,成为现代人类高级、高尚的精神食粮与心灵养料。

早年，作家柳青说过，文学是愚人的事业，作家是苦行僧。是的，作家是"人类灵魂的工程师"，从事文学创作是在"熬夜""熬心""熬命"，这样的"熬"，是榨取、掏出、淘净，是焚膏继晷、兀兀穷年的坚持，是春蚕丝尽、精血耗干的付出，它必定是"疼痛"的。这样的疼痛，一些卓越、伟大的作家追求并笃守了一辈子。当他们献出全部的"疼痛"之后，会显得更加澹定、平静，显得更加无求、无愧和无悔。这方面，孙犁便是典范。听听老人家在自己的最后一本作品集《题文集珍藏本》中是怎么表述的："那不是一部书，而是我的骨灰盒。"

这便是疼痛的最高形态，这便是生命的极致体验。

文字的重量

仓颉造字以来，时光汤汤，若要计算到底出了多少文章，即便神仙来，也未必数得过来。著名诗人赵恺说得好："时间无情——淘汰平庸，只承认优秀。"

不能"镇纸"的文字必然不能留于世面。用一位老作家的话说：这些文字压不住纸面。拥有巨大生命力的作品，它的文字必然是有"重量"的。这也正是西方哲人表达过的思想：越重的东西越不容易腐烂。

这里说的文字的重量，不是物理学上的概念，不在于笔画的繁简体形的巨细，也不只是它所指代的本意；"两"的重量不一定就轻于"吨"，文字的"轻"与"重"完全取决它的生命，和渗透、附着在生命里的内涵。翻开国内外文学史上颇有分量的名篇佳作，每一篇作品中的文字，无不附着了作者的诸多心力。杜甫的诗中多悲情，多民间疾苦，他的诗笔时常流露出沉重和忧伤，他的文字内里有着悲苦和凄凉，渗透着泪水和血水，因而是沉甸甸的，直往人的内心里去，撞击心壁。苏轼的前后两篇《赤壁赋》，是他被贬至黄州时的内心写照。柳宗元被逐出京城,在贬谪地完成《永州八记》,困厄之中诞生的文字,必然沾带着大家"分娩"的血浆。没有流浪时的风雨浸透,高尔基的"三部曲"何来分量?余光中一生辗转漂流,使他的诗句附着上浓浓的乡愁,他的文字正如他赠给痖弦和洛夫的诗篇《金鼍》中的诗句:"于是,记忆亦重了,记忆垂着/如雨后,一树成熟的芒果。"哦,"芒果"是有重量的,这重量是向下的,是地球引力,是"趋根性的"。

一张白纸知道文字的分量。一部《论语》,不足两万字,但字字如磬。其中最有分量的字眼,当属"君子"二字,它在书中出现了一百多次,每一次重量的叠加,成就了《论语》的基本"吨位"。唐人张若虚一生写了多少首诗?我们说不确切。但可以肯定地讲:《春江花月夜》是他所有诗中最有分量的佳作。《春江花月夜》中每个字都有着超凡的重量,否则,就不会得到"孤篇压倒全唐"这样至高的赞誉。"民族魂"——能说这是普通的三个汉字吗?这三个字置放在1936年10月的棺木上,肩荷鲁迅先生灵柩的后生,谁能感受不到昆仑一样的重量!还有《史记》,还有《红楼梦》,还有《望大陆》,还有《白鹿原》……白纸有幸,它将有分量的文字捧示于人,如是经年。

文字有重量,它就能下沉,沉到底层野下,就能够贴近生活、贴近现实、贴近百姓。文字若无分量,就会飘在半空,浮华招摇。文字有重量,它就有千斤之沉、千钧之力,就能产生冲击力和震撼力。文字有重量,它就能产生诚如铁凝所说的"阅读的重量",就能产生岿然不动的"位置重量"。说到底,作品中文字的重量,与作者厚重的文化、厚重的禀赋、厚重的学养是分不开的,与作者伟大的人格、逸荦的思想、丰赡的精神、积极的担当和非凡的抱负息息相关。物质之重多与浑厚、伟雄、坚实相关,文字的重量与大气磅礴、苍天厚土相关,与日月山河、乡情国爱相关。文字的重量,就在民族英雄马本斋临危之际教孺子写下的"中国"二字上——他充满深情、语句铿锵地说:"这国字的四边框,是防备敌人的城墙。这城墙不是砖垒的,是一代代中国人的血肉堆成的。这国字里面的或(繁体字"國")字,有天地,有房屋,还有大刀长矛,有咱中国人的一切!"这样的"中国"二字绾成的情结,堪比泰山,焉能不重?!

英雄以青铜相塑,文字应以"重量"相铸。我们渴盼看到更多今人写下来文字,像赵恺老师的《大象守则》中"以沉默的跋涉保持尊严"的大象,担当生死的重抉,迈着沉实刚健的脚步,行走在纸面上,它们的内力、重力和震撼力,大地知道,光阴知道,人心知道。

文字的色彩

我的妻子干过早期印刷厂的"拿字"活。有一次去他们的车间,我看到无序的铅字只有一种颜色:黑。又过一个半月后,我为一位老师校对他的长篇小说时,眼前的文字来了个美丽的转身,它们生机勃发,像煞春日的花簇,翻动纸页就像翻阅着斑斓的调色板。套用苏轼在前《赤壁赋》中的话说,"目遇之而成色"。

后来,我在《读书》杂志上读到黄苗子的一篇文章,其中的一个词让我的视觉神经一跳,这就是——锦绣文章。一俟读上美文佳作,我就想到这个词。泰戈尔说过,"美的东西都有色彩的。"锦绣文章里的文字自然是有色彩的,是散发着璀璨光华的珠玑。

文字是有色彩的。作者感情上的,往往转换到读者视觉上,折射到读者心灵上。这样的色彩,持久而深刻,是愉悦心情验收过后的至上级别的光华和色泽,与人的精神、思想、审美相关联。这样的色彩是自然、纯真的生命体,是由内向外发出的光华,是泪水浸泡过的血液、温暖过的灵魂内核。"绿给了我发展,红给了我热情。"闻一多如是说。他的诗篇自然"红""绿"相间,让人通过生命的色彩,强烈地感受到这位爱国诗人滚烫的鼻息和铿锵的呼吸,郭沫若是这样,巴金是这样,郭小川是这样……

近些日子,我一直沉醉在汪曾祺和王辛迪的文字色彩里,不能自拔,成了一个地地道道的好"色"之徒。汪曾祺的老家高邮离我的家乡不远,他关于乡俚民俗的人和事的描摹,氤氲着人性美和水光天色悠然的气息。读着读着,我不由得发出会心一笑。还有王辛迪,是我的邻地淮安人,他的诗文像圆宝盒中的珠宝,有着璀璨的颜色,有着生命的温华。佳作美文之悦读,就像赏读吴冠中的墨彩画作,视觉的愉悦坐上精神的地铁,直飙我的心域,浑身通泰,是从发梢灌下的浓浓的甘醪,每一个毛孔都张开嘴巴,同曰:舒服!

有位作家说,帕格尼尼是黑色的,肖邦是湖蓝色的;张爱玲如流金,亦舒蜷在牙白里。我以为说的是他们的旋律和文字才对。帕格尼尼和肖邦的生命是他们的永不消逝的音乐旋律,张爱玲和亦舒的生命是她们深入血液里的文字色彩。张爱玲的文字说是流金,我以为不甚确切。对于她的文字,用胡兰成的话,"张爱玲先生的散文与小说,如果拿颜色来比方,则其明亮的一面是银紫色的,其阴暗的一面是月下的青灰色。"其实她的文字充满了无尽的苍凉,既有国色天香的华丽之美,又有西风秋霜的萧瑟之色。爱屋及乌。因为喜欢沈从文的文字,我若干遍地捧读同样从吊脚楼走出来的女作家龙迎春的《品读湘西》,每一次都感受着沱江似的色彩流动和色彩合唱。这色彩,是那种我闭着眼都能看得清爽的"古朴的鲜艳"。还有美国作家、哲学家亨利·梭罗的《瓦尔登湖》,它的文字是墨绿色的,像书的封面,像他的湖水,洗汰浮躁,熨帖焦灼……

格致在他的《乌拉学堂》中赞美作家母亲:"文字的光亮已经在母亲的眼前闪亮。文字本身是黑色的,若能将其正确地组合,就会闪亮光芒。"我感谢大家们用生命、热血孵养出来文字,其色泽是沾着的脐血,其光华是精血脂油燃烧的涅槃。正是这些文字夺目、持久的色彩,灿烂着人类文学的宝库,极大地丰富了我们的精神生活。这些文字,正如营养学家所说的那样,"颜色越深越重的菜蔬、水果,对人们更有营养。"这是我们精神、心灵依赖的鲜活"营养素"。

我定然还要想到另一种类型的人工着色的文字。我在此声明的是:本篇所说的文字色彩,不包含这样的文字。因为没有生命肌理和汁液的文字,即便涂抹上再多的颜料和脂粉,也是枉然的,也是不美的。生产这样的"有色文字",已然不是真正的作家,而是一位文字"油漆工"了。

张大勇,江苏金融作协理事,阜宁县作协主席。作品散见于《诗刊》《星星》《扬子江诗刊》等,其中二十余篇(首)被《作家文摘》《中学生文摘》和《江苏文学50年·诗歌卷》《语文》(苏教辅版)《2008中国随笔精选》《2017江苏年度诗选》转载与收选。出版作品集四部。

体检后时代

丁晓燕

在我们平凡的生活里,从来都不是只有轻松的欢笑和逗人的乐趣。在时光日复一日地缓慢推进里,有很多痛苦就像图钉一样,随着滚滚而过的车轮扎进我们的心中。可不是,单位组织一年一度的体检,很快,被揪出来的大小问题便如图钉一般,扎进了同事们的心中,"体检后时代"就这样疼痛着、闹腾着来临了。

体检报告拿到后一两天

"查得怎么样?有三高吗?"电梯里的问候语千篇一律换了新词。几家欢喜几家愁,指标正常者连声说还好还好,一脸的庆幸喜悦又刻意保持低调。小疾小患者长吁短叹,七嘴八舌各述各的病症,最终众口一词地坚决表态:要锻炼要运动!要管嘴要迈腿!

一向不屑于茶文化只喝白开水的甲先生,这几日作"低到尘埃"状,谦虔诚恳地向办公室的茶客请教什么茶最刮油,说自己占了三高的大半壁江山,得用茶叶洗刷刷。没几天,绿茶、红茶、苦丁茶,决明子、枸杞、山楂,以及一些看不懂的中药饮品排排占了一桌,再后来,眼瞅着他那透明的大玻璃杯里,一天天姹紫嫣红、沉浮俯仰。

一早上班,我骑着二轮"宝马",经过岔路口之时,偶遇乙美女,见她雄赳赳气昂昂地迈步向前,不由想起大阅兵里英姿飒爽的女兵。欣赏之余,心生疑惑:4个轱辘的咋改11路了?热情地招呼她。美女蓦然回首,嫣然一笑,口号似的边喊边行进:生命在于运动!

身材日益显山露水的丙八两,酒量大,胃口好。平时在食堂就餐,一个肉圆尚嫌到嘴不到肚,"我查查"后宣布三月不沾荤不喝酒,誓排五斤毒十斤油,这几日他见着肉圆如临大敌,以迅雷不及掩耳之势夹给一旁的丁姐,爱心满满地要给丁姐家狗狗添加口粮。请走了肉圆,丙八两气定神闲地夹起一大把青菜就往嘴里塞。好家伙,食肉动物丙八两变成食草的兔八哥了。

体检报告拿到后一两个月

甲先生的杯子里恢复了山明水净,再也没有五颜六色形态各异的悬浮物漂于其中其上,偶有零星残存茶渍向人述说这里曾经辉煌灿烂过。问他,曰:"大道至简,历经繁华终大彻大悟,那些甜的、苦的、酸的都是浮云,'色'水三千,只取一瓢清水。"小伙伴们都惊呆了,不是不明白,这世界变化快,道家、佛家齐上阵了。

乙美女不紧不慢开起了她的私家车,后悔不迭地说肚子是小了点,可小腿却粗了。就在那一瞬间,李清照的《如梦令》入了我的脑海:"知否?知否?应是绿肥红瘦。"敢情美女一不小心"误入藕花深处"。脑筋急转弯的乙"迷途"知返,又生一计:"走路不适合我,看来我得在适当的时候选择适当的运动,将脂肪肝倾向扼杀在摇篮里。"好吧,且拭目以待,观望这两个"适当"几时到来,或许又是一年体检时。

在电梯里遇见丙八两，我上下打量，跟他打趣："兔哥眼睛没红呀，不过体形缩水，卓有成效呢！"他愁眉苦脸道："滴酒未沾，眼睛都吃绿了，青菜、菠菜、韭菜、茼蒿天天打滚，做梦都在呼伦贝尔草原上。哥算是想通了，降脂护心得循序渐进，适可而止。小伙伴约几次了，不能不给面子，明晚聚一下，撮一顿，喝几杯。该吃要吃，该喝还是要喝哟！"说完，自顾自地笑，嘴边的哈喇子呼之欲出。

体检后时代 N 多版本的剧情，每年大约在冬季上演，有的是狗血剧，心血来潮，激情澎湃，十八般武艺轮番上阵，时间不长就偃旗息鼓、丢盔弃甲了，自己演得累，旁人也看得累。有的，还真塑造成了经典连续剧，摇身一变为健身达人，二头肌、马甲线，那可不是微整来的。看着达人们嘚瑟的小眼神，当真可以喊一句口号了：体检成就健康，坚持就是胜利。同志们，加油吧！

丁晓燕，中国金融作协会员、江苏金融作协会员、江苏省作协会员。近年在报刊发表散文二百余篇，散见于《扬子晚报》《北京青年报》《重庆晚报》《今日早报》《广州日报》等。

痴心的女人

夏 鹭

扬州,这座拥有两千五百年悠久历史的运河古城,水色山光,烟柳画桥,美不胜收。位于城中核心商圈的地方,有一座地标性建筑——文昌阁。古往今来,它以"文化昌明"的内涵彰显着这座古城的精神图腾。工商银行汶河支行就位于这座古阁东侧,其得天独厚的地理位置可谓占尽先机。

物换星移几度秋,汶河支行也如"铁打的营房",更迭了几代"流水的兵",前赴后继的汶河人在这里默默地奉献了自己的青春和热血,他们把"工于致诚,行以致远"的理念植根于生命之树中,每一片绿叶都彰显了蓬勃盎然的生机。

这里领导班子踌躇满志,年轻人朝气蓬勃,中年员工意气风发,即将退休的职工"站好最后一班岗",你会感受到汶河支行这个群体蕴蓄着满满的正能量。也许这里没有可歌可泣的故事，没有感天动地的事迹，但"伟大出自平凡，平凡造就伟大"。

我身边就有这样一位普通的劳动者，在每天平凡的工作中，为工行的改革和发展默默奉献着光和热。这位痴心的女人，她的芳名叫史健伶，大家都叫她"史工"。她是我们汶河支行的科技管理员。她于1987年入行，曾经也像林青霞一样高挑美丽，如今一晃五十多岁了，生活中也经历了不小的坎坷，可是她依然乐观。眼看她还有三年就退休了，可她干起活来还有股"拼命三娘"的劲儿。她的动力来自哪里呢？一时间我们都很纳闷。同事看到她用电瓶车搬运各种仪器到网点，忙得汗如雨下，都忍不住劝她："史工，你悠着点啊！"我们真是搞不懂她为什么总是那么积极，那么认真。她来汶河支行工作不过两年多，负责整个支行九个网点。一百三十多位员工电脑和仪器的运管，她总能驾轻就熟地处置和解决。

无论盛夏酷暑，她微胖的身影始终出现在一线上。从她走路风风火火的样子，就能看出她是位能干的"女汉子"。她依然清亮的眼神中洋溢着热情和美好。她笑声爽朗，虽说芳华不在，可是依然流露着活力。我和她在综合科的大办公室里相邻而坐，她桌上的那部电话和身上的手机，从早到晚都响个不停，我经常充当她的"接线员"，她是位"随叫随到的电脑管家"。

她特爱美，长发编成精致的麻花辫，背着双肩包，因为这样可以腾出双手拿东西。她工作时特地穿上肥大的裤子，以便爬上蹲下，她的衣服上蹭满灰尘是我们司空见惯的事情。她工作的状态始终设置成两种模式，一种是"奔波"模式，接到电话就是命令，骑上她的电瓶车，到各网点维护和维修仪器设备；另外一种是"忙碌"模式，为撤并网点的改造线路、为单位代发工资加密、为职场营销配备智能终端忙不完，至于维修各种仪器，更换碳粉、硒鼓、色带（芯、架）、电子配件等日常琐事，不胜枚举，甚至连电话或者电水壶的维修等等，她都一揽子承包了。这也难怪她整天忙得像陀螺,转个不停。

从六月起,她忙于全行智能网点的改造,此举将有效地加大网点的分流力度,提高工作效率。早一天安装意味着早一天减轻柜面的压力。史工更是铆足了劲,她统筹安排,终于在极短的周期内顺利将所辖六个网点的智能设备安装到位,提前出色地完成了任务。接着她又投入到省分行要求的,对涉密文件逐台加密处理的工作中去。她的行动让我们看到"共产党员的称号是干出来的,不是喊出来的"。一滴水可以反射太阳的光辉,从这位入党积极分子的身上也能看出党的先进性。

想起诗人李峰《把一切献给党》中的诗句:"我迈着那坚定的脚步,走在你身后;为你捧出火红的青春,一路去追求;为你抛洒滚烫的热血,奉献我所有……"这仿佛就是史健伶这位"痴心女人"的写照。光阴易逝,容颜易老,后浪推着前浪跑,唯有那温馨的爱汇入生命的海,化为一片霞,照亮我们精神的天空;化作一阵雨,滋润我们干渴的心田。

夏鹭,工商银行汶河支行员工,江苏省作协会员、中国金融作协会员、江苏金融作协会员、江苏残联作协理事。担任扬州市金融系统文联理事会副秘书长及文艺评论家、网络文艺家、文艺志愿者等协会理事。

难忘"存差"来临时刻

陈亚楠

1987年,我从江苏银行学校毕业以后分配到人民银行如东支行工作。工作岗位在计划信贷股,从事信贷、现金两大计划执行情况的编制和分析工作,工作三十年,一直在监管一线。工作的机缘,我见证了老百姓富裕后如东金融业的存差来临时刻。

20世纪80年代,物品的供应采用配给制,粮票、布票、糖票、肉票,不一而足。与经济环境相适应,老百姓手中的余钱也不多,银行富余资金也不多。

刚刚工作,记得银行为了多吸收存款,动员储蓄的宣传语是"爱国储蓄,1元起存",在工行如东支行营业部实习时,我常常看到百姓存款总是3元、5元的。当时,我所在单位的同事,也是每月拿到工资后存5元、10元,到年底再"零存整取",或添置自行车,或添置收录机。

百姓手中无余钱,我编制全县信贷计划,总是存款小于贷款,两者轧差总是"贷差"。

这个时候,我就问师傅,出现"贷差"后,资金从何来？师傅说,贷差的资金从各家银行上级行划拨,最终来自人民银行,"贷差"下,银行保农副产品收购就是大事。

如东县是农业大县,全县人民那年为实现皮棉产量百万担而自豪。

银行为了保证皮棉顺利收购,总是严阵以待。那时,人民银行计划信贷股不仅要编制信贷投放计划,还要编制现金投放计划。

1988年,我工作的第二年,有幸参加了棉花收购工作会议。

会议在如东县棉麻公司会议室召开,如东县分管金融的副县长、财贸办公室、人民银行南通分行、县棉麻公司、县内工行、农行等单位人员汇聚一堂,讨论当年的收购计划。

我,初出茅庐,坐在一个角落里倾听,听呀听的,忽然,领悟到各家单位争论的立场。收购单位——棉麻公司,总是希望计划大一点,银行资金给得充裕一点,多收点棉花,多挣点利润;县工行、县农行的心思也是一样。为难的就是人民银行,一方面,银行要做到不向农民打"白条";另一方面又不能超额投放,突破信贷投放指标。

人民银行南通分行参与测算收购计划的是一位高级经济师,人称刘高师,瘦高个,眼睛炯炯有神,做事条理特别清晰。通过报表分析、数据比较,他总能挤掉棉麻公司上报的收购资金"水分",保持合理的投放。我作为参会人员,对刘高师佩服得五体投地。

1989年8月份,又轮到我们股编制棉花收购资金计划了。这一年,恰好我的股长退休,因我日常从事信贷、现金两大计划分析工作,当年的棉花收购资金测算工作落到我的头上。

我接到任务后,反复比对原有的数据、报表,对一亩地的棉花产量、棉花等级、棉花收购资金的估算总是悟不透。

一个周末,我骑着自行车,回到离县城 60 千米的农村老家。

妈妈见到我,很高兴,告诉我,今年棉花长势不错,再有两个月就收获了,明天,要我与她一起到棉花地里整枝。

第二天一早,我睡眼惺忪,趁着早凉,与妈妈一道下地整枝。我与妈妈边干活,边聊天,一直做农村小队会计的妈妈算起了棉花账:

"1987 年,棉花治虫及时,棉花地地势高,排水好。我家一亩地棉花可以卖到 200 元钱,平均一株收获 5 角钱呢。"

妈妈还说,我家卖棉花、养猪的钱,剔除妹妹上学、家庭开支,一年下来能节约 100 元钱。

要知道我家在我上学期间,每年年底基本没有结余。记得我在银行学校读书时,每月的收入主要靠学校发放的 7 元助学金加每个学期一等奖奖学金 30 元。显然,这部分钱是不够的,尽管有姑姑每学期开学前 50 元到 100 元不等的赞助,每到中途,钱又不够用。尽管我从不主动向妈妈要钱,但还是盼望妈妈秋天的来信。1985 年,妈妈在信中告诉我,今年的棉花遇到水灾,棉桃烂了,预计卖不上价钱,这样我就知道妈妈已经很难了,这一年我必须节衣缩食。那年冬天,南京特别冷,加上我们学校在山上,下了晚自修,走在回宿舍的路上,感觉冷风总是从领口灌遍全身,又饿又冷,瑟瑟发抖。还好,同宿舍的翠霞有三条"尼龙裤",她就像财主一样"借"给我一条,又借给溧水的同学一条,就这样,我们几个好姐妹在寒冷中共享衣物,迎来春天。

1986 年,妈妈来信告诉我,说棉花长势好,收成预计好。在这样的"预言"之后,妈妈寄来卖棉花的钱,那一次她寄来三十元,写信嘱咐我,让我自己添冬衣。遇到周末,我进城买回毛线,开始编织围巾、毛衣。在深秋之际,我的毛衣完工了,特别漂亮,墨绿色,对开衫,花样典雅,再与黑色的裤子搭配,扎两条小辫,美滋滋地走在校园里。这样的装扮,在来年春天的毕业照上永久留了下来。

发了一会儿呆,我整枝的速度慢了下来。妈妈做完她的一行后,回头来接我,完成我这一行的任务。

这一年,由于我摸准了棉花收购行情,收购资金的测算工作非常顺利。

也是这一年年底,妈妈卖棉花的钱和卖生猪的钱积攒下来了,存入信用社。妈妈盘算着,准备用来购买石灰、砖头等建房材料,盖新房子。

转眼到了1989年,如东县沿海渔民家家户户都捕捞鳗鱼苗,资金需求量大增,我的工作又多了一项,需要编制鳗鱼苗收购计划。

怎么测算小小银针大的鱼苗收购计划呢?

渔业局向我提供了全县渔船的数据,我也到收购企业了解资金的投放量,但总感觉心中没有底。

妈妈告诉我,每年捕鱼苗的旺季集中在春天2月至5月,价格当年在1元左右,好的时候1天1条船也能捕10条至20条,一个季节下来,也能收获2000元至3000元(当时,我们的工资一个月不足100元)。但是,邻居家哥哥每次出海,全家都提心吊胆,担心小舢板在风波里沉没,担心在内陆长大的哥哥水性差,出人命。听罢,我心中对编制鳗鱼苗收购计划有了底,同时也感觉到捕捞鳗鱼苗这营生犹如火中取栗,渔民在风雨里赚钱不容易。

时光荏苒,转眼进入20世纪90年代,全县工业条线、乡镇企业显示出了勃勃生机,农业条线百万农民已连续多年实现了皮棉百万担,渔业条线养殖鳗鱼、养殖紫菜、养殖文蛤的人越来越多。

1990年春节期间,行长说,工行如东支行营业部特别忙,要求行里的年轻人到工行营业部帮忙整理残破币。在那里,我看到老百姓正在排队存钱,有零存整取到期后,添上一笔钱,再续存的;有百姓直接拿着一沓钞票,50元、100元、500元、800元排队存的;与我刚刚工作时,老百姓3元、5元的存款形成了鲜明的对比。

我想,这些钱是不是我编制棉花、鳗鱼苗收购计划时投放的现金呢?是不是银行投放现金——老百姓劳动所得——再存入银行呢?

1990年3月初的一天上午,我在编制1990年2月份如东县的信贷收支月报时,发现了存款大于贷款的现象。出现这一幕,一开始,我心里怦怦直跳,会不会统计错了?师傅说,自打他工作以来,印象中还没见过"存差"呢。

我不放心,将工、农(含信用社)、中、建的数据一遍遍核对,用算盘打了一遍又一遍,汇总数对的,轧差数没错,确实是存款大于贷款!

上午,数据统计出来后,我认真地呈送给行长,口头汇报行长,县内出现了"存差"现象;并经行长同意,赶紧写了一篇《如东县金融史上第一次出现存差》的短消息;中午,饭也没吃,就骑着自行车送稿给如东广播电台,与编辑老师沟通一下,老师说"很好"。晚上,我守在广播前,收听了这则消息,也让全县人民知道了这一件事。

存差时代来临的那天,我就这么忙碌又快乐地度过了。

回想起来,县内"存差"现象正是老百姓从贫穷走向温饱阶段的金融现象。

现如今,与我同龄的邻家哥哥不再捕鱼,已成为建筑包工头,年收入30万以上。他们家盖了楼房、买了汽车。前一阵他给儿子买了房子,全家过上了小康生活。

自1990年如东县金融界首次出现存差现象后,这种状况一直延续着……

陈亚楠,从事金融监管工作。在《中国金融》《金融参考》等省部级以上报纸杂志发表文章五十多篇,本文荣获江苏金融文联"讲好江苏金融故事——纪念改革开放四十周年"主题征文活动一等奖。

接　力

苏　琴

　　没几个月,我就要退休了。班,没得上了。原来,一直盼着这一天;现在,这一天就在眼前了,内心却五味杂陈。

　　身旁,是新来的实习生。他安静地在点钞:快速点着,轻轻放下,耳边只听到纸币"哗哗哗"的声响。我端起茶杯,抿一口,再放下。我应该跟他说些什么。可是,要说什么呢?

　　初夏的早晨,清新温润,白杨在微风中轻轻晃着枝条,那些碧绿的叶子像婴儿的手掌,肥嫩,生机盎然。马路上,车来车往,人来人往……

　　生命如斯,每个人都是过客,来去匆匆。职业的这一程,到了我该交出去的时候,倒让我想起,自己进来的时候。

　　那是1984年。那时,改革开放没多久,一切都是新鲜的模样,一切也都是摸着石头过河。

应该说,我们是受益于改革开放政策的一批人。1983年,在我们这,信用社招了第一批农民合同工。1984年,是第二批。我们生逢其时,参加了信用社招考。

火红的夹克衫,长长的羊角辫(现在想起来,真有点滑稽)。我就是这个样子,进信用社报到的。奶奶给我买了一辆单车,永久牌的,浅绿色。一块手表,海鸥牌。这在当时,已是很好的行头。现在,身边的这位实习生是开着轿车、西装革履来报到的。

那时,信用社在公社门口,是社直单位。刚建的两层楼房像公社的门面,在政府前面。公社里,没有比这更高的房子了。我们吃饭,在公社食堂里;我的宿舍,在政府宿舍。现在,我们总行的大楼成了地标建筑,我们支行的房子也是乡里最气派的。所有设施一应俱全:食堂、盥洗室、浴室,每人一间宿舍,带卫生间。

今非昔比。可是,如果不是这样静下心来,细细思量,你不会感到,几十年的变化是如此之大。

我们上班下班,机械、单调、重复,好像眼前的一切都是静止的,其实不然。

"不识庐山真面目,只缘身在此山中。"

不仅是大楼、外在设施这些外衣换了,办公设施的变化更让人有一个天上、一个地下的感觉。

我上班第一天做的事情,就是坐在出纳旁边补破票子。那时,没有一百元的票面,十元是最大的。接下来,是学着打算盘,点钞票。算盘,是笨重的大算盘,大约有两尺长,一尺宽,每个算珠都有牛眼大。"啪——嗒""啪——嗒",沉重缓慢。那时,没有任何计算器,账,全是手工计算。每天抄余额表,每季抄计息表。每天,到晚上结账,只听得算盘噼里啪啦响。到月报和季度结息,更忙。有时,余额表轧不平,差一分钱,也要一个一个核对,找到错误,轧平,一晃,就几个小时过去了。月结、季度结息、年报,我们的会计去中心社并账,整夜算账,有时要好几天才回。

现在,计算机一眨眼的工夫,账就结好了。

当然,不仅是楼高了,账结得快了,我们的吃、穿、住、行,都变好了,收入也提高了。这些从表面上看,是科技促进了生产力发展,但更深层次的原因,是社会变革,是改革开放带来了变化。

从小,我们对香港充满神往,认为那是遍地流金的地方。但去年,我们去那里旅游,亲眼看到了香港,就不再那样神往了。坦诚地说,尽管香港仍然是国际金融中心,仍然是富人的集居地。但,内地这些年的变化,发展的速度,已赶超了香港。

加入了WTO后,我国的经济腾飞了。

我们个人,我们家庭,我们单位,我们国家,都发生了翻天覆地的变化。只是这些变化,是不知不觉地发生在身边的就像自己头上不知哪一天有了白发。

茶,不知什么时候喝干了。

一片鲜嫩的叶芽,从萌发到生长,最初阶段,一定是树给了它养分与力量。业务上的成长、成熟自不必说,是单位给了我劳动的技能,生存的饭碗,这是最基本层面的。还有一些什么呢?

刚进信用社不久,一次,和一位老同事押款去中心社。那时,没有押款车,我们是骑着单车去的,两辆单车,他在前,我在后,款是十万元,捆扎好了,用布包装着,扎在他的车龙头上。我们出发了。

那是个夏天,天气有点闷热。刚走时,还觉得有点凉快,可一会儿就开始冒汗。我看到这位年长的同事,后背的衬衫渐渐粘在身上。我很想停下来,歇歇再走。同事说,押款时,不能停。我们继续往前走。

一阵风过,扫起沙尘,劈头盖脸。柳条开始横飞,麻雀受了惊吓,在眼前慌忙掠过。我刚说,好凉快呀。闪电就把天边的乌云撕裂,雷声隆隆,雨点噼噼啪啪下来了。在路边,有人家。路上的行人纷纷去避雨。我高声喊着我的同事,想下来到路边人家避雨。他严厉地说:"今天就是下刀子,也不能躲避。"他把头上的草帽盖在了款包上,自己敞着头,继续在前走。

我们俩淋得像落汤鸡,把款子押到了中心社。

这么多年来,每当独处时,我都记得那张脸,那在风雨中淋得眼都睁不开、嘴唇青乌的脸。什么是国家利益?什么是慎独?什么是敬业?什么是吃苦耐劳?年长的同事,十多年前就退休了。他从没跟我说过一句大道理,也许,这些,在他认为,都是自然而然的事。

记不得是哪一年了,那时,有政策下来,我家住的公房可以自己出钱买下来,要三千元。这不是个小数目,因为当时我们每个月的工资只有几十元。可是,如果错过了这次机会,房子可能会被人家买走,我们全家要没地方住。那几天,我为这事犯愁。单位的同事知道了这事,在发工资时,大家几乎都没拿,全借给了我,让我一下子缴足了款子,买下了那套房子。

我当年的同事如今一个也不在单位了,但有些事,我一辈子也不会忘记。现在,我也快要离开这个单位了。

"落红不是无情物,化作春泥更护花。"每一片叶子,从萌芽,到长大,到脱落,都是一个自然的过程。如果说,我那些年长的同事是一片片已经脱落的叶子,那么我的身上,就有他们的养分,他们的影子……

去年春节期间,忙得天昏地暗。晚上,轧账多了五百元。仔细翻看了当天的凭证,没发现任何毛病。时间一点点过去,我的心里焦急万分。只得看全天的录像,一笔笔看。最后,找到了,又四处打听地址。当我和主任一起把五百元送到储户家时,储户已经睡了。储户说:"如果你们不送来,我还没觉察。"我的脸一下子红了,多淳朴的乡亲!

那年大雪,我休息在家,储户小顾,踏雪,把一万元送到我手上。

我下班回家,一路上常能收到乡亲们刚采摘的黄瓜、豆角,刚割的韭菜。上班路上,也经常有人停下车来,载我一程。

我的微信上,常能收到这样的信息:"你今天上班吗?我有XX万元钱要存。""现在有理财吗?""你帮我……""苏会计,你看……这事怎么办?"

几十年来,在这片土地上,我和同事们一起为父老乡亲服务,我们和乡亲们已建立了深厚的情谊。有一天,一个门牙已豁的老人坐在我前面说了半天话,没办一笔业务。最终,她说:"你人好,我儿子儿媳回来,让他们把钱存到你这,我今天是顺便来看看你的。"

这是我职业生涯中听到的最美的赞语。

改革开放给我们带来的不仅是楼变高了,各方面条件好了,更关键的,是人的精神风貌变好了。我们这一代人生逢其时,见证了改革开放,也参与了改革开放。我们被裹挟在历史的潮流中,也成了时代的弄潮儿。

随着科技的发展,也许多年后,银行里,有一些职业要消失,被智能取代。但,乡里乡情取代不了,这块土地上的乡亲永远是我的衣食父母。就像我们永远在祖国的怀抱里,有国家的昌盛,才有企业的繁荣、人民的幸福。

一年又一年,黄叶飘落,新叶萌芽;新叶萌芽,黄叶飘落,大自然既无情又有情。在不断地更迭中,树长高了。

企业的繁荣,也要一代代人不懈地努力。要有新鲜血液,不断地补充进来。我,到了该把这一棒交出去的时候了。

我终于想好了,该跟实习生说些什么,该做些什么。我收起了茶杯,叫了实习生,跟他一起开始做班前准备。

苏琴,如东农商行员工,江苏金融作协会员,文学爱好者,作品散见于《散文》《中国青年报》《扬子晚报》等。

珞珈山下的金融文学梦

张泰霖

往事如烟，但有些事虽年代久远，记忆依然十分清晰，令人至今难忘。勾起我对下面这桩往事的回忆，是我写于1990年11月下旬的那首诗《银行家的风采》，时隔20多年又被收录进2011年出版的《中国金融诗词选》中。

当20世纪进入90年代之时，农总行工会与武汉大学联合举办了为期一个月的《金融文学讲习班》。来自全国各省、市、自治区农行的文艺爱好者、写作者和部分工会、办公室人员共126人汇聚武大珞珈山下，圆了一回短期的大学文学研修之梦。这是农行企业文化建设的一个大举措，人数之多、规模之大、影响之深为农行四次复建以来之最，也是当年全国金融系统的首创之举。

武汉，武昌、汉阳、汉口三镇的总称，是我国华中地区的特大型中心城市。武汉大学是全国著名高校,享有国际盛誉,特别是这次与农总行工会合作办班的武大中文系,又是这所高等学府里的名牌院系,师资力量雄厚。我国著名诗人、教授、学者闻一多曾任该系系主任,中文系院内有闻一多先生半身铜像,他手中的那只烟斗好像还飘着袅袅香烟呢。所以学员们能到武大中文系学习,深感荣幸和自豪。我作为江苏15位学员的领队,有幸来到武大校园,实现我梦寐以求的就读中文系,补上我人生中的一课,内心更是十分激动,尤其感谢农总行和省、市、县农行给了我这次圆梦的学习机会。我当以十倍、百倍的努力来完成这次短暂、难得的学习,以报答领导和同志们的关怀与期望。

深秋的武大校园里,那些掩映在树丛中的大屋顶建筑群显得美丽而庄重,校园后面的珞珈山更是武大的一大景观,深深地吸引着我们这些大龄学生。

1990年11月3日上午,在武汉大学新建成的逸夫人文科学馆举行了隆重的开学典礼。农行湖北省分行行长代表总行工会和省分行致辞。下午就进入正题,教授开始讲课。首先从民间文学讲起,第一课由民间文学专家李惠芳教授讲民间文学。接下来,各著名教授讲授的是影视文学、电视艺术、古典诗词欣赏、古代散文欣赏、古典小说欣赏、金融与文学、古典戏剧、现代汉语的阅读与欣赏、当代小说、语言趣谈、易经、报告文学的体裁与写作、诗学与禅学、坚持文艺的社会主义方向、美学概论基础、外国金融文学名著赏析(重点讲左拉名著《金钱》)以及悲剧文学特征等课程,基本囊括了大学中文系学生的主要学业内容。

参加讲习班的学员都十分珍惜这次难得的学习机会,成立了班委会,下设组织、学习、生活、文体四个组。面对武汉及其周围风景名胜景点的诱惑,没有一个人请假或缺课外出游玩,坚持在珞珈山下武大的美丽校园内度过一个月的学习生活。经常是上午、下午都听课,晚上还要到教室自修,坚持记课堂笔记,相互交流学习心得,甚至针对老师的文学理论开讲座辩论,执着地追求着文学特别是金融文学的创作规律和艺术真谛,以求在最短的时间内学到最多的知识。所以,在学习结束前,经过考核,每位学员都领到了武大颁发的"结业证书"。全体学员在人文科学馆合影留念。

学习的过程,就是提高的过程。由于参加讲习班的学员大都是农行系统的写作骨干,经过武大中文、新闻等系科老师的讲授点拨,进步快、收效大,在学习期间就创作了一批反映金融人生的小说、散文、诗歌作品,还编排了一台别开生面的文艺节目,在讲习班里演出,受到广泛好评。笔者写作的朗诵诗《银行家的风采》由江苏学员王清朗诵,引起较大反响,后被编入江苏文艺出版社出版的诗集《裁春续集》中,并在全国多家金融报刊发表。许多学员经过讲习班的培训成了《中国城乡金融报》和《金潮》杂志的基本作者。还有一批学员脱颖而出,在金融宣传报道、金融文学写作方面崭露头角,如安徽的陈立新、山东的闫星华等等,都创作了许多颇有影响的作品,学员中后来有的参加了中国作家协会或省作家协会,为农行的企业文化建设做出了成绩和贡献。经过严格考核与挑选,1994年,农总行向全国农行系统的200多名员工颁发了《文化文艺体育优秀人才》资格证书,其中文艺部分的大多数是当年武大讲习班的学员。

我和其他学员一样,十分珍惜这次学习之旅,至今珍藏着武大颁发的结业证书和农总行颁发的资格证书。我多次参加过农行组织的业务培训,如苏州大学的地方志学习班和成都的农行干部管理学院的学习等,而武大的这次文学讲习班与我的业余文学爱好结合起来了,对我的业余文学写作是一个很大的促进和提高,特别是把自己的业余文学爱好与农行工作联系起来,找到了契合点,以致我退休多年,仍笔耕不辍,坚持党的"二为""双百"文艺方针,保持旺盛的诗文写作状态。2011年11月,由江苏文艺出版社出版的我的新诗集《春暖花开》荣获首届中国金融文学奖二等奖。而这一切,应该说得益于当年农总行与武大联合举办的文学讲习班。

　　文章快写完了,但思潮仍如江涛拍岸。遥想当年,我们来武汉和回南京都是坐的船,不同的是,来时还是深秋,回时已是初冬。月余时间,经历了季节的轮换。而更大的不同是,回时的行囊已装满武大发的文学教材和教授们的一本本学术专著,我们100多位农行同窗们留下了相聚时的美好记忆。此时,我拿着船票站在江岸上眺望,连接龟蛇二山的武汉长江大桥雄姿英发。烟波浩渺的江景使我想起唐朝诗人崔颢《黄鹤楼》中的诗句:"晴川历历汉阳树,芳草萋萋鹦鹉洲。"汽笛响了,再见吧,江城大武汉!

　　张泰霖,江苏省作协会员,江苏金融作协会员,就职于农行江宁支行,长期从事农村金融工作。著有诗文集《栽春集》《栽春续集》《春江水暖》和《世纪之春》,另在香港出版《张泰霖短诗选》。

湖光菊影拾寒香

苏 扬

　　每年深秋，扬州瘦西湖风景区总要举办菊花展，并持续到 11 月底。瘦西湖菊花基地培植的菊花和其他各地区、单位送展的菊花千姿百态，争奇斗艳，吸引了无数中外游客。记得 2013 年 11 月，我参加了市作协组织的瘦西湖赏菊美文笔会。三年过去了，那些擦肩赏菊的面孔早已疏离，但湖光菊影至今保留在我的记忆里，芬芳我的心灵。

　　今年瘦西湖的菊花展规模更大，品种更多。上周五，我特意骑车赶到瘦西湖。由于已经接近傍晚，我只从南门沿着长堤春柳观赏到徐园，天就擦黑了。一米多高的造型菊、盆景菊抓人眼球，将艺术美与体态美发挥到极致。总指望过几天再去，孰料 23 日一场风雪，将扬州一夜之间变成了冬天，我以为瘦西湖的菊看不成了，不由得感到懊恼和沮丧。没想到市作协又派人通知，说 24 日下午到瘦西湖赏菊。我忧心忡忡，瞧着窗外恣意的雨雪和冻得瑟瑟发抖的果树，暗自为菊花的命运与活动行程焦虑。

许是苍天怜花意,第二天居然出了太阳。原来菊花还是愿意我们去的,不讳避风霜雨雪的袭击,也不讳避在谢幕前把沧桑暴露于世。会不会有什么道理要启示呢？或者,是因那一次笔会我写过散文诗《瘦西湖·菊》的缘故？

自然,我不忍目睹菊花的衰败,如同不能接受自己的衰老,却又迫切渴望见到这些菊花,仿佛不是为倾诉,而是要去为老朋友送别。于是,我提前半小时到了瘦西湖。目光触及的瞬间,这些在瘦西湖边努力挺拔的朋友,这些顶着寒风和白雪的朋友,这些花瓣依然抱紧枝头的朋友,这些曾经为数不清的镜头绽放美丽的朋友,身躯似乎都变矮了。然而,我无论如何也不能相信她们当中有的已经枯萎,因为湖光把她们的影子荡漾起来,幻化在周围高大的树木和湖中建筑上。那些绿的、青的、黄的、红的、黑的、白的树叶与亭台水榭挨挨挤挤地簇拥在一起,不就是一朵朵色彩缤纷的菊么？我相信,所有惜菊的生灵都有一朵菊魂,长堤上赏菊的人群和扫地的女工,不也是一朵朵菊么？而我此刻在湖光菊影中捧起一把寒香,就如迎面而来的老师所言：你也是一朵菊。

那么,瘦西湖的菊花还是热热闹闹地绽放着的,还是美得无可比拟的。

其实,瘦西湖的菊花不仅长久不衰,而且历久弥香。小金山关帝殿的通草菊展、徐园听鹂馆的扬州名家画菊展以及菊花剪纸展等一直都是瘦西湖菊花展的彩色名片和扬州人文的象征。瘦西湖淡泊典雅、写意脱俗,菊花胸怀经纬、凌霜傲寒,都体现了画家与工艺大师们卓尔不群的品质和精神。

世上美丽的花很多,被古人歌咏的花也很多,但几乎没有一种花卉能像菊花这样——"宁可抱香枝头老,不随黄叶舞秋风。"

我们赏菊、爱菊、赞菊,是不是更需要学习菊的风骨与气节呢？

书院藏春秋

陈怡伶

少年游

枫林红透晚烟青,客思满鸥汀。
二十年来,无家种竹,犹借竹为名。
春风未了秋风到,老去万缘轻。
只把平生,闲吟闲咏,谱作棹歌声。

这首词写于周铁籍词人蒋捷被迫四海飘零时。彼时南宋已亡,词人抱节不仕。红枫沙鸥中,望家难归,唯有借竹为名,以竹怀乡(周铁旁有竹山,今称竺山),二十年来沉沌乡思化作一声咏叹,白发添愁。

词人的故乡,我的家乡周铁,湖山毓秀。"横塘春色分一派,古渡秋光接五湖。"水乡秀景,蕴古藏今。河北岸,矗立着古朴的竺西书院——正是为了纪念誓不降元的蒋捷而建。光绪年间,绅士毕承谟、张树荣、陈锦祥等人为了将蒋捷坚贞不屈的民族气节发扬光大,使周铁崇文重教的儒家思想惠泽后世,大力提倡建了此院。对于游客来说,这象征着周铁人积钱不如教子的古风;而对于本土乡民来说,书院在历经风云变幻后,更是一个镇的地标。阳羡状元地,周铁教授乡。从书院中走出来的,有古时的君子名士,也有现代的画家院士。它承载了小镇的教育信仰,也凝聚了一个地域的文化核心。

清风拂面,阳光洒顶,随着绵柔的记忆一路往书院而去。白墙黛瓦,飞檐高翘,那经年不变的门前青砖,泛着古镇特有的湿润,带着些许熟识的温度。门前是历史悠久的长春桥,河上舟摇,石板斑驳,是我儿时上学必经的古桥,因为有了岁月的痕迹,微微泛黄。

书院门楼上的纯色砖雕泛着清冽的光芒,庄重大方。门槛约五寸高,堪堪迈过。前厅供奉着蒋捷的紫木雕像,供桌上尚有余香袅袅。棂格窗前,词人鬓发高束、敛目微蹙,"心若留时,何事锁眉头。"清癯的名士形象呼之欲出。

前厅往前,是一个四方雅院。东面栽了樱桃树,枝头点点红果,阳光照耀下别样娇艳。西面墙角是一株茁壮的芭蕉树。颀长的枝叶迎风摇摆,婀娜多姿;扇形叶上露珠剔透,阳光下珍珠般鲜活地跳动。站在树下仰望青天,总有百转千回的思绪飘过。"流光容易把人抛,红了樱桃,绿了芭蕉。"城亡国灭时,有蒋捷拒不入仕,视富贵如浮云,半世漂泊抱节终身,也有同为四大家之一的名将之后张炎拜君奉召,更有南宋宗室赵孟頫出仕新朝。古来将军胜多死,何教文人不移节?又有多少学士能做到竹山先生蒋捷一般的决志不移呢?"玉可碎而不可改其白,竹可焚而不可毁其节。"南宋灭亡后,作为末科进士中唯一没有降元的宋室遗民,蒋捷之高风亮节，非时辈所能企及。世人因此又称其为樱桃进士。

紧靠着樱桃树，还有一口古井。井口直径大约三十厘米，面上被木架兜住，百年后的井沿已被吊桶绳磨出了深深的印记。透过上窄下宽的井壁，仍能看到清幽幽的井水，透出当年学堂里的热闹繁华。莘莘学子，散学出堂，定是从这口井里取尝过甘甜的水汁。她哺育过一代又一代求学若渴的学子，也安慰过晚归的游子，迟来的故人。"碧树葱茏一口井，百年学堂百年人。"

院子后面就是竺西讲堂。横长竖短，房梁高升，斗拱雅致。整齐的深色案椅，沉静厚重。堂前正中是讲桌。案上有讲师教具，文房四宝齐全。四周墙上，挂满了从书院走出去的名家之笔墨丹青。栩栩如生的瘦马图，异彩纷呈的诗联，给古老而蓬勃的讲堂赋予了浓郁的文化气息，也使绵延千年的古镇增添了华彩乐章。凝眸四周，时光仿佛静止，让人不由自主遐思万千。书院走出了爱国民主人士、现代法学家沙彦楷，著名书画艺术家尹瘦石、中国工程院院士、国防核医学奠基人程天民等。中华人民共和国成立以来，更是涌现了一大批中央委员、政协委员及多位杰出院士。这些灿若星辰的学者大家，如太湖明珠一般葳蕤生光，将竺西书院这块培育英才的土地衬得光芒万丈。

回想幼时，崇文之习于普通百姓家中亦然，家乡重教的优良传统绵延至今。小时就读过的周铁实验小学前身即为翻新前的竺西书院。当时的周铁小学，治学严谨，人才蔚蔚，敬业如褚仁良老师，严谨如王洁敏老师，均是一代教学楷模。在他们一丝不苟的教育下，百年老校培养出了一大批学者名人。周铁中学延续了小学的光辉，校长何元元温和儒雅，待生如子。犹记得，2001年高考时，何校长随行。考前头晕心慌时，是随行老师递过来的一包饼干让我免于尴尬，定定心神考完。后来才知晓，饼干是何校长为孩子们准备的。简易包装的饼干滋味平淡，但在学子心中，犹如蜜糖。

而今想起,当时情景仿若眼前。北街偶遇时,何老虽已年迈,身姿依旧矫健,双眼依旧神采不减,那股教育家的气度从未流逝。何老微微笑着点了下头,就像当年高考前,并不高大的他顶着烈日,和蔼坚定地陪伴着我们时一样。尽管当时的我高考成绩并不特别理想,但那一届涌现了很多出类拔萃的学生,我想,同学们会永远记得,决战前,头发微微泛白的何校长用最有力的语言,最宽慰的笑容,鼓励了一个又一个彷徨的少年,抚慰了一个个望子成龙的家长。镇里乡间,像何老这样的长辈并不在少数,他们用默默无闻的举动陪伴着学生,鼓励着一批又一批家乡少年走向希望。

"代有名贤,迄至于今,少年英俊,联翩鹊起。"七百多年前,竹山先生弘扬了周铁族人的尚文之风,培育出了无数高士。七百多年后的今天,拂去历史的尘埃,从《竹山词》中景仰蒋捷的高义,从竺西书院的点滴中感悟家乡完整的教育氛围,体味故土绵延的树人精神。

陈怡伶,江苏宜兴人,中国金融作协会员、江苏金融作协会员,无锡市作协会员,现供职于交通银行无锡分行,文章散见于各报纸杂志及公众号。

母亲的菜园

胡玲玲

初夏时节,母亲的菜园里已经是生机盎然了。

走进园子里,里面红是红,绿是绿,黄是黄,紫是紫,满满当当的,一点闲空的地方都没有,母亲就好比是一个能工巧匠,总能把菜地的边边角角利用起来,种一些诸如韭菜、莴苣、南瓜之类的蔬菜,里面的花红柳绿缠绵成一片,生机勃勃,吸收着阳光雨露,煞是好看。

老家老宅子的门前,有一块空地,那就是母亲的菜园。"谷雨前后,种瓜点豆。"墙边的小草泛绿的时候,母亲便在她的菜园里忙碌起来。母亲用铁锹一锹锹把土翻松,又将大块的土疙瘩捣碎,整出一块块的菜畦,很整齐的样子。母亲就在园子里拢边、掏窝、浇粪、播种、掩土。母亲在菜园忙碌的时候,心里是欢喜的。

她在畦里种上黄瓜、豆荚、丝瓜等家常菜。我最喜欢的是黄瓜。童年的乡下，没有什么名贵的水果，在我们眼里，黄瓜就是水果，自家地里种出的黄瓜，脆生生的，甜丝丝的，咬上一口，清脆爽口，清香扑鼻。母亲总是在春天来的时候，设法在菜园地里多种些黄瓜。

饮无数春雨晨露，黄瓜架上开着一朵一朵的小黄花，结满了许多小花和瓜蕾，或翠绿细长或粗壮脆嫩，鲜亮得让人垂涎欲滴。黄瓜刚刚长出来的时候，我就开始往地里跑，看到稍大一点的黄瓜，就伸手去摘。那上面有细嫩的刺，初摸有点扎手，顾不得那么多，迅速地把它摘了下来，在手上蹭几下，甚至不用水清洗一下，就大口大口地吃了起来。

这时候，菜园里是很热闹的。有蜻蜓，有蝴蝶，还有蜜蜂，它们像约好似的飞来飞去。有时停留在花朵上，有时钻到花朵里面。母亲在菜畦上锄草、浇水，我就在菜畦中捕蝴蝶。蝴蝶一定是把这里当作它们的乐园了，上下蹁跹，恋恋不舍。空气中弥漫着淡淡的花香，散发着醉人的馨甜。

滋润了几场春雨，一嘟噜一嘟噜的豆角从叶片的缝隙间垂挂下来，白里带紫的豆角花默默地绽放。一地的豆苗像云彩似的，千帆过尽，绿意渐浓。不知什么时候，豆棵上结满了青青的豆荚。豆荚是多胞胎植物，太阳把豆荚晒得暖洋洋的，雨儿把豆荚淋得滋润润的。豆荚熟了，母亲会把豆荚放在米饭里蒸，清香会浸到每粒大米里，吃起来清香可口。有时母亲会把豆荚放在水里煮熟，用大碗装上，放点盐，再拌点蒜泥，滴两滴香油，那味道，只一个字，香。

夏天到了，母亲的菜园越发地肥沃，那些白菜、菠菜、蒜苗、莴笋、大葱和土豆，挨挨挤挤，丰乳肥臀，它们硬是将自己长成了一朵花、一棵树的模样。仿佛地底下有取之不尽的乳汁，哺育它们短暂而又丰美的生命。

母亲用菜园的青菜喂养了我，喂养了我的童年。

如今结婚生子，在城里过着自己的小日子，母亲的菜园子我已经很少光顾了，只是在电话里，母亲给我描绘她的菜园子，韭菜、大蒜、青菜、蚕豆、芫荽、莴苣，还有甜瓜。母亲说："甜瓜也熟了，你爱吃的瓜果蔬菜都有。"于是,我家的餐桌上,便常常新鲜蔬菜不断,都是纯天然无公害的,有的是母亲亲自送来的,有的是她托人带来的。母亲说,市场上的蔬菜农药太多,还是吃家里带来的好。

偶尔回一趟家,第一件事情,就是直奔母亲的菜园子。母亲就会献宝一样,把一样样蔬菜指给我看,青椒多得吃不完了,茄子结得到处都是,豆荚挨挨挤挤,黄瓜碧绿青翠,蚕豆肥美鲜嫩………母亲的菜园里,花红柳绿,活色生香。

如今七十八岁的母亲身体还很硬朗,每天最快乐的事情,就是侍弄菜园,这个菜园也是母亲的精神家园。母亲种植蔬菜,也是在守望亲情,守住一片净土。让我们奔波在外的儿女,早已疲惫的心,在亲情的守望下回归家园,拥抱自然,在爱的阳光下,独守一份澄明的心境,坚守一朵如花的心灵。

让我们的心灵,在亲情的呵护下美丽如花。

胡玲玲,江苏沭阳人。中国金融作协会员、江苏省作协会员、江苏金融作协理事。在《特别关注》《思维与智慧》《中国青年报》《金融博览》《扬子晚报》《小小说选刊》等报刊杂志发表稿件二百余篇;出版散文集《在春天等你》《一窗暖阳》。

我们家的金融"大事记"

周 江

2018年10月1日,我们家祖孙四代人一同前往南京国际展览中心,观看"筑梦伟大时代共创美好生活——江苏省庆祝改革开放40周年图片展"。展厅入口被巧妙地设计成"时光隧道",江苏13个设区市跨越40年的新旧照片一溜排开,通过同一个角度的照片对比,透视整座城市的变迁。看着一栋栋"鸽子笼""矮破小",到今天无人机鸟瞰拍摄下的高楼大厦、蓝天白云,年近90岁的外公热泪盈眶,感慨不已。

当看到过去的"筒子楼"照片、过去的家居陈设"样板间"、过去的粮油布票、老爸风雨无阻接送我上下学的凤凰牌自行车、南京第一家肯德基开业的盛况……全家人你一言我一语,洋溢的笑脸,兴奋的心情,满满的"获得感",真是大年三十也没有如此"集体激动过"。

一幅幅照片、一件件实物、一段段影像,徐徐呈现在观众面前,全景展现了 40 年来江苏社会生活翻天覆地的变化。

参观完毕,外公和爸爸妈妈的心情仍未平复,还激动地回忆着历历往事,有些事情让第一次所闻的我甚至觉得有些不可思议。这些事情,细细一想都与"钱"和"支付"有关,都是家庭生活发展的"重大事项",一个个真实的故事构成了我们家的金融"大事记"。

妈妈的"超大钱包"

妈妈在皖南山区长大,第一次用"钱包"是上大学报到时。1978 年,她被南京药学院录取,为节约费用,妈妈独自去南京上学。一个刚高中毕业没有出过远门的女孩子带那么多钱坐那么远的车确实危险。最后,外婆想出好主意,把钱缝在被子里叠起来,加上衣服,用床单裹上,路上让妈妈好好看着包裹行李就行了。一路上妈妈非常小心谨慎,始终盯紧"超大钱包"。到了学校,老师们让先报到,缴纳各种费用,再分宿舍钥匙,可妈妈的生活费在"大钱包"里一下子拿不出来,总不能在大庭广众之下撕开被子取钱吧,妈妈脸憋得通红,支支吾吾地不知如何才好。接待老师看出她的窘迫,先安排她去值班室休息一下,然后再来报到。老师们善解人意,巧妙地帮助妈妈解了围。经常谈及这个故事,说当年小城姑娘的那份尴尬直到今天仍记忆犹新。

爸爸的"焦急电汇"

1975 年,在盐城老家的爸爸参加空军招飞,一路"过关斩将",光荣地成为一名飞行员。1980 年的一天,远在云南部队的爸爸收到苏北老家一份紧急电报,内容是:"母亲重病手术,急需 200 元。"爸爸接电后心急如焚,立刻到云南曲靖市邮电局火速电汇 300 元。盐城老家的爷爷收到电汇单后,到乡邮政所取钱,孰料到邮政所工作人员却告知,钱还在路上,需要再等两三天。焦急的爷爷只好请邮政所开具证明,还请了乡镇里的领导作证,医院才同意先手术。手术后,心急的爷爷每天都到邮政所询问,直到第五天才收到电汇。

舅公的"外汇电视"

我的外公至今还珍藏着一张 100 元的外汇兑换券。外公告诉我,说起外汇兑换券,现在很多人连听都没听说过。在 20 世纪 80 年代,那可是求之不得的好东西。

外公告诉我,在改革开放初期,来华访问或探亲的外国人、归国华侨和港澳台同胞日益增多,而当时市场供应还非常紧张,国内居民的粮、油、肉、布等很多商品都实行计划定量供应。为满足来华的外国人及归侨的需要,政府兴建了一批宾馆和商店。然而,当时国内是禁止外币流通的。为便于海外人士在这些场所消费,国家 1980 年授权中国银行发行外汇兑换券。外籍人士或海外华侨须将所持外币在中国银行或指定的外汇代兑点换成外汇券,并在指定范围内与人民币等值使用。

1983 年,我的父母结婚,婚假期间他们回到江苏看望父母,恰逢远在香港的舅公(外婆的弟弟)回内地探亲。当时二舅公告诉爸爸妈妈,要送他们一个结婚礼物。南京市新街口的侨汇商店(有点像现在的免税店),客户凭外汇兑换券或侨汇券可以买到进口商品,比如电视机、电冰箱等,而且价格很便宜。舅公在外汇商店里看了又看,决定买一台"彩电"。舅公用 400 多元的外汇券,就购买了一台市场上极难见到的原装日立彩色电视机。这台彩电的市场价1800多元,差不多相当于妈妈一年的工资收入。

婚假结束的爸爸妈妈将这台小心翼翼包装好的"外汇大彩电"先坐火车运至上海,再从上海转火车"护送"至云南曲靖(南京市到云南省曲靖市未有直达火车),耗时近3天,路程2000多千米。

外公告诉我,舅公每年会通过银行汇些钱至国内资助外婆和他的生活。那时候,外汇券主要是供外国人使用,侨汇券主要是供海外华侨本人或其国内的亲友使用。如果侨属侨眷把外币兑换成人民币后,可以拿到与兑换额相同面值的侨汇券,凭此券可购买紧俏商品或平价商品。

后来在工作中我了解到,随着我国改革开放的不断深入与经济的高速发展,国家外汇储备日益庞大。外汇兑换券与侨汇券于1995年1月1日退出历史舞台。当初国家发行外汇券和侨汇券,主要是为了把有限的外汇集中使用,购买国外的先进设备和技术,开展我国的现代化建设。没想到短短40年,我国从外汇严重缺乏国一跃成为世界最大的外汇储备国,沧桑巨变令人感到兴奋与自豪。

我的"惊险2小时"

2002年顺利完成高考的我报名旅行团去广西旅游,爸爸妈妈给我旅游经费2000元,当时还没有银行卡的我汲取了妈妈当年的尴尬教训,将2000元分别放在箱子、包、衣服这三个地方。

七星岩、象山、龙脊梯田、漓江……旅行社的布点一站接着一站,最后一天是难得的自由活动。都说阳朔很值得一去,当天我便赶早自己坐车到了阳朔。阳朔的西街热闹非凡,我逛着看着,目不暇接。当我看中一条漂亮的蜡染围巾准备付钱时,突然发现钱包没有了。我沿着过来的路仔仔细细找了两遍也没有找到。我不禁慌了神,钱包里有我的身份证,当天晚上6点的飞机回南京,钱包里有600元,自己身上的"盘缠"仅剩50元,连阳朔回桂林的车票都不够了。正午12点,我立刻打出租车到了阳朔派出所。派出所的警察刚准备吃饭,听完了我焦急的口述,让我不要着急,打了电话给我的父亲,核实了我的身份,给我办理了临时身份证。父亲问警察要了他的银行卡号,立刻给我汇款1000元,热心的警察帮我取好了钱,送我到阳朔汽车站。下午两点坐在回桂林的巴士上,我的心情久久不能平静。看着远处青葱翠绿的景色,感激那个还没来得及吃饭的警察叔叔,更感激幸亏有了银行卡,让我不会和当年爷爷一样"等电汇"。

两个月后,南京工业大学的录取通知书下发给我,随通知书下发的还有一张精美的建设银行卡,里面有详细的学费缴费说明,告知我们如何将学费汇入银行卡、如何设置密码、开学当日如何缴费。我非常激动,我也是有卡一族了!

大学报到的场景历历在目。江苏地区的学生已有银行卡,可直接刷卡缴费;但外省的学生还需现金缴费。一排排缴费长龙的尽头是银行工作人员忙碌不停地在登记,收费,过点钞机,他们身后则是荷枪实弹的警察站列一排,进行安全保卫。孰能料到,十几年后,上大学缴费已经是点点手机就可以完成的事情了。

爸爸妈妈的"遥控旅行"

如今,我们家每个人每天的生活都和金融息息相关。在我的"悉心指导"下,爸爸妈妈已经会用"支付宝"买菜、缴费、购物、骑共享单车,出门已不用带钱包。今年我"精心策划"的一桩事情让爸爸妈妈倍感欣慰。妈妈今年六十岁生日,我安排爸爸妈妈重回云南旅游。此行回来,爸爸妈妈笑言"不花钱，不操心，真享受"。首先，我帮他们在江苏的途牛旅游网订好机票和酒店，他们凭身份证直接办理登机和酒店入住手续，我直接手机结账。第二日他们去抚仙湖景点游玩，人还没到酒店门口，我用"滴滴打车"叫的专车已提前等候。午餐晚餐，我告诉他们"大众点评"推荐的餐厅地址，给他们选好套餐，老两口用餐，我支付宝直接买券结账。他们去丽江、大理游玩，我在12306提前买好高铁车票，爸爸妈妈直接刷身份证检票进站……老两口回来说，这是我"远程遥控"他们完成的自助游，很便捷、很自由、很开心。

一个镜头可以凝聚动人瞬间，一组故事能够展现伟大变化。关于我们这个身居江苏小家庭的金融"大事记"，我将深深记在心里。"管中窥豹，略见一斑"，我们家庭的金融"大事记"不正是改革开放后金融行业由小到大、由慢到快、由弱变强的缩影吗！

周江，就职于广州银行南京分行，江苏金融作协会员，本文曾荣获"讲好江苏金融故事——纪念改革开放40周年"主题征文一等奖。

南唐的绝响

宋 羽

公元978年,七月初七。开封,陇西郡公府。

这一年的七夕之夜显得无比平静和诡异。傍晚时分,雨霁微晴,天边残留着几朵巧云,勉强为这个浪漫的日子装点着几许情感上的慰藉。"迢迢牵牛星,皎皎河汉女。盈盈一水间,脉脉不得语。"李煜踱步在院内的芭蕉叶旁,心默念起古人的诗句。诗,让他感到轻松和愉悦。十多年来,有过无数次这样的瞬间,他沉浸在诗和画的世界里,忘却了自己的身份,也忘却了那个支离破碎的天下。

就在这个宁静的夜晚,突然响起了一阵敲门声,一个不速之客走进了李煜的府邸。来人将一壶酒和一盘巧果小心翼翼地放在几案中央,脸上掠过一丝不易察觉的神色。

一

翻开中国的历史长卷，有一个短暂的朝代常常被人们忽略，它偏安江南一隅，在华夏数千年的政治长河中宛如白驹过隙。但是，这个朝代却又常常被人们提及，它所创造的文学艺术的辉煌成了人类精神宝库中的珍宝。千余年后的今天，人们渐渐淡忘了当年的宫闱旧事和剑影刀光，五花马、美娇娥都已化作祖堂山下的一抔尘土。然而人散尽，曲未终，无数动人的诗篇穿越了时光的桎梏，依然在传唱。

这个朝代的名字叫南唐，一个诞生于五代十国乱世纷争中的王朝，它以盛世大唐的名号装点自己的威仪，却终究如诗如画一般成为历史的一个幻梦。

我常常会想，在中国的历史中，南唐扮演的究竟是怎样的角色？

它的存在，似乎无关于五代十国的纷争，无关于逐鹿中原的壮志，它只是以非主流的政治模式，演绎了一段俗世性情的剧目。寻访南唐的遗踪，摩挲这个朝代遗留下的残片，一如俯拾江水边的碎石，惊涛骇浪过后，粗糙的石头变得细腻而光洁，更为坚硬的性情凝结在了内心深处——一不小心从手中滑落，掷地有声。

南唐不大，其管辖区域最广阔的时候也仅有今天的江苏、安徽、江西、湖南、福建五省。由于扼守着长江天堑，这个并不强盛的政权有效阻止了中原的军事势力南下，在短暂的时间和有限的地域内创造了丰厚的文化遗产。南唐的皇帝似乎都有一颗爱民之心，李昪称帝后，实行保境安民的政策，在国内奖励农桑，让百姓获得了休养生息的机会。李昪死后，其子李璟即位，他曾充满雄心壮志，一度与北方大国后周对抗，却节节败退，于958年割让了长江以北的土地，并且"去帝号，称国主"，向后周称臣，最终抑郁而亡。

与北方政权相比,南唐虽然在政治、军事上处于劣势,但其文化艺术上的辉煌却是无可比拟的。江南的流水和空气中处处充满着诗情与画意,中主李璟就是一个才华横溢的诗人,他经常与宠臣韩熙载、冯延巳等饮宴赋诗,"时时作为诗歌,皆出入风骚。"当唐诗走完了灿烂辉煌的历程,晚唐的最后一抹霞光悄然散去,这个钟情于歌筵舞榭风格诗词的君王在那个动荡的年代独自走向了十世纪中国文学的巅峰。对于李璟来说,他无力开创一个盛世强国,却为词的鼎盛奠定了一块坚硬的基石。

"手卷真珠上玉钩,依前春恨锁重楼。风里落花谁是主?思悠悠。青鸟不传云外信,丁香空结雨中愁。回首绿波三楚暮,接天流。"他在艺术的形式里抒发对乱世纷争的疑惑和壮志难酬的感慨,一双形而上的眼睛关注的不是人间的疾苦,而是如何用抽象的文字描绘那些具象的情感。艺术家成为国家的统治者,是百姓的不幸,是艺术的尴尬——陈后主如此,李后主如此,宋徽宗亦如此。

历史偏偏要做这样的选择,是刻意的嘲讽还是无心的巧合?

在江南,随便落下几滴雨,就会打湿几个诗人的青衫。如今,当我在泛黄的宋代词牌里寻找幕后的回音时,又一次看到了南唐的背影。

二

南唐的背影是镌刻在石头上的——石头砌的南京城,石头堆的祖堂山。

石头,因为缄默不言,成为历史最忠实的记录者。宋代学者郭熙说:"石者,天之骨也,骨贵坚深而不露浅。"在南京市南郊,有一处形似巨龙的山脉,连绵起伏的群山以鬼斧神工之姿守护着这座江南古都的王气。祖堂山恰位于龙首的位置,在这个风水绝佳的宝地上坐落着两座陵墓,刚好位于祖堂山西南麓的"龙口"之内,仿佛巨龙口中含着的宝珠。这两座陵墓便是南唐先主李昪和中主李璟的皇陵。

诗人总是过于浪漫地看待现实的世界,而现实总会毫不留情地将浪漫吞噬,这仿佛是躲避不掉的命运。这座并不完整的江山,飘浮在浅浅的梦境里,终究成就了纸页间的幸福。造物弄人,冥冥中的一只手在无可预知的情况下操纵着乾坤,安排着普天下芸芸众生或欣喜祥和或啼笑皆非的命运。

走在南唐二陵的古道上,依稀可见刻在砖石上斑驳的字样和图案。铸造这些砖石的一双双粗糙的手已经失去了温暖,千百年前的血脉在僵硬的石头里得以延续。石头是最忠于职守的史官,它们以自己残破的身躯作为纸页,穿越了时光的桎梏,以烙印的形式记录着一幕幕已经被人们淡忘的画面。

江南的风一旦掠过这些石头,便一扫绵软,增添了几分倔强和坚硬。在时光的吹拂下,滚滚红尘变得缥缈起来,往昔渐渐模糊,只剩下一把凌乱的记忆。作家筱敏说:"遗址是记忆的栖身之地,也是记忆的失散之地,人类的手迹流徙在历史的涤荡中,许多风化了的故事在这里萦绕。"栖身也好,失散也罢,记忆终究因遗址的存在而永生。

一具时间的遗骨,这些石头在工匠的浇铸下化作了不朽的神祇。一个朝代随着皇陵的封闭走向终结,瑰丽的艺术珍品却在千年后依然演绎着生动的篇章。

"细雨梦回鸡塞远,小楼吹彻玉笙寒。多少泪珠无限恨,倚阑干。"婉约缠绵的词曲中,李璟给儿子李煜留下了三千里秀丽江山,这个文化艺术的国度正散发着夺目的光彩,却已难以抵挡军事上的哪怕最轻微的打击。那一年,战乱不断的五代十国悄然步入了生命的晚期,北方中原大地上,赵匡胤建立起了一个强大的王朝,正蓄谋着吞并天下的野心。

三

当赵匡胤把目光聚焦于江南时,他看到的是一个儒雅的男人的身影。

李煜,一个本无意为政却被推上了君主之位的诗人,一个满腹诗词歌赋却无力抵御外辱的国君,他的一生是痛苦的,他徘徊在自己充满悖论的生命里,无奈,彷徨。公元961年,李煜在一片举国欢庆的祥和气氛中走向了那张代表至高权力的龙椅,也从此走上了祸福难料的人生旅程。他从来没有立下过成为君王的志向,工书善画、精于音律的他一心只想做皇城中的隐士。他无心争权夺利,登上君位完全是一场意外。父亲李璟想按烈主李昪的遗愿将君位传给自己的弟弟李景遂,李煜的哥哥李弘冀得知后秘密杀害了叔父,然而几个月后,一门心思想当皇帝的李弘冀竟然得病死了。南唐李氏家族就只剩下了李煜,于是,他无可奈何地接下了这片江山。

李煜不要天下,有了江南,天下的灵秀和俊逸就都在他的眼前了。

他知道,雄踞北方中原的赵匡胤正对自己的江山虎视眈眈,尽管当时南唐的经济实力足以与赵宋抗衡,军事力量也并非不堪一击,但他无心发展军事,他渴求的是平安与祥和。他不忍心看到百姓的疾苦,他推行爱民政策,减赋税息徭役,改善民生。他主动向赵匡胤称臣,委曲求全地在给赵匡胤的信中写道:"自出胶庠,心疏利禄。被父兄之荫育,乐日月以悠游。思追巢许之余尘,远慕夷齐之高义。"李煜一再向赵匡胤表明自己无心问鼎皇权,只想像巢父、许由、伯夷、叔齐那样隐居尘世。在日复一日的提心吊胆之中,他所能做的只是在寂寞的清秋夜借酒浇愁。

"无言独上西楼,月如钩,寂寞梧桐深院锁清秋。剪不断,理还乱,是离愁,别是一番滋味在心头。"李煜是纯粹的。他单纯、善良,曾经像一个孩子一样关注这个世界的美好,用细腻多情的诗句记录着宫闱高墙内的富丽堂皇与风花雪月——"晓妆初了明肌雪,春殿嫔娥鱼贯列。凤箫声断水云闲,重按霓裳歌遍彻。临风谁更飘香屑?醉拍阑干情未切。归时休放烛花红,待踏马蹄清夜月。"

那时候,李煜是无忧无虑的,他在唱经楼念佛,在清凉山听经,相信乱世之中仍然存在着超越人间俗世的美好。他曾写过两首题为《渔父》的词,一首曰:"浪花有意千里雪,桃李无言一队春。一壶酒,一竿身,世上如侬有几人?"另一首曰:"一棹春风一叶舟,一纶茧缕一轻钩。花满渚,酒满瓯,万顷波中得自由。"在李煜看来,这种对于布衣百姓来说再寻常不过的生活,于他而言却如一个遥不企及的梦幻。

李煜是不幸的,他缺少帝王的威严和睿智,他不懂政治,不精通权术,他的天真酿成了自己乃至一个国家的悲剧。命运和他开了一个玩笑,让他生在了君王之家,让本该成为国君的哥哥英年早逝,让他像玩偶一样坐在王位上。但李煜也是幸运的,他有一颗剔透玲珑的心,他用诗词歌赋为自己建造了一个纯粹的国家。人生的起落无常拨动着他的心弦,亡国之痛将他托向了更高的艺术境界,多情的诗句在纸页间流淌。他在诗情画意中如痴如醉,为中国的艺术史画上了浓墨重彩的一笔,让千余年后的人们对这位艺术帝王顶礼膜拜。

四

在公元 978 年的七夕之夜,没有人会给一个阶下囚应有的礼遇。此时的李煜不再是南唐的国主,而是大宋王朝的囚徒。几案上的酒菜呈现出形迹可疑的轮廓。李煜苦笑着,他早就预料到了这个结局。

陇西郡公,这个头衔对于他来说就是苟且偷生的代名词。他被太祖皇帝软禁于此,日夜被人监视。太祖归西后,新皇帝赵光义对他的侮辱更是变本加厉,甚至经常强留小周后于宫中侍寝。李煜一次次看到自己心爱的女人在东方既白之时黯然回府,脸上残留着泪痕,他心痛,却一筹莫展地沉默着。"林花谢了春红,太匆匆,无奈朝来寒雨晚来风……"李煜想起了自己登上君位的情景,他不知道这是命运对自己的眷顾,还是一次令人哭笑不得的嘲讽。他守护不了父王留给他的狭小的三千里河山,甚至保护不了自己最爱的女人,他只能这样束手无策地活着,囚徒一般的活着。

他清楚地记得,四年前的那个冬天,赵匡胤的大将曹彬率领虎狼之师一路披荆斩棘横渡长江,将金陵包围得水泄不通;那天,他正手握羊毫在袅袅檀香的缭绕中填写一首《临江仙》。真是造化弄人,那首词还没有填完,宋军就攻陷了城池,杀进了宫殿,无限江山恰如南柯一梦。清冷的冬雨中,他和他的小周后,以及这首未完的词一起被押送到了开封。

金陵,留不住李煜蹒跚的脚步,这座曲水流觞的江南古城与他依依惜别。

肉袒出降,何其羞辱。李煜与族人行至石头城下的渡口,远处清凉山上依旧郁郁葱葱,近处秦淮河畔芳草尚未凋零。泛黄的柳枝在风中摇曳着,李煜折下了一段柳枝,从此与故土诀别。登船北上,行至江心,这位诗情国君在百感交集中吟诵出一首《渡江中望石头城泣下》:"江南江北旧家乡,三十年来梦一场。吴苑宫闱今冷落,广陵台殿已荒凉。云笼远岫愁千片,雨打归舟泪万行。兄弟四人三百口,不堪闲坐细思量。"江水绵绵,逝者如斯,不知清凉山上的翠竹是否能够读懂这悲苦无奈的心声。

李煜,负不起这样的沉重。南唐,也负不起这样的沉重。

摇曳的烛光下,杯中的酒冷漠地注视着李煜。"春花秋月何时了,往事知多少?"李煜微笑着,轻轻吟诵出这句让自己获罪的诗。他心里清楚,所谓的反诗,不过是大宋皇帝的一句借口罢了。

今夜是他离开人世的时候了。李煜忽然感到了一种解脱。四年来，他度日如年，胆战心惊地活着，屈辱地活着，愧疚地活着。他无颜南望先祖的陵寝，更无颜面对自己心爱的女人。也许，他本就不属于这个弱肉强食的世界，他的世界里，应该只有诗歌、书画和音乐，干净得犹如阑珊的春雨。

李煜想起了宫殿被攻破时自己尚未写完的《临江仙》。他沉吟片刻，在一方素绢上留下了清秀的诗句：

"樱桃落尽春归去，蝶翻金粉双飞，子规啼月小楼西，玉钩罗幕，惆怅暮烟垂。

别巷寂寥人散后，望残烟草低迷。炉香闲袅凤凰儿，空持罗带，回首恨依依。"

他端起酒杯，将掺入了千机药的毒酒一饮而尽。那一年，李煜四十岁。

我无端地猜测，那个七月初七的夜晚应该是被朦胧的月色笼罩的，空气中应该游离着一种澄澈的伤感气息，柳叶泛起了鹅黄，荷塘里飘荡着幽香。酒顺着他的喉咙流淌进身体，他仿佛听到了玄武湖上清凌凌的渔歌，看到了秦淮河畔翩跹而过的画舫。

南唐的歌声，从此成为绝响。南唐的绝响，是伤痛的诗词炼化而成的舍利。

宋羽，中国金融作协会员、南京市作协会员、江苏金融作协会员、《中国民航》专栏作家，曾担任纪录片《诗行天下》特约访谈专家。作品见诸《文汇报》《中国金融文学》《江苏地方志》《牡丹》《躬耕》等，著有文化散文集《南京城事》《笔墨江湖》《一水倾城是无锡》、小说集《对影·惊鸿》，合著传记文学《信是人间第一芳：秦淮说八艳》。

我爱金葵花

张 悦

"黑夜期盼黎明,露珠守望太阳。向日葵扎根贫瘠的土壤,虔诚地向着黎明曙光。"

我与招行初次结缘,是 2011 年的秋天。那时候,我正在澳门求学,从师姐的口中了解到这是一家"沐浴中国红""盛开金葵花""福利好""性价比高""发展潜力大"的股份制银行。作为一个选修会计学专业的女生,在这样的银行里工作简直再适合不过了。

那时候,每逢周末,我和学友三五成群,通过了珠海拱北口岸,"学霸"就变身为"吃货",因为到这里能饱餐最便宜的粤菜。我们常去的那家菜馆附近就有一家开业不久的招行。由远及近,充满活力的招行红让人感觉到很中国、很亲切。大堂经理满面春风、彬彬有礼,顿时感觉到家一样的温暖。

记得上金融课的时候,老师讲到招行金葵花一卡通,当时听得囫囵吞枣。我们便向大堂经理请教。原来,在招行人的眼里,客户是太阳,招行是葵花。葵花向着太阳转,招行始终围着客户的需求转。没有穿越"牛熊"的产品,只有穿越"牛熊"的服务,只要"因您而变",服务四季常青。我们不由得对招行敬佩有加。在我的鼓动下,我们每人办了一张金葵花储蓄卡,成了招行的客户。招行红,从心出发;金葵花,正在绽放。

不忘初心,方得始终。校招那一年,我过五关,斩六将,经历了网申、简历筛选、笔试、面试、材料审核。2015 年 8 月,我如愿以偿地加入招商银行的"伐木累"。从招行的客户成了招行的员工。

入行之后,我渐渐地明白,"因您而变"是招行服务不变的追求,"礼仪、专业、价值"是每一名招行人的立业之本。于是,在三尺柜台里,一个美丽的梦想破茧而出。我的青春要在招行像金葵花一样绚丽绽放。

三年多来,招行的愿景和理念引领着我。我从最基础岗位做起,大堂经理、对私柜员、对公柜员、综合柜员、票据业务岗,渐渐成为前台业务多面手。三年多来,招行文化滋养着我。我们从哪里来?我们将走向何方?我们如何描绘成功?我们的价值观?我们的战略?"拉起锚,扯起帆,请叫我船长!"三年多来,招行精神无时无刻不在激励着我。从容、力道、深远,是为重磅。不是产品,无关人物,而是一种精神引领。四次轮岗历练,一千多个日日夜夜,辛勤的汗水见证了我从一名大学生向一名银行业务骨干的靓丽转身。

除了"爱技术""爱生活""爱分享",我也是招行"悦服务"的"标配"。最初,作为刚入行的员工,我义不容辞地担任起行里的"青年突击队员"。"我是招行一块砖,哪里需要哪里搬!"三次去大丰支行帮助工作,一周、一个月、半年。然而喜忧参半,套用诗人泰戈尔的诗句:世界上最远的距离不是生与死,而是住在同一个城市却要为上下班跑 50 千米的路程。打车太贵,开车太累,何以解忧?唯有租房寝寐。可是早晚吃饭又成了问题,几个回合下来,我几乎将附近的小吃都鉴赏了一遍……

胜不骄,败不馁;撸起袖,加油干。前年冬天,我加班到深夜,在回家的途中不小心摔倒,导致右手腕骨裂。第二天,为了按时完成领导交办的任务,我打着石膏绷带咬着牙坚持上班。再看看我身边的同事,他们就像一朵朵盛开的金葵花,以心灵为笔、感动为墨,描绘招行一幅幅美丽的画卷。点滴之间,一个个既平凡又伟大的招行人成就了盐城分行的今天。

招行的发展离不开脚下的大地,我们无比感恩这个时代,时刻铭记自己肩负的社会责任。三年多来,正是领导的支持、导师的引导、同事的帮助,让我能很快熟悉前台业务技能,让我能在自己喜欢的技术方向上不断地学习、进步,也让我收获了入职招行的第一个综合奖项——"年度新锐"奖。前年,我参加盐城市银行业协会组织的"奋斗正青春共筑金融梦"征文大赛,获得一等奖。《不平凡的金融人》典型事迹荣登《盐城晚报》。2016年10月,我代表招商银行盐城分行参加盐城市银行业协会举办的"盐城市金融好家庭"评选,获得二等奖第一名,并荣获江苏省百家"金融好家庭"荣誉称号。站在掌声响起的领奖台上,我流下了激动而又感恩的泪水。

张悦,江苏金融作协会员。曾在《中国金融文学》《盐阜大众报》《盐城晚报》《江海晚报》《盐城银行业》等刊物发表诗歌、散文。

男儿何不带吴钩

钟林峰

　　车过十八湾,便是闾江口,右前侧的一块指示牌一掠而过:"阖闾城遗址博物馆。"这是萦绕在我心中,一直想要去探访的吴文化古迹。

　　记得在二十多年前,一次和父亲到马山去,看到静卧在田野中的"战鼓墩",父亲说,这是当年吴王阖闾操练水军的遗迹。我从《吴越春秋》中读到了春秋末期在这里发生的一场场惊心动魄的战事,金戈铁马、刀光剑影。在无锡城中的大娄巷,我看到了祭祀专诸的小砖塔,寂寥默然地矗立在一间简陋狭小的平房里,偶尔飘摇的烛光闪烁着历史斑驳的光影,诉说着当年的恩怨仇杀、慷慨悲情。

　　前一段时间,在朋友圈里,得知阖闾城遗址博物馆已建成开放,里面真品云集,让人目不暇接。今日路过,岂容错过?车头一拐,便进入了"阖闾古城"。

博物馆里层层展出,再现了阖闾王朝的宏阔与辉煌。这里有春秋时期的鱼龙图腾、石器制陶、青铜冶铸、丝麻织染,然而最摄人心魄的莫过于那些寒气凛然的吴钩越剑。

吴钩越剑之所以为天下名重,与当时特殊的历史人文环境不无关系。《左传·成公十三年》载"国之大事,在祀与戎"。意思是国家的大事,重在祭祀和战争。当年的吴地土著,断发文身,剽勇强悍。宝贵的青铜资源到了崇尚礼仪的楚国贵族那里,铸就了鼎簋编钟等青铜礼乐之器;而在野蛮不羁、争战好斗的吴国,却将此铸冶出了天下无敌的神兵利器,欧冶子的鱼肠、湛卢、属缕、龙渊、泰阿等名剑独步天下。我看到无锡博物馆里的那把吴王阖闾剑,青光熠熠,埋藏地下两千五百多年,如今仍锋利无比,依然能让你感受到当年那断金裂石、斩首刺将的逼人杀气。而在科技十分发达的今天,仍无法得以真正的复制,这更让吴地的铸剑术笼罩着一层神秘的色彩。相传,铸剑名师干将、莫邪夫妇奉吴王之命铸传世宝剑两把,矿石熔炼九十九天仍未化。莫邪挥别丈夫,毅然跃入熔炉,顷刻间风云大变,九天之灵气汇入炉中,终铸成"干将""莫邪"一对绝世好剑。古代吴人坚信剑气是有魂灵的,而我则相信《考工记》中的记载:"吴、粤(越)之剑,迁乎其地不能为良,地气然也;吴、粤(越)之金锡,此材之美者也。"除了要有吴地特有的"地气"外,铜陵的铜、无锡的锡均是不可替代的,如今无锡锡山再无锡,名器岂能再得?

审视眼前的这些历史残片,时光仿佛倒退,穿越回两千五百三十年前四月的一天,正上演着华夏版的《哈姆雷特》。窃取王位的僚昏庸无能,雄才伟略的公子光为实现霸业,在伍子胥的谋划下,实施王位夺取计划。他在无锡梅里泰伯庙宴请王僚,席间,一个"熊背,深目,貌甚伟"的无锡鸿山人专诸端上一盘美味的太湖烤鱼,鱼腹中暗藏的,正是那把锋利无比的"鱼肠"剑。"专诸擘鱼,因以匕首刺王僚,王僚立死,左右亦杀专诸。"(司马迁《刺客列传》)"重然诺、轻生死、成大事"的刺客专诸,完成使命之后则静静地躺在无锡鸿山的半坡之上。公子光成为吴王阖闾,从此登上了历史的舞台。

王僚既诛,其子庆忌为吴国第一勇士,在卫国伺机报杀父之仇,实为阖闾心头之患。此时,甘为知己者赴死的无锡鸿声壮士要离慨然而出,不惜断臂杀妻,以苦肉计取得庆忌信任。在庆忌攻打吴国前夜的太湖战船上,矮小精瘦但功夫卓绝的要离趁着风高浪急,单臂擎矛,将有着万夫不当之勇的庆忌搠了个透心凉。完成使命的要离自戕而死,陪伴专诸长眠于鸿山之坡。这两个吴人与聂政、荆轲一起,跻身于春秋战国时期"四大著名刺客"之列。

在没有"风萧萧兮易水寒"的吴地,温润如酥中孕育出如此悲歌慷慨之士,让人感到不可思议。换言之,今日吴人与先民实在是大相径庭了!古吴人粗犷剽悍、蛮勇好战。他们体格健硕而品格高尚,重义轻死且充满智慧。泰伯的"前三让"和季札的"后三让"传为美谈,为后人敬仰。阖闾王朝在孙武、伍子胥的辅佐下,崛起东南,所向披靡,西破强楚,北威齐晋,南服越人,成为春秋五霸之一。一部《吴越春秋》比之于古希腊荷马的《伊利亚特》《俄得修纪》,更加让人血脉偾张、激情澎湃。

晋室南渡、宋廷南迁,大量北方士族阶层的涌入,为吴地带来了"士族文化"的精神内涵和"诗性"的审美追求,吴文化逐渐变得阴柔、静雅。清秀温婉、吴侬软语,晓风残月、江南丝竹已是今日吴人的形象和特色。

当辛弃疾登建康赏心亭看到半壁江山烽烟四起时,慨然而叹:"把吴钩看了,栏杆拍遍,无人会、登临意。"家国恨、乡关思,更难揾、英雄泪!

现代吴人对岁月静好、生活清宁充满着殷殷向往。然而,没有强健"体魄"和锋利"吴钩"的支撑,终然会"梦里不知身是客,一晌贪欢"。

"男儿何不带吴钩?"古吴人留给我们的不仅是截铁斩金的锋利剑器,

更是一种视死如归的英雄气节,一种大义凛然的精神符号,一种刚毅顽强的民族禀性,一种骁勇善战的血脉承继。在科技先进发达的今天,我们不仅要有强国闻之胆寒的"吴钩",更要将吴地先民这缕精魂、这腔血性、这股气脉代代传承下去。只有这样,我们的子孙后代才能立足,才能领先,才能堂堂正正做一个"龙的传人"。

钟林峰,无锡市作协会员,工行江苏省分行文学协会副会长。作品散见于《扬子晚报》《现代快报》《无锡日报》《江南晚报》等报刊。

小小算盘寄深情

戴启超

一把老算盘

我家书橱上静静地摆放着一把算盘,是那种上两珠下五珠"二五珠"式的老算盘。正是这把老掉牙的算盘,由我的爷爷传给姑姑,再传给我,在三代人手中接力,见证着祖孙三代人在农村金融岗位上普普通通的日子。

爷爷在农行营业所工作,这把算盘是在他退休前几年淘汰下来的。使用了十多年,爷爷感觉把它扔掉有点不舍,于是一直放在账簿橱子里。退休回家那天,爷爷骑着自行车,带着简陋的行李、一块"光荣退休"匾和一朵大红花,还有这把银行淘汰的老算盘,回到老家,开始了退休生活。

邻居们见爷爷在银行工作三十多年，没有搬回一样值钱的东西，却带回来一把旧算盘，笑他"一辈子在银行，账没有算够，退休回家还要算账"。

1980年10月，姑姑顶替爷爷到县农行正红营业所报到，单位统一购置的办公用品暂时没有到位，于是姑姑就从家里翻出这把算盘，带到班上使用，成为算盘的第二任主人。姑姑有了新算盘后，这把算盘又被带回了家。

历史总会有偶然。1988年10月，我经招工考试，被县信用联社录用，分配到蔡桥信用社工作，成为这把算盘的第三任主人。这把与我几乎同龄的老算盘被我珍藏至今，成为传家宝。每次见到它，我都会想起爷爷常说的一句话，"不占别人和集体的钱物，公家每一分钱都记在账面上。"老算盘一直在教育着我要干干净净地做好银行工作，是我在银行工作处事的原则，也是我三十多年与钱打交道的底线。

珠算定级，承载着银行员工争学技能的记忆

以前在银行工作，能用算盘既快又准地算出账目结果、动作娴熟优雅的人会成为大家学习的榜样。参加珠算定级训练、考试是提高珠算技能的有效方法。如果参加比赛获得奖项，还有可能晋升、调动进城工作。20世纪90年代，县农行一位股长能"盲打"算盘，吸引了许多要求上进的粉丝。我也加入了珠算考级的行列。

第一次参加定级。1997年11月，在县会计师事务所参加考试，市珠算协会派人监场、评卷、核定，考题共十道加算、减算、加减混算，十道乘算，十道除算，限时二十分钟。大家普遍反映除算题耗时最长、容易差错，可能与日常中除法使用较少有关，我最终鉴定为普通五级。

第二次参加定级。当时已经开始推广会计电算化，珠算与电算化并

行，但是信用社日常的会计工作离不开算盘，大家练习珠算的热情也没有减少。我对自己只有珠算五级感到遗憾，感觉总比别人矮了一截，于是再次参加珠算定级。这次考试题型相似，只是每一行数字更多，难度明显比五级高，考试结果我被鉴定为普通二级。

如今，定级证书锁在抽屉里，是我的业务技能又有新的提高的见证，更是那个年代信用社年轻员工注重业务技能提升的见证。

从算盘到键盘

20世纪90年代，农村金融史上"行社分家"是一件划时代的大事，农村信用社脱离之前隶属的农行的管理关系，实现了真正意义上的"自主经营，自担风险，自负盈亏"。购置电脑和业务操作系统，新成立的联社营业部在全县信用社第一家实现电脑核算。从此，我开始接触电脑。使用电脑办理业务后，算盘的使用频率逐渐下降。为了适应工作需要，1998年，作为全县信用社首批学员，我参加了会计电算化培训。白天上班，晚上到教学点上课训练，家里没有电脑练习，于是我星期天也去蹭课。功夫不负有心人，我们那批学员全部获得资格认证，这是大家人生中第一个与电脑有关的证书，记录着信用社员工与时俱进、增强自我能力的历程，也是大家埋头苦干、不甘落后的进取精神的写照。

短短几年时间，完全依靠手工办理业务的农村信用社实现了信用社通用电脑办理业务、县辖信用社联网通存通兑，极大地方便了客户。业务爆发式增长，存贷款总量、年增量稳居全县第一。省联社成立后，启用全省信用社自己的核心业务系统，不断丰富管理系统，实现了全省信用社（农商银行）通存通兑、全国农信银通存通兑，与部分股份制银行"柜面通"、国际业务代理……计算机的广泛运用助推信用社的发展，翻牌组建农村商业银行,走向全国,走向世界,实现了几代农村信用社人的银行梦。进步永远属于拥抱新兴技术、勇于改革的创新者。当下,大数据营销理念、网络思维、云技术的运用,必将是农商银行高质量发展的助推力量。

一花独放不是春。在金融百花苑中,农商银行的快速发展是整个金融业改革发展的一个缩影。

珠算没有离开我们

根据汉朝徐岳的《数术记遗》记载,珠算在我国已有一千八百多年的历史,凝聚着祖先智慧,传承了千年文化。

现代计算机技术运用的同时,珠算也在顺应时代发展。2004年,由江苏省南通市政府和中国珠算协会共同兴建的中国珠算博物馆在南通落成,劳动和社会保障部将珠心算教练师列入国家职业标准;2008年6月,国务院批准珠算列入第二批国家级非物质文化遗产名录;2013年12月,中国珠算被列入教科文组织人类世界非物质文化遗产名录;日常俗语还保存着珠算的记忆,如"一退六二五"表示推卸责任、"三下五除二"表示事情办得果断等等。《红楼梦》第二十二回以算盘为灯谜:"天运人物理不穷,有功无运也难逢。因何镇日纷纷乱,只为阴阳数不同。"

珠算被列入非遗名录,顺应历史潮流;我们要传承先人才智,迎接时代挑战。

戴启超,江苏滨海人,就职于江苏滨海农商银行,高级审计师,江苏金融作协会员,曾出版个人诗集一部。

烟火人间四月天

张明华

入夜，室外雨声潺潺。

暮春时节，杂花生树，草长莺飞，有雨敲窗，总让人不由心生欢喜，暗自庆幸生在江淮。

的确，生在江淮地区是有福的，身处四月的海滨小城更是福气。

花次第开放。梅、李、桃、梨、垂丝海棠尚未谢尽，马路牙子里，紫色的鸢尾花已经等不及地在风里招摇。望海桥边的泡桐则是开成一树淡紫，浪漫得如雾如梦。小区围墙脚有成排带刺的红蔷薇。白天从车上望过去，叶片油亮，估计已经花苞累累，经了一夜的雨水，明早必定会发出第一枝。不带刺的白蔷薇在城西巷内已经长成老藤。每年春天，花开如繁星落入红尘，我总要骑"小电驴"去看她一回。临水的刺槐树上花串尚小，但是这样的雨再来两场，不几日，必定也是"花湿雨沉沉"。

最喜桥口老榆树下有近郊的菜农摆摊。茼蒿、春韭新割上来,刀口汁液尚未收干,尤其鲜嫩。

必须得逛菜场。买菜,路边的自然新鲜,但逛菜场更饱眼福。4月,逛小城菜场之乐不亚于观花事,尤其你不必穿得太齐整,简单绑个头发,素着面就好。大场面的批发市场以及规制较小的社区菜场均是美妙的地界。挑高的钢构大棚下人声鼎沸、移步换景:梅童鱼、小春鱼、白条虾正当其时,集中上市,待价而沽;蛤蜊、竹蛏伸出长长的管子,一受惊吓,就喷人一身水,小河虾身量臃肿,抱着一弯虾籽;小龙虾刚换了青壳,肉质饱满肥美;杨花萝卜身上沾着泥,头上顶着绿缨子;刚摘的草莓拢成一堆堆小山,红艳艳的,煞是好看;小青菜、芹菜、莴苣、生菜均是绿油油、嫩生生的,仿佛一掐就流出水来……今年的新竹箬叶也已经摆上台面,用细稻草一把把扎好,任你挑肥拣瘦。包粽子,若得闲空,箬叶自不必买,套一双胶鞋,开车去往近郊沟渠、河塘边寻芦苇,自己采就好。

吃早茶去。富安鱼汤面尤其值得偏爱。鲜活的大花鲢洗净斩段,先用豆油大火炸酥,然后滗掉重油,改中火煎炒成黄灿灿的鱼卡子,再下滚水熬煮出的鱼汤尤其乳白鲜香。要一碗鱼汤面或鱼汤馄饨,配一碟放了姜丝、黄瓜丝、香菜、花生米的烫干丝,只需八至十元钱花销。坐室外,看熙来攘往的人群、林下打牌的老人,再和着习习晨风以及草木的香气吃,个中滋味真是妙不可言。

美食与4月总是很配。雨天,将家拾掇干净,然后两人一道择菜、洗菜、做菜。油煎花生米一碟,韭菜涨蛋或者炒苋菜一盘,青椒家常小龙虾或者蒜苗烧春鱼一味,淡菜萝卜丝豆腐汤一钵,糯米饭一碗。若得雅兴,抿小酒两盅,简直可以洗一身风尘,慰相思万千。天晴,下午茶吃路边摊也是不错的主意。老刺绣厂十字路口最热闹,小肉串、肉酱凉皮、凉粉、油糍儿、火饼灌鸡蛋、铁板烧、安徽盐水鸭、邵伯老鹅……样样美味。往南还有软糯的香肚、猪头肉。闻名遐迩的东台臭干,西十字街北的似乎为最佳。仿佛好吃的小吃都发迹于脏摊、成就于脏摊。西十字街臭干离了当年的小推车进入店铺内,味道总让我觉得减了几分。中医院后的劝业场尚有脏摊遗风且卧虎藏龙,大名鼎鼎的东亭二村锅贴、眼镜肉串就不露声色,大隐于其间。

  行文至此,兴味又发。罢了,罢了,美景良辰,不可辜负。我且搁笔、洗漱,准备驱车吃早茶,买小龙虾去……

  张明华,笔名璎珞,江苏金融作协会员。从事金融宣传工作近十年,在全国各级各类报刊、杂志上发表消息、通讯、调研以及散文、随笔等两千余篇。

"长腿"的钞票

张建忠

老爸今年已经67岁了,是一位地地道道的农民,做过生产队记工员,收过鸡,贩过鸭,卖过鱼。头脑灵活,满脑子生意经,是农民中的佼佼者。他心思周密,做事严谨。俗话说"细节决定成败",生活中他很细心,善于观察。每次外出的时候,他总是用目光将家里旮旮旯旯探照灯似的扫个遍:看看电源有没有关掉,窗子有没有关好,窗帘有没有下好,将门更是推了又推,提了又提,钥匙转了又转,生怕没有锁好。正是由于老爸的"酸里吧唧",好几次还真的发现了家里的"隐患",如电水壶烧水忘记关掉电源、钥匙遗失在床头柜上、液化气烧开水临行忘记关阀门等。不是老爸的回头看,就差点酿成大祸。用老爸的一句"口头禅",就是"有钱难买回头看"。没有想到的是,这个"有钱难买回头看"竟然发生在我自己身上,还演绎了一个既耐人寻味又意义深刻的钞票"长腿"的故事!

1987年的秋天,我刚参加工作,老爸给我上了一堂"有钱难买回头看"的警示教育课。那时的我在乡下的信用分社工作,而且是一个人上班,既当记账员,又做出纳员,钱账"一手包",每五天到大社报账一次。有一天,我把钱账核对后就骑着自行车到街上大社报账。老爸一个人跑到我单位(离家仅有500米)看看,门一推,竟然开了(由于门变形了,关门时要向上提一下,我粗心没有注意),再拉一下办公桌抽屉,也没有上锁。他老人家灵机一动,从现金夹中抽了10张10元的人民币,然后悄悄地把分社门锁好后回家。

我报账后回到班上后,结账时发现库款少了100元现金,一下子蒙了,天哪!100元钱是我近3个月的工资啊!那时我工资每月只有36.5元。我心里发慌,就对自己经手的几笔业务逐笔进行核对,同时对报账返程途中所停留过的几个地方也进行回忆。途中只去过老岳父家,是不是老岳父"偷"了我的钱?为此我还专门回头登门找了岳父询问了解情况。岳父一听很生气,认为我对他不信任!老婆为此和我3天没说话。钱没找到,晚上回到家,我闷闷不乐的,提不起精神,当时我唯一的希望就是请老爸帮忙借款堵上库款的"窟窿"。晚上下班回家后,我饭也不吃,一个人躺在床上翻来覆去、苦思冥想怎么来解决这个问题,因为金库不能空库啊!假如当天夜里有领导查库,我的饭碗可能就会保不住。

正在我犹豫徘徊心神不定的时候,老爸主动走过来,心平气和地给我讲了几个"有钱难买回头看"的故事,并告诉我做事不能粗心大意,对待工作要细心、认真,多回头看是有好处的。他说这些话的时候我心不在焉地听着,但心里仍然七上八下,惦记着库款的丢失,怎么赔偿的事情。思来想去,无奈之下,只得把库款丢失的事情告诉他,并告诉他该找的顾客都核对过了,该停留的地方也去寻找过,但没有发现任何蛛丝马迹!

老爸听我说了"短款"的事情后,叫我再认真回忆一下,到大社报账的时候门有没有关好?办公桌抽屉有没有锁好?办公桌有没有被人动过?

此时，我才突然想起我的办公桌上的算盘和凭证好像被人动了一下。这时老爸才告诉我实情，原来是他老人家一手策划导演的这场"戏"，目的是让我汲取教训，工作中一定要细心细心再细心，不能有丝毫马虎。说着，老爸小心翼翼地从口袋里掏出100元现金，严肃地对我说："今天，我虽然违反银行、信用社相关管理制度，'违规'做了这件事，但这是在拎你的耳朵，给你敲响警钟，拉响警报。今后无论你在什么工作岗位，做什么事情，都要回头看看，特别是今天的事情，更要铭记在心，吸取教训，吃一堑长一智，今后不能再发生类似的情况！"

老爸亲手导演这场"戏"，目的就是提醒我做事情不能粗心大意，不能有任何疏漏。20多年过去了，如果在今天这个科技发达、监控罗布的时代下，他的"戏"肯定是行不通的，但他的"有钱难买回头看"看似一句俗语，其实蕴含着深刻的人生哲理和生活智慧。从此以后，这句话也成了我的座右铭。

经过那次事情，我养成了一个习惯：工作无论多忙，账款当日必须核对无差错，出门细心留神，做什么事情都要回头看看！到县城工作后，特别是写文章，我也有一气呵成的习惯！这个时候，粗心大意的老毛病又犯了！报社的编辑时常提醒我！要认真推敲每一句，每一字，尽量在发稿前不出现任何差错！

如今，我已成家并为人父，也经常把老爸给钞票"长腿"的故事讲给妻子、儿子听，并告诉他们，人在旅途，只有经常回头看一看自己或弯或直、或深或浅、或高或低的人生足迹，梳理自己的经历，检查自己的缺点，才能扬长避短、趋利避害，甚至可以避免重蹈覆辙，减少犯错的概率，从而更好地找准前进的方向，勤奋努力，赢得更大的成功。

张建忠，中国金融作协会员、江苏金融作协会员，出版散文集《耕耘在希望的田野上》，先后在《人民日报》(海外版)《金融时报》《新华日报》《中国金融文学》《金融文学》《山东金融文学》《盐阜大众报》《射阳日报》等报刊发表作品。

摆渡如烟的岁月

薛　莉

　　小时候,我和弟常跟奶奶去邻县的村子看望她的老母亲。那段时光,接着地气儿,轻快又酣畅,田野、渡口、草垛、撒欢儿的孩子们,还有那一张张质朴的笑脸……乡村的天空,总是湛蓝而美好,深深地印在我的记忆深处,耳畔,仿佛飘过孩子们"咯咯"的笑声。

　　那时,我们搭邻县来的小中巴,司机姓万,有些口吃,乘车人亲热地喊他"结结儿",他就憨厚地应着。"结结儿"师傅总会把我们送到最近的路口,我和弟忙不迭地下车,撒开小腿,顺着田边的小土路,一溜烟儿直往舅爷爷家冲。奶奶远远地在后头尖声叫着我们,那声儿,把河边儿的鸭子都惊到了。

　　夏天去是最开心的。我和弟甩了鞋子,同那帮乡下小伙伴儿,赤着脚满田边儿跑,搞得尘土飞扬,大叫"妖怪来也",疯得不亦乐乎。说起来,在镇子里,我和弟都算得上文气的孩子,穿戴齐整、举止斯文、循规蹈矩。可每每到了乡下,我们便抓虫子、逮青蛙、叉稻草……在那自由的田野里尽情欢呼,野了去了。深夜,枕着蛙鸣入眠,偶尔一两声犬吠,远远的,仿佛在梦的那头。

我最喜欢拉风箱,一只手拉不动,两只手一起拉,"嘿啾嘿啾",也不怕累得慌。灶膛里的火越发热情而奔放,然后大铁锅里缓缓飘出米饭的清香……心里煞是快活得意。那时,最美味的是芹丫头塞进灶膛里烤焦了的玉米棒子和红薯,那叫一个香啊,我和芹丫头吃得满手满脸黑乎乎的,然后她看着我,我看着她,"咯咯"笑成一团。芹丫头住在舅爷爷家东边,鹅蛋脸,黑黑的皮肤,眼睛很大,水水亮亮的,笑起来纯净而明朗。后来听舅奶奶说,她初中毕业就去了河西李老头儿家,和他贩猪肉的小子生了个儿子,养胖了,再见面也不定认识了。朋友,幸福就好。

如今我和弟生活在不同的城市,中间隔着二百多千米,偶尔打个电话,也是匆匆挂了,各自忙着,用力地生活。趁着假期我们返乡看望父母时,孩子们才能小聚一下,小姐俩儿脑袋挨着脑袋,一块儿玩手机、iPad游戏,玩翻脸了,一人抱一只手机各玩各的,一副老死不相往来的架势。新时代的娃儿们都是个性派的小主儿。姐姐渐渐会让着妹妹了,照顾妹妹也是有模有样,我们看在眼里,颇为欣喜,想当年,也总是大姑我让着她爹的。看着我们的下一代,不由得感慨良多。两代人的童年完全不同,我们的童年带着泥土的芬芳,而她们的快乐标注着21世纪的七彩斑斓,相同的是"孝亲礼让"的家风传承得很是暖心。

记忆里,村子的老渡口,撑船人用一根很长的竹竿,一年又一年,摆渡着河两岸的村民。而我们,摆渡着自己,匆匆忙忙来到中年。周末午后,抛开俗世表情,手捧闲书,浅品花茶,眼前是那小小的乡村,无拘无束、畅快淋漓的童年,在香雾缥缈处云遮雾绕、美好悠长。

薛莉,中国金融作协会员、江苏金融作协会员,作品散见于《金融文化》《青春》《江苏银行业》《扬子晚报》等。

野黄花

刘 燕

深秋,港城的东西连岛最美,是那种慵懒而随意的美。

走进连岛,离开城市喧嚣,远离生活纷扰,回到大自然的怀抱,在温暖的阳光中与绿叶为伴!在幽幽的山林中与山泉为歌!闭上眼睛,一种莫名的惬意。海岸边的幽径以及幽径上的亭、阁、廊、桥,盛满了港城深厚的人文情怀;芳草长堤、泉声泠泠、借山藏海,景色宜人,犹如世外桃源,不经意间让人们拂去疲惫,荡去烦忧。

漫步连岛,迎着夕阳的余晖,抬头仰望,远处的片片云朵在山风中、在山顶上飘动着,时分时聚,时上时下,煞是好看。当远处悬崖上那簇浅浅的色彩进入视野时,迷茫而飘忽的心被深深地吸引了。

那是一簇野黄花。

浅黄的,淡粉的,一簇簇地开放在秋日的悬崖上,阳光下是那么妩媚,在浓密碧绿的背景映衬下是那么娇艳,可谓万绿丛中一簇黄。看,那细细小小的身姿,那浓密而肥硕的枝叶,轻柔素雅,浓而不艳、冷而不淡,默默无闻中,却开出了一种与世无争的淡定和宠辱不惊的从容,丰润茂盛,清香四溢。

这簇野黄花,可惜我不知道名字,宋代大文豪辛弃疾的《鹧鸪天·代人赋》中有这样的名句:"花不知名分外娇。"无怪乎,眼前的这簇无名黄花是那样楚楚动人啊!美得简直令人神伤。黄花无语,暗香侵袭,静守着那份淡定和从容,完成着从孕育到极致的绽放。也许在它的世界里,也有过不快,有过不为人知的风云往事。

淡雅的野黄花,你就这么淡淡地开放在悬崖上,也将开在我生命的风景里,以后也许我还会来,也许其他的游客不会注意你、欣赏你。如果生命可以选择,大概没有什么花喜欢在悬崖峭壁上独自开放,独自凋落,就像这簇淡雅的野黄花;可是,面对无法选择的命运,却依然可以如此淡定而从容地开放,大概,也只有这簇淡雅的野黄花了。

夕阳下,忽然飘来一片乌云,真的是天公作美,下起了小雨。雨中的碧草绿染一般鲜亮,黄花带雨,风雨侵凌更助香,更有一番风流别致。实乃:游人不舍离黄花,黄花缠绵恋游人。

"心悦君兮君不知。"淡雅的野黄花啊!明日是:满城万卉争上市,寂寞黄花在空谷。或者是:无意群芳争绝艳,荒草丛中洁自身。我的心在颤抖。

秋来韶华谁为主,淡雅黄花莫非你。可爱的野黄花啊!世上繁花极尽争宠,你却淡泊名利,从容大度、默默无闻,正是淡雅之中掩羞涩,似笑非真藏真情。我的心在悲悯。

离开连岛,却难以忘记那簇淡雅的野黄花、那涧边的悬崖、那如茵的山凹,几回梦里,几回同。我好像又看见了:山野孤影风中秀,月下无言人断肠。我还能体会到:黄花落岸有人惜,风送野径透鼻香。黄花即使是飘落成泥碾作尘,也要留作清香满人间。

刘燕,江苏金融作协会员、连云港市作协会员。作品见于多家报纸、期刊。

走进神秘湘西世界

单 鹏

湘西之美，美在著名作家沈从文先生田园牧歌般的文学作品中；美在艺术大师黄永玉先生浓墨重彩的美术作品中；美在歌唱家宋祖英女士幸福甜美的歌声中；美在表演艺术家刘晓庆女士热情奔放的影视作品中……带着对魅力湘西美好的向往，笔者曾两赴有山有水有伊人的湘西，深切感受别样的湘西世界。

走进湘西，自然绕不开边城。这是一个符合人们对神秘湘西所有想象的古镇。边城镶嵌于湘、黔、渝三省交界处，素有"一脚踏三省"之称。边城是国家历史文化名镇，全镇以土家族、苗族、汉族人口居多，具有浓郁的少数民族风情。

边城依山傍水，城垣逶迤，河川悠远，青石道整洁风雅，吊脚楼古色古香。石城墙、青石道、古码头、吊脚楼、拉拉渡……虽历经沧桑，仍存昔日繁盛。

边城因文学大师沈从文先生的代表作《边城》而名扬天下。《边城》将优美的风景、善良的风俗和淳朴的风情融为一体,勾画出了田园牧歌般的自然风貌,引来无数文人墨客驻足观赏。

评论家司马长风曾说:"沈从文笔下的《边城》,是古今中外最别致的一部小说,是小说中飘逸不群的仙女,而茶峒就是这位仙女的人间化身。"

边城是一座古城,深厚中不失朝气;边城是一座小城,委婉中不失大气。总之,它符合人们对神秘湘西的所有想象。清水江将湘、黔、渝三省的人们分开,又用拉拉渡把人们聚集在一起。在古老的边城茶峒码头,拉拉渡不用撑篙和划桨,而是通过连接两岸的钢索,以及摆渡老人手中的一根木棍,通过原始的操作方法迎宾送客。

薄雾下的清水江上,二三渔民摇橹驭舟,触发着人们的无限向往。垂柳下的石阶上,四五姑嫂捶衣洗菜,演绎着生命的自由乐章。依水而立,细细打量这座如水一般清澈的古镇,感觉她就像湘西苗寨的一位村姑,素雅、清澈、安静、淳朴……

祥和宁静的边城,特别适合放慢脚步养心疗伤。随着江面轻风荡起的涟漪,游人的思绪便会随波蔓延。漫步在古镇的青石板上,沿途可见翠翠饭店、顺顺酒楼、边城故事等很多以《边城》作品和人物命名的吊脚楼。慕名探访者踏青石古道,登水边角楼,听月下渔歌,尝特色美味。角角鱼是边城的美食,它集川麻、黔酸、湘辣于一体,烩湖南的鲜鱼、贵州的豆腐、重庆的腌菜于一锅,被誉为"一锅煮三省"。

游客乘坐清水江上的游船,不仅可饱览秀美山水,还能欣赏到沿江两岸古镇的风光,自然清新的感觉沁人心脾,优雅浪漫的情调让人心醉,心境中的诗和远方,也许应该就是这般模样。

伴着沈从文先生的《边城》,便会慢慢捕捉到那山那水的影子,渐渐找到那年那月的感觉。这种感觉,藏在承载沧桑的拉拉渡中;这种感觉,飘在沉默包容的清水江上;这种感觉,留在诱惑味蕾的角角鱼里……这种感觉,足够让我永远记住这座别样的小镇。

"边城盛景令人醉,疑是身在画中游。"隔江伫立于洪安古镇的吊脚楼上,眺望灯火阑珊、恬淡宁静的边城,凝视桨声灯影、渔舟荡漾的清水江,脑海中流淌的思绪便会自然地"抽枝发芽"。此时的边城,在现实的脚下,也在寻觅的梦中。

苗寨是一座记载湘西独特历史文化的露天博物馆,是一部记载苗族历史文化发展的史诗。湘西苗寨民居建筑群从山脚至山脊顺势而上,高低错落,玲珑有致,保持着与自然环境的和谐共存,与山体生态的有机融合。苗寨的房屋结构主要以木屋房、黑瓦房、青石墙、黄土墙和吊脚楼为主。

湘西苗寨每家每户都有一个十分简单但又十分实用的、用来一日三餐做饭炒菜烧水的"火塘"。火塘其实很简易,在房屋中间挖个浅坑后,再用四块大青石围成方形便成。火塘或大或小,小的一尺多见方,大的一米多见方。

火塘边有酸菜坛子,里面有随吃随取的天然酸菜。火塘上悬挂着被烟火熏烤得黝黑发亮的猪肉、鸡鸭和香肠。火塘中间立有铁铸的三脚架,架上搁鼎罐或铁锅,炖上猪脚萝卜或羊肉酸汤,瞬间满屋香气缭绕。

赶场是湘西一道独特的民俗风景线,一幅原汁原味的民俗风情画。外地人想真正了解湘西的民俗风情,不亲临富有浓郁民族特色的集市赶场,就不算真正来过湘西。

赶场,亦称"赶集""赶街""赶山""赶闹子",是湘西传统的民俗习惯,这种到集市上交易、叙谈、办事、休闲的生活习俗有着悠久的历史。

湘西赶场的日子非常多,一个乡镇一般五天一场,邻近乡镇通过错开赶集时间,使周边村民几乎每天都有集可赶。不管是严冬还是盛夏,每到赶集的这一天,十里八乡的苗民就会不约而同汇聚于集市。

赶场的集市上，挑箩筐的、背背篓的、提篮的、看热闹的，熙熙攘攘；叫买的、叫卖的、谈价的、打招呼的，热热闹闹。集市上，鸡鸭鱼肉、蔬菜水果、苗服银饰、衣帽鞋袜、竹木制品、锅碗瓢盆、针头线脑等各种农副产品和百货商品琳琅满目。

场，是交易的市场，也是交流的场所。集市偶遇的人们交头接耳，谈笑风生，说不完的话题，聊不完的家常。

湘西是背篓的故乡，背篓在湘西人的生活中不仅是一种生活工具，而且是一种文化传承。湘西人用智慧的头脑和灵巧的双手设计了各种各样的背篓，也设计了属于自己的生活和生存方式。

湘西是背篓里的民族，背篓是湘西人出行的必备之物，上山、下河、赶集、走亲，都离不开背篓，在湘西的街头、村落背篓是一道靓丽的风景。

赶秋，一场湘西人民喜庆丰收感恩天地的盛典。赶秋节是湘西花垣、凤凰、吉首、泸溪等地的民间传统节日，是苗族同胞在立秋时节举行的以娱乐、互市、庆丰等为主要内容的大型民间节日活动，反映着苗族人民对五谷丰登、六畜兴旺的幸福生活的美好追求。

一年一度的赶秋节，四面八方、村村寨寨的男女老少，邀友结伴，穿金戴银，盛装出行。人们吹唢呐、耍龙灯、舞狮子、打花鼓、上刀梯、荡秋千，载歌载舞，热热闹闹。

湘西苗族鼓舞属国家级非物质文化遗产，主要流传于凤凰、泸溪、保靖、花垣、古丈等县。鼓舞融音乐、舞蹈、表演等艺术于一体，弘扬虔诚的民族文化，彰显顽强的民族精神。

湘西虽然历史文化厚重，民族风情浓郁，资源禀赋独特，但由于受地理位置偏僻、自然环境恶劣等因素影响，贫穷落后的影子始终挥之不去，目前仍是我国贫困程度最深、扶贫任务最重的地区。

湘西是习近平总书记精准扶贫重要论述的首倡地。聚焦湘西发展，关注湘西民生，加快建设美丽幸福新湘西，是初心使命，是大势所趋，也是当务之急。

湘西是至今仍然延续着上古遗风的"世外桃源",是神山秀水滋养出的"浪漫秘境",勤劳纯朴、善良勇敢的湘西人民传承着别样的生活习俗,坚守着神秘的精神家园,充满诱惑的魅力湘西远比人们想象得更"勾魂"。

我们尊重他们的信仰,敬佩他们的智慧,崇拜他们的坚守。我们轻轻地走近他们,是为了更深地了解他们,更多地关注他们,更好地帮助他们。

单鹏,高级经济师,现供职于江苏省联社,中国摄影家协会会员、中国农村金融摄影家协会副秘书长、江苏金融作协会员,《中国农村金融》杂志、《中华合作时报》特约记者。

静夜思

吕 丽

  难得能有这样一个夜晚,孩子已经熟睡,周围安静下来。一杯水,一盏灯,一本书,此时此景,久违了。

  平日里很难静心,在这样一个年龄。工作与家庭,生活与学习。父母年迈,孩子初长成。近处的烟火,远方的诗,都败给了时间。时间都去哪儿了?它好似悄然无声,可岁月又不待人,时时催人老。

  年少时,总以为年龄渐长以后,会更加地从容应对,不被世俗生活所累,也更透彻、明了。后来发现,日子密实,喘口气的机会都很难得。些许浮躁,没有沉淀,真怕这样老去,一无所获。

  想拥有一段属于自己的时光,可以直面内心,用来反思、总结,稍做停留。可是时间的流水不管不顾,裹挟着酸甜苦辣、悲欢离合,一路向前。内心,起起伏伏。

急需一碗鸡汤温暖自己，点醒自己。"为使人生幸福，必须热爱日常琐事。云的光彩，竹的摇曳，雀群的鸣声，行人的脸孔——需从所有日常琐事中体味无上的甘露。问题是，为使人生幸福，热爱琐事之人又必须为琐事所苦……为了微妙地享受，我们又必须微妙地受苦。"日本作家芥川龙之介如是说。

是的，也许这就是生活的常态。认清现实，但依然热爱生活。在锅碗瓢盆、柴米油盐、孩子追逐打闹的日子里，也能奏出别样的曲子。在日日重复的生活中，也能保持敏感的神经，体会更多的滋味。妥协，又不放弃，守得初衷，心向光明。然后在喧嚣繁华之处修篱种菊，倒也难能可贵。

有时，只有先沉下去，才能浮上来。再回首，似水流年，过往的脚印或清晰或模糊，深深浅浅，无怨无悔。不追求极致，不逼迫自我，不自相矛盾。自在舒展一些，静水深流，又何乐而不为呢？

把一切交给时间，但愿能得到最好的答案。不管如何，都要一如既往，对生活保持热忱，对未来有所期许。不断突破自我，享受生活、工作和学习带来的乐趣。虽然已过了"为赋新词强说愁"的年纪，但是依然能有这样一个时间来面对自己，握手言欢，轻松愉悦，内心欢喜。与自己对话，收获颇多，释然不少。

夜深人静，掩卷长思。晚风拂面，睡意渐浓。

吕丽，江苏金融作协会员，曾在《中国农村金融》《中国金融文化》《中国农村信用合作报》等报刊发表文学作品，现就职于江苏赣榆农村商业银行。

陈老头的烟酒店

陆 炜

　　陈老头的烟酒店开张了。
　　在这个热闹繁华的镇子里,陈老头小小的烟酒店宛如一滴晶莹的露水汇入平静的湖面,在周边的商铺圈里微微掀起波澜后,很快便悄无声息。陈老头的店很不起眼,一间平房简陋而又粗糙,光秃秃的屋顶,新砌的水泥墙。除了招牌上四个鲜红的大字"陈公烟酒"之外,一扇玻璃窗和斑驳的正门、侧门也许是烟酒店最显著的标志了。烟酒店的右边是一家规模尚可的酒店,左边则是一条狭窄悠长的小路,路的对面矗立着一座农村商业银行分理处。分理处已经有了些年头,目前正处于装修的过程中,因此往日熙熙攘攘的分理处顿时门可罗雀,变得格外清静。只有白天装修工人叮叮当当的敲打声,才能引起陈老头的侧目观望。
　　身为一家店的店主,陈老头一天大半时间都是在店内度过。清晨,帮瘫痪在床的老伴收拾完,吃过早饭,他就骑着三轮车慢悠悠地来到小店,开门打扫,整理完烟酒后,随即开门迎客。若是寻常没有来买烟酒的客人,他就搬起长凳坐在店外乘凉。清闲而舒适,颇有"采菊东篱下,悠然见南山"的意境。陈老头佝偻的身影,一把蒲扇,一条长凳,花白的头发以及脸上的些许斑纹,成了后街上人们眼中的常态。

烟酒店的生意逐渐好了起来。烟酒店对面工厂的工人闲暇时都会来消费几笔。随着现金入账日益增多,陈老头也增添了烦恼:破损的零钱堆成了小山,付不出去,每天还得添几张入账。每天,数钱成了小店最重要烦琐的事情。店里没有点钞机,没有收银码牌,更别说微信、支付宝,陈老头对手机的概念只有短信和电话,其余则是一窍不通。如何快捷地收银,避免麻烦地点钱,成了陈老头的心病。陈老头想起了自己远在外地忙碌的孩子,但每当陈老头拨打电话给儿子,儿子都是应付几句草草了事便匆匆挂断电话,陈老头也只好重重地叹气,对自己的烦恼只字未提。有些客人甚至开始抱怨起陈老头,为何不办一个收银码牌挂在店里。在这2019年夏天,中国人已经习惯了手机支付,很少有人会时刻把现金带在身上。

一天,看到银行的装修工人们开始忙里忙外地收拾,陈老头才恍然想起这家银行的分理处来。几十年来,陈老头对银行的概念很是模糊,现金、存款单,还有白衬衫们点钱时的忙碌身影,是陈老头对银行仅存不多的印象。只有在办理烟草代扣协议时,他才跑了一趟农业银行。银行大厅里的装潢与设施令人咋舌,原来银行不止那两个窄窄的柜台,还有另一番天地。陈老头那天一时迷了眼,差点在大厅里找不着方向。"到时去银行问问。"陈老头暗暗想。

银行的分理处开业了。陈老头走上台阶,望着装修后焕然一新的分理处,窗明几净。"江阴农商银行"的招牌赫然醒目,上面滚动红色大字的电子屏幕彰显着这个银行的生机与活力。推门而入,原本空旷的角落多了一台自助设备机,对公柜面摆着一台电脑。银行的办公区没有奢华的装饰品,但敞亮明朗不失为一种银行特有的亮丽风格。正对着大门的是银行柜台,柜台后面的柜员们正一丝不苟地为顾客办理业务。不一会儿,叫号机喊到了陈老头的号码。

柜员亲切地问候陈老头后,陈老头坐到了柜台前面,把银行卡和零钱放入凹槽。陈老头清了清嗓子,有些紧张地用方言小声地对里面的柜员说道:"存钱。"柜员双手接过物品,将钱耐心点清,处理完毕后帮陈老头把钱存了进去。办完业务后,陈老头连声道谢,小心翼翼地操着方言询问:"银行有没有可以收银的码牌啊。"柜员看着苍老的陈老头,愣了一下,微笑道:"当然有啊,请问您是在开店吗?"陈老头点点头,顿时有些不知所措。

身后的保安听闻,带着陈老头坐在大厅了解情况。大概是保安的友好抚平了陈老头的紧张感,他将自己的情况一五一十告知。保安了解后告知柜员,让陈老头回烟酒店等待。银行下班后,工作人员来到烟酒店,仔细实地考证,询问记录完毕后,过几天就给陈老头送来了收款码牌。陈老头抽空又去了一次,在自己的手机上绑定了短信息。烟酒店外面添了一张大大的告示:"本店支持信用卡、微信、支付宝。"每次收银喇叭的喊报声、短信叮咚声响起,陈老头的小店里好像无形间多了两个热心的帮手,夜以继日地陪伴着自己。

至此,陈老头的烟酒店因为收银方式增多,烟酒生意更如鱼得水。陈老头的生活少了几分清闲,但在忙碌之余的空暇时间,他也会悄悄地张望旁边银行里的客户。陈老头在年轻时就是采购经商的好手,但那个年代,飞机还是普通人可望而不可即的交通方式,可陈老头已独自一人坐上飞机,遨游于祖国的大好河山。只是后来老伴身染重病瘫痪在床,陈老头也就收了去外地做生意的心思,细心服侍老伴。虽说如此,陈老头察言观色的本事可还尚存。陈老头眯着眼探究了好几日,察觉到银行办理业务的客户年龄跨度还挺大,上至挂着拐杖步履蹒跚比自己岁数还大的老者,下至头戴耳机双手插兜的小青年。银行，对于年轻人来说，办理工资卡、开通各种便携银行服务是进入社会的起点；对于中年人来说，将辛勤劳动所得变成一张张薄薄存单，预备起儿女未来的酒宴，是承上启下的关键步骤；而那些和自己一样的老年人，也许是去银行取一些养老钱打打小麻将，查查自己卡上的余额，不失为一种乐趣。陈老头感慨万千，多年来，自己成了一名归隐田园的"隐士"，却也不曾感知生活里会有如此细微的变化。陈老头有些庆幸自己的店开在了银行旁边，让自己在喧嚣的世间又一次生动地"活"了过来。

银行俨然成了一本生动的告白书，将人们生活的个中滋味、喜怒哀乐、生老病死，用金钱的方式细细表达。金钱，在人们齐头并进共同富裕的道路上，承担了其举重若轻的作用。农商银行作为金钱最基础的载体，为人们的生活提供便利，为社会发展保驾护航。

陈老头的老年手机正式退休了。换了智能手机的陈老头在营业厅慢悠悠地转悠，在店员的帮助下注册好了微信号，兴冲冲地来到分理处开通了掌上银行。在保安的细心指导下，陈老头第一次在微信上查到了银行卡余额，在掌上银行查到了交易明细，还给儿子跨行转了一笔钱。

这天，银行的员工下了班，夜色渐浓。陈老头难得留在店里与儿子微信视频。第一次和儿子异地长谈，陈老头很是兴奋，于是多聊了几句。当陈老头收拾完店铺，漆黑的小巷子里只有银行展示牌的灯光，温柔地散发出星星点点光亮，驱散了黑暗，为陈老头照亮了前方回家的路。

陈老头的老伴在那一年的入秋时分含着笑走了。小小烟酒店前头的一棵枫树，一夜之间染上霜红。葬礼办得简单而隆重。陈老头抽空在银行柜台上把老伴的养老补贴取了出来，又将老伴取钱用的储蓄卡小心翼翼拿布包好。这也许是陈老头最后一次帮老伴办理银行业务了，陈老头叹了一口气，回到了自己小小的烟酒店。烟酒店，也许成了自己余生最后的归宿。

老人家心中寂寞无法摆脱,在每晚回家后愈演愈烈。眯着眼睛摆弄自己的手机,或者张望忙碌的银行,成了陈老头闲下来时最喜欢做的事情。

2020年春节来了,没有吵闹的烟花爆竹声的今年,少了一些喧嚣,多了几分稳重。在新的一年到来的同时,中国全面进入小康社会的步伐越来越有力。

陈老头搬了一张小床在自己的烟酒店,时不时也会在店里住上一日。夜里,时而有车辆经过,风划过浮动的树丛,沙沙作响,那是他最好的催眠曲。当银行的灯光从未紧闭的窗沿中渗入自己小小的烟酒店,老人躺在床上关手机,伴随手机悦耳的关机声,陈老头也会眯上眼欣慰地呢喃一句:"店开在银行旁也蛮舒意。"

陆炜,就职于江阴农商银行。

瘦西湖记

冯方云

北宋苏子瞻有诗曰：

水光潋滟晴方好，山色空蒙雨亦奇。
若将西湖比西子，淡妆浓抹总相宜。

此诗一出，道尽西湖风光，杭州西湖，后人皆称之为西子湖也。好诗为美湖增色，美湖为古城增媚也。

古城扬州，为历史文化名城。有唐一代，已有"扬一益二"之说。且看唐贤诗句中"腰缠十万贯，骑鹤下扬州""故人西辞黄鹤楼，烟花三月下扬州""绿杨城郭是扬州"等等，皆已道出昔时气象。扬州也有一西湖，号为"瘦西湖"，湖山多美，亭台万方，不逊西子湖，余同友人本月有幸览之。但见奇思幻想,点缀天然;阆苑仙葩,现于人间。维扬西湖同杭城西湖各有特色,一丰一瘦,一媚一清,一以湖山胜,一以园庭秀。余因有诗曰:

玉环最是丰腴美,飞燕从来纤瘦讴。
皆道此湖颜色好,扬州方不逊杭州。

当余同友人放舟于湖上之时,揽两岸花柳于心间,观几处亭台在自然。湖光十里,清澄如碧;楼台万方,图画似展。两岸花柳全依水,一路楼台直到山。有春台明月、三过留踪、蜀冈晚照、荷浦熏风等诸多风物,似一条山水立体长卷横陈其间,巍峨春熙台,秀美五亭桥,小李将军画本,二十四桥明月,似珍珠镶嵌于宝带,将清婉点缀于湖山。想象当年"园林多是宅,车马少于船"之盛景,如在眼前,而繁华如逝水,昔人安在哉。

扬州夏女史鹭,少小时节从双亲生长于瘦西湖园林之中,为余文友,为余等讲述在那风晨月夕之中,四时八节之季,或踏雪寻梅,或穿林听雨,或碧波观鱼,或虹桥赏月,瘦西湖诸般风光,一年景物尽在其眼中重叠,排序来过,何等妖娆也,夏女史何其幸也!

扬州瘦西湖融南秀北雄为一体,互为因借,景外有景,园中有园,当为天下之奇。天下西湖,三十有六,而国人道起西湖,向以西子湖首之,瘦西湖次之?两者风光各擅其胜,各有其美,却缘何有首有次?今余试为解之。

杭城西湖,似唐时之杨玉环有丰腴之美;维扬西湖,如汉时赵飞燕有纤瘦之美。而"赖有岳于双少保,人间始觉重西湖",杭州西子湖有岳武穆、于总肃之英灵安息于此,有白堤、苏堤之胜迹流布于此,有人文之大美;扬州瘦西湖最为人知处在唐杜牧流连风月、清乾隆游历江南,虽有人文之美却止于小美也,当逊色于杭州之西子湖也。此为扬州瘦西湖不如杭州西子湖之盛名也。

为政需有正声，为人需有德声，为诗需有美声。三者聚之，方有名城之誉也，可见名城多美，非仅在自然耳！"淮南楚三雄，维扬冠九州。"噫，维扬当今及今后之守令，望多效当年宋文章太守欧公，勿效唐风流推官杜郎，广布令声美誉，勤政为民，庶几湖山不负，青史永铭，当如此，瘦西湖必胜于西子湖也！

　　冯方云，中国金融作协会员、江苏金融作协会员，供职于中国银行江苏句容支行。作品曾在《中国金融文学》《中国金融文化》《中国金融工运》《金融文化》《金融文坛》《金融博览》《银行家》等刊物发表。

诗歌卷

天鹰(组诗)

巩大兵

天　鹰

低飞敛翼
叹息一幕幕不该上演的悲剧

鹰　毅然选择蓝天
选择属于自己的高度

它不再温顺柔弱
用翅膀击碎乌云

唳鸣响遏寒流
当阳光照彻天宇
鹰以哲学般的沉稳与写意
在高空散步
畅饮明媚的气息

生命的强者
却回避尘世的搏杀
鹰以蓝天为家
把思索留给大地

启 示

蚂蚁的河流,以奔跑的姿势
向前。一匹骏马的嘶鸣
像黑暗中的闪电
点亮远方,羚羊在危岩上
眺望幸福

白云追逐湛蓝的天空,雪花
使劲落下,想覆盖所有的疼痛
一个肩扛使命和梦想
奔走的人,就像有神
在陪他说话、赶路

沉　默

瓦釜雷鸣,无雨
当黄钟沉默时
万物才真正朝两侧
分开:一侧不知所终
另一侧伴随着沉默
渐渐地滑向时间的尽头

禅 养

残酷的风暴有血腥的味道
一棵树瞬间失去一只手臂
甚至几乎折断脊梁
"这就是真相和本质"
——他不再白日做梦
年轮迅速粗壮

那些被苦难破了相的事物
学会了用苦难
疗伤、滋养

草原大昭寺

萨满的蹈声遁远
铁蹄的嘶鸣陨落
紫红的旌幡舞动天空
庄重的法轮千年无眠
迎接代代斑驳的灵魂

庙宇辉煌,金身辉煌
佛祖高坐三界,天际深邃沉静
风雨暂居时空之外
枯寂的树木声音颤抖
虚幻的嫩芽冉冉上升

一只听经的麻雀
倏然飞出打盹的瓦当
扑向祈祷的蛾虫

巩大兵,笔名大斌,江苏省作协会员、中国金融作协会员,江苏金融作协副主席。曾在《诗刊》《诗选刊》《诗歌月刊》《诗潮》《绿风》《扬子江诗刊》《雨花》《青春》《参花》等发表诗歌三百余首,出版诗集(合集)《两个人的圣经》《三弦琴的驿站》。

初始之日（外二首）

刘　康

初始之日

故事要从那个黄昏开始讲起
——我的母亲在田埂歇脚
巨大的排云在天边翻涌，晨昏星
升起，一天的终结开始显现
她没有起身，稻穗散落如黄金般
刺目，一个女人的收成在秋天
格外耀眼。如果时间可以回溯
花朵和果实退归枝头，我的降生

在命运里重新摆动,会不会
让一个少女在日暮前看到晚霞

夜雾如浓墨般散开,我的母亲
终于起身,长长的虚影从田野
抖落,星月映照着她头顶的
花冠,一如最初时日

悲伤的女人

一个女人的哭声在列车里回荡
她该有多无助,才会在这狭闭的空间
袒露自己的悲伤?我曾在一辆
破旧的自行车后座,感受过一个母亲
的绝望。世界遗弃了我们
在它斧雕刀凿的侧面。但我们最终
翻越了那座山峰,有多少人
和我们一样,在悲伤与悲伤之间
获得了意外的慰藉。但我不能告诉她
这些行将发生的秘密。像一把
环闭的锁扣,持有钥匙的人
永远在沉默中等待。这也是我为何
在一列啜泣的列车中,写下这首诗
的原因

海滨之夜

时间是三月,某个晴好的夜晚
我们在海边漫步,那儿有一排礁石
你在选择的时候产生了犹豫
一块短暂的栖息地,多么像你
刚刚描述过的生活。我们必须在
海风和苔藓,或者,潮湿与幽暗中
做出选择。甚至它还会弄脏你的白裙
当然,你也可以选择继续前行
如果我们还有足够的信心

海风并没有催促着你做出决定
它在忙于自己的事情,大海吞吐着波涛
一蓬又一蓬的海浪,在礁石上
开出绚丽的白花
仿佛感受到了它们的疼痛,终于
你在轻颤过后又重新向前走去
多么简单而又艰难,黑暗中
我们同时松了口气

刘康,江苏省作协第十批次签约作家,江苏金融作协副秘书长。作品见于《人民文学》《诗刊》《青年文学》《天涯》《星星》《扬子江诗刊》《长江文艺》等。入选江苏省委宣传部首批"紫金文化艺术优秀青年"。

月色齐腰的中年

张大勇

你我好像落座在时间之外
安静,正点数着天籁

我用月亮给你斟一杯干白
而后,细细端详你
我今生的老爱人,来世的小妖精

我第一次这么奢侈
动用广袤的月光,欣赏你
你的脸盘上摆放一件瓷器,瓷器上
摆放古典的花纹

晚风里有潺潺的源流
我看到你偷回了三十年前的腰身
在一根琴弦上袅娜而来
绽放的心跳上长满花粉

你悄悄地打了个哈欠
并习惯性地用手遮掩
奔忙是晚风一生的坐骑

月色齐腰的中年
一种祈愿不能自拔
请月光替我缓缓浣洗
洗去老爱人的老字,洗亮
小妖精的小字

今宵,你穿上月光的婚纱
让我赊用下一辈子,提前
娶亲

太太的哲学(外一首)

邵满桂

太太的哲学

"有同事说,芝樱小镇的确很美……"
太太进了厨房,轻声将这句话关在客厅
这暗语,宛如蚊嘤。我被一束月光
挤出书卷。斜射,轻盈似水
我忙碌起来,譬如查路线、搜天气、备零食
水到渠成。我的虔诚被月光收纳
太太认定一个地方的美,往往喃喃自语
好像与沙发上的毛绒娃娃对话

我从未怀疑太太的审美情趣
怀疑如一杯毒酒,又如一把可以随意刺破
春风的尖刀,痛在哪里却摸不清
太太是隐居厨房的哲学家,往往前半句
充满玄机,留下的半句暗藏"杀机"
前半句为自己准备,后半句
为我准备。这证实了我的价值
客厅,半句话,我,所怀疑的全部存在
其意义,大体浮于生活,止于哲学

课堂不遇

初夏的午后，我们研究一场雨的
运行路径。与昨夜的仰视角度相似
无所谓散点与来生。有时
我回到江北隐姓埋名。有时
我挺进江南的危机事件
把自己锁在黑森林中。不说聚集效应
把你珍藏在布瓦洛的某一页
夹在区域经济学的缝隙里
以一颦一笑，深入解析母性的空间结构
讽刺不在，幽默安然
下辈子，我们期待撩人的一见钟情
相遇在蓓蕾妮丝的细雨中

酢浆草(外一首)

王 颖

酢浆草

雨水净化了植物的酸味
这伟大的祝贺,在等待
突然的陌生人

比如我。比如温柔的蓝色
来自遥远星系的邮电
呼应了无数个太阳,千万个你我

以一朵司空见惯的小花为例
结束语焉不详的春天

这一切令人不安
这一切诞生了危险
比如我。比如沉默者

时常把自己当作一棵草,抱着,反复啃食
在肉体与肉体之间
喝下光线,沉溺于酢浆草,这普遍的相似性
并一再追问草与花,如何在彼此的灵魂中流窜
又如何分娩、示警,抵抗

斑马线

我活着，如此显目
即使在梦里，也常常一跃而起。
向虚幻扔一块石头
听不见回响
我说爱，被爱之人在月光下升起

这一切肯定是梦中之梦
需要一面镜子的不是我，是生活
比如此刻，我正经过几条斑马线
对面的花园正在沸腾
我被空气中的黏稠之物裹住

开始凹陷。
巨大的夜色被我拉近
被吞没的斑马线如唱片消失

王颖，江苏金融作协会员，写诗，亦写小说及评论，作品散见于国内文学期刊。

农行榜样礼赞(三首)

解志忠

王东云

你的一双巧手

本可以织出锦绣霓裳

却倔强地与一堆钞票、纸张对抗

从不服输的性格

练就了东方不败的气场

将传统的金融技能高高弘扬

《挑战不可能》《旗鼓相当》是你的舞台

《中国大能手》《为你点赞》《群英汇》是你的战场
当你骄傲地说出常州农行
齐刷刷迎来万千艳羡的目光

你用汗水和心血的付出
收纳一束束荣耀的光环
你用无私和奉献
将出色的技艺四处传扬

你用平凡执着的坚守
铸造大国工匠的丰碑
你用真诚朴素的话语
道出万千员工的勤劳与善良

你是一面镜子
闪亮着自身的光芒
又热忱地将他人逐个点亮
你将自信写在脸上
还有那迷人的微笑
在徐徐春风中微微荡漾

傅小康

你的名字
刻着农行人的追求与理想
武隆的山清水秀
远不是贫穷落后的代名词
仙女山的扶贫攻坚战场
见证了你的朴实担当

盘活一座荒山
你让农妇看到了希望
建起粉条加工厂
你让满山红苕变成了黄金万两
梦幻谷星星点点的农家乐
让山里人纷纷奔向了小康

扶贫先扶志(智)
"输血"更"造血"
你用农行人的智慧与善良
架起了仙女山通往幸福的桥梁

经手的两千三百多笔支农贷款
无一笔不良
你用诚信作抵押

贷来了山民的富足安康

小溪与山径知道
野花与山林知道
你有一个响亮动听的名字
叫小康

何　竹

竹子的谦逊和坚韧
见证了你的进步与成长
你从点钞开始
用一个又一个冠军的名号
抒写青春的靓丽篇章

从网点副主任到支行副行长
你用一个个成功的营销案例
验证了年轻人的智慧与担当

你用清风拂面
将农行县域英才的气场高高飘扬
隔着荧屏万里
我们分明听到了
翠竹拔节的美妙声响

解志忠，中国诗歌学会会员、中国金融作协会员、江苏金融作协会员。著有诗集《不期而至的温柔》、诗合集《华夏微型诗家》《万物生长》。获第三届中国金融文学奖之诗歌提名奖。

春节意象(散文诗)

王长江

剪　纸

沿着时序,农历随着雪花的翅膀贴近村庄……

乡村的婆姨盘坐炕头,静穆成一种让人思索的姿势。

一把把剪刀锃亮映雪,一页页纸张鲜亮凝丹,足以生动那些接踵而来的日子。灵感的触角,从智慧的手指上延伸出来,赋予铁色剪刀美的含蓄,情的火热。

屏息凝眸,听凭金风嚓嚓有声。粉藕般细嫩的手、结满茧花的手,在绽红的纸中游戏,在灿烂的民俗中深入浅出,游刃有余。

剪出仓谷丰收,吉庆有余;

剪出金鸡唱晓,四季平安;

剪出火火闹闹的《农家乐》,歌舞升平的《步步高》……

剪纸,是一种象征,抑或是一种标志。即便遮着风雪,庄户人暖色的心事,也一览无遗。

年　画

喧闹的人流,在岁末的集市上淌过。茂盛的人声林薮间,不时闪过道道寻觅的目光,诠释着对美的渴望和追求。

美,是一种与生俱来的天性,就像指纹之于手指。

付出一分辛劳,兑换几分满意。几张崭新的年画便散发出油墨香的殷殷祝福。

于是,"杨柳青""桃花坞"踩着人们的喜悦,走过小桥流水,抵达种植炊烟的家园。

失业已久的古代英雄,在这殷实富足的日子里,重新找到了自己的位置,在乡间质朴的门上,金胄铁甲,分厢两立,祛邪避恶。

鹤发童颜的长衫老翁,无论走进哪家,都能安逸地乐享天年。

白白胖胖的娃娃,笑逐颜开,手捧聚宝盆,落户谁家,千年的传统便顿生光华。

哦,年画,奉献给农家一个明媚的小阳春。

春 联

喜庆的锣鼓未响,春联便粉墨登场了。

那是拿过教棒,抑或拿过锄头的隐没乡间的素手,饱蘸着庄户人家的浓情和希冀,纵笔挥毫。

那些抒情的方块字,浸染着五千年文明的积淀,浸染着唐宋遗风,染透中国红的纸张。

真草隶篆行,横撇竖捺折,一点一捺总关情。

风调雨顺,四季安康。

春联,岁月更新的桃符。

听,此刻,大地正回响着鞭炮蔚为壮观的进行曲:辞旧迎新——

王长江,男,供职于张家港农商银行。张家港市作协会员、江苏金融作协会员。先后在全国各级报刊上发表过通讯报道、诗歌散文等作品。

和弦七声

张国庆

我听到的第一声,是乡野牛歌
岁首常思盘中餐,脆鞭一响打出春

我听到的第二声,是布谷鸟的啼叫
它唤醒了农人的睡眼,希望在田野里孕育

我听到的第三声,是桃花的绽放
一片红艳艳的紫云英,惊艳了整个季节

我听到的第四声,是一片蛙鸣
在五月的夜晚聚集,用执着的腔调染绿禾苗

鼾声里的故乡,越是失眠越是歌唱

我听到的第五声,是清亮的蝉鸣
它的朝暮不息,妖娆了整个夏天
诠释着心歌物语,悠伴的是昊天情操

我听到的第六声,是秋天的落叶
有生有息的生命,不知去向的行踪
你既随我一程,我终念你一生

我听到的第七声,是雪花飘落的柔情
雪在梦中,我在梦中,你在梦中
只等春天悄悄地爬上我的额头

母亲的梨花(外一首)

马 芮

母亲的梨花

梨花开　春带雨
我遵循母亲的意愿
为她唱了京剧名段《梨花颂》
抢救室　病床边
我伴着母亲游丝一线的呼吸
梨花的芬芳瞬间弥漫
轻柔地　舒缓地
我和母亲仿佛徜徉于梨园

眼前蓦然梨花盛开
似万千银蝶飞舞

母亲微笑的脸庞
多像一朵梨花啊
此刻
母亲的心灵
平静而安详
母亲一定在梨花的
清丽　纯美　馨香中
找到了自己的一生

小小的折椅床

小小的折椅床
你知道我为何忧伤
在这凄凉的长夜
我的泪　悄悄地流淌

小小的折椅床
轻轻地折起又轻轻地放
你不要发出声响
让我母亲安静地睡在你身旁

小小的折椅床啊
我多想你就这样陪着我
这样我就能跟母亲说话
就能听她呼吸亲她脸庞

马芮,女,江苏省作协会员、中国金融作协会员、江苏金融作协会员。1989年起在市、省级以及国家级刊物发表诗歌、散文、小说;1993年北方文艺出版社出版发行其诗集《花布伞》。

成长 是青春的力量

周国平

成长总与青春为伴
青春维系三尺柜台
源自乡村土生土长的后生
是"三农"最好的代言人
算珠的清脆唱响序曲
出账是幼苗成长的根基
进账是硕果结出的收成
见证三农的幸福时光　与欢庆喜悦
记载乡村的巨变　与富庶的新貌
青春的自豪在于默默奉献
成长的光荣在于不懈追求

拎起青春的背包
让成长的底气更足更豪迈
走进乡村绿野
与老农一起描摹图景
将丰产的田园变成粮仓
跨入园区厂房
与老厂长探讨发展的前景与图腾
让隆隆的机器勇创中国制造
农商银行携手"三农"的前进道上
有我青春成长的靓影

成长,是青春绽放的花
在银苑星空热烈盛开
把热情的斗志一遍遍浇旺
在每个平凡岗位亮出传奇

成长,是青春闪光的荣耀
洋溢智慧与汗水的结晶
成长,是青春不败的骄傲
书写佳绩,书写成功与辉煌
成长,是青春永恒的榜样
传递信念,传递赶超的力量

周国平,中国金融作协会员、江苏金融作协会员。曾在《中国城乡金融报》《金融时报》及《金融博览》《中国农村金融》《中国金融文学》等报刊发表作品。出版文学作品集《人生随想》一部。

三尺颂

姚 瑶

　　一面玻璃
　　阻隔着羞涩与胆怯
　　小心翼翼地透过,紧紧地注视着外面的风景
　　牢牢地抓住你,咬着牙,叹一句:
　　以后,就靠你了

　　泪水盈眶
　　模糊了玻璃外的景色
　　默默地坐着,木木地翻弄着手里的账目
　　突然俯下去,贴着你、打湿你:
　　错账了,以后不会了

每日的每日

怒了,悲了,喜了,怨了

每月的每月

甜了,辣了,酸了,苦了

每年的每年

去了,回了,来了,走了

隔着玻璃

小城的故事仍在继续

只是有人和我们一起

他们叫我师傅,我唤他们徒弟

他们像原来的自己

唱着、跳着,无畏地去拥抱这个世界

他们又不像原来的自己

看着、学着,不断地去涉猎三尺之外的领域

温暖地注视着这道玻璃

我会心地依在你的背上

终于不用再守着这层玻璃

但我却再也不愿离开你

我反复地擦拭着你,叮嘱着你

此时你不是我的长辈、战友、朋友、爱人、闺蜜……

你是我的孩子,母亲怎愿离开你

像最初来到你身边时那样

一袭白裙

窥探在玻璃内的你

嘴角不自主地泛起微笑

也许

梦想开始的地方,才是真正的世外桃源……

姚瑶,女,就职于工商银行徐州分行。喜爱写作,在行内编写小品、微视频多部。

凤凰台上忆吹箫·西塘秋韵（外一首）

孔晓华

凤凰台上忆吹箫·西塘秋韵

秋水微澜，小船轻漾，柳丝摇曳桥旁。两岸连商铺，古韵西塘。苍柏枝繁叶茂，楼阁秀、满目琳琅。朝阳下，金风送爽，菊桂馨芳。

徜徉。白墙黛瓦，青石板街长，树掩棚廊。月伴歌声荡，琴笛悠扬。千盏红灯高挂，天倒映、旖旎风光。寻寻觅，幽幽巷深，可有丁香。

踏莎行·梧桐听雨

柳陌池塘,芳亭又晤。伞花一朵兰舟渡。黛山碧野暗香迎,悠悠淡墨留春驻。

笔底流云,梧桐听雨。红楼影淡花无语。愁烟缕缕意随风,梦凋霜晚流年负。

孔晓华,笔名媚人鱼,中华诗词学会会员、中国金融作协会员、江苏金融作协理事、南京市作协会员。

监管新人咏志赋

孙 利

二零一八戊戌年,改革开放四十载,余自金陵往平江。临姑苏之天堂,诣银监之明堂。城有太湖波光,园林古香,小桥流水多柔情,古调评弹不绝唱。初临银监办公楼,余虽不敏,已感工作端正之态度,严谨之风气,身处于此,不由正襟危坐,思考未来责任之重大。

余自高校研习七余载,承师长同学之帮助,读经济金融之理论,及至毕业,又历两年金融企业之波澜,顿感理论之于应用,基础不可予之忽;然市场瞬息万变,必紧随时代变迁,一旦不能,困之偏隅。至此方思,何为我求?余之所愿,不若站市场变化之前沿,尽绵薄之力于金融发展,遂考监管之岗,圆我青年之梦。

初闻银监,乃幼稚之年,只知其责之皮毛;而今未满周年,渐识责之深广。始于二零零三,辟自央行,专银行监管之职,拓实体服务之责;现场检查,非现场监管,市场调研,信访投诉,无一不急;促机构改革之力,解百姓维权之难,助金融服务实体之功效,协政府稳一方太平之重责,无一不能。节物时光不相待,苍天碧海须臾改,君可见,国之发展,民也进步,五湖四海时和岁丰;君可见,金融发展,体系渐全,天南地北海晏河清。遂承时代之需,民之所往,机构改革银保合并,职能监管履职尽责。

余常暗自感叹,此身何德,此生何能,恰改革之年入银监,得监管新人之身份,踏时代浪潮,沐监管春风。慎慎焉,欣欣焉,惟汲汲前行,报之以诚。于事者,敬也重也,以职责为本,严守风险之底线;于志者,谆也笃也,以先贤为榜常怀大局之感念。

新人咏志,但做赶路人不问星光,愿为有心者不负韶光。

孙利,苏州银保监分局一级科员。